在日
コリアンの
文学史

落合貞夫

1923~2023

ボーダーインク

在日コリアンの文学史　１９２３〜２０２３

目次

第三章　70年代に登場した作家たち

第四章　80年代に登場した作家たち

第五章　90年代に登場した作家たち

第六章　２０００年代に登場した作家たち

まえがき

在日コリアンの文学は、日本が帝国主義国として朝鮮を植民地支配した歴史の所産であり、それゆえ現代日本文学の重要で不可欠な構成要素となっている。実際、芥川賞や直木賞などの文学賞を受賞した作家を数多く輩出してきたし、『新日本文学』（2003年5・6月合併号）が「〈在日〉作家の全貌―94人全紹介」という特集を組んだように、多数の在日コリアン作家が活躍している。

日本において朝鮮人による最初の日本語小説は、1923年刊の『藝術戦線：新興文学二十九人集』（自然社）に発表された鄭然圭《チョンヨンギュ》の「血戦の前夜」だとされている。それ以前にも、朝鮮からの留学生などによって書かれた日本語作品はあっただろうが、文芸書という形で現れたのは、これが最初といってよい。29人の中には青野季吉、有島武郎、秋田雨雀、江口渙、小川未明、尾崎士郎、平林初之輔、中西伊之助といった新進作家の名前が並んでいる。「血戦の前夜」はわずか10ページの短編であるが、発表された年から数えると、在日朝鮮人の文学は、すでに百年の歴史を積み重ねたことになる。

日本における朝鮮人の文学は、朝鮮語によるものと、日本語によるものとがある。年代別に見ると、1920年代までは朝鮮語によるものが多かったのだが、1920年代後半にプロレタリア文学運動が活発になりだした時期から日本語による創作が始まった。日本のプロレタリア文学に刺激を受け、その機運のなかで朝鮮人の書いた作品がプロレタリア文学雑誌に発表されていくようになったのである。１９３０年代になると張赫宙が日本文壇に登場し、１９４０年代には金史良が朝鮮人としてはじめて芥川賞候補になった。以上は、任展慧《イムジョネ》『日本における朝鮮人の文学の歴史――一九四五年まで』に詳しく述べられているとおりである。こうした蓄積が、戦後の在日朝鮮人文学の発展の基礎になったことは言うまでもない。なお、在日朝鮮人文学という以上、朝鮮語による作品も含まれるべきだが、本書は日本文学史のひとつの領域として考察するものなので、在日朝鮮人によって書かれた日本語文学を対象にしている。

在日朝鮮人文学研究の泰斗である磯貝治郎は、「在日朝鮮人の日本語文学は解放後＝戦後にはじま(『〈在日〉文学の変容と継承』７頁)ると述べ、戦前の朝鮮人による日本語作品は「植民地文学」と呼ばれるべきだとしている。その理由は、「植民地支配の国策が背景にあって、いわば強いられた日本語文学だったから」(同前７頁)だとしている。はあるが、強制された日本語の文学であっても、また、それが体制翼賛的なものであっても、日本語による文学的営為であることに変わりはないので、本書では、戦前の作品を在日朝鮮人文学における「前史」として位置づけている。

磯貝治郎は、在日朝鮮人文学の歴史を大きく三つの時期に区分し、第一期を解放後＝戦後から60年代半ばまで、第二期を60年代半ばから80年代後半とし、第三期を80年代末期以降としている。それぞれの世代に表れた文学の特徴によって区分したもので、本書もこれに準拠したい。この時期区分に従ってそれぞれの時期の特徴について言えば、次のようになるだろう。

第一期は、政治の季節の時代であった。戦後すぐに民族組織が結成（在日本朝鮮人連盟、１９４５年10月設立、略称「朝連」）され、それが吉田内閣によって１９４９年９月に強制解散させられる。その後、在日朝鮮統一民主戦線（民戦、51年1月結成）を経て、１９５５年５月に「北」を支持する在日朝鮮人総連合会（総連）が結成された。一方、１９４６年10月、「朝連」に対抗して親日派や反共派によって在日本朝鮮居留民団が結成され、今日の在日本大韓民国民団（94年に名称変更）に至っている。

こうした民族組織の建設運動は、第二次世界大戦後におけるアジア、アフリカなど第三世界での民族解放、民族独立の動きと歩調を合わせるものであった。在日朝鮮人文学者たちもこの民族運動と無縁ではなく、むしろ積極的に関わった人が多かった。

敗戦後、それまで「皇国臣民」であった朝鮮人を、日本政府は一転して日本国民であることを否認した。とくに、サンフランシスコ講和条約発効の１９５２年４月からは、朝鮮人の「日本国籍」をはなく奪してしまった。これによって、在日朝鮮人に対する日本育英会の奨学金、国民年金、国民健康保険、公立学校教員の資格、弁護士資格、公営住宅入居資格、国民体育大会参加資格、軍人恩給などの適用をいっさい拒否したのである。しかも日本政府は、講和条約発効と同時に外国人登録法を施行し、在日外国人に対して指紋押捺を強制した。こうした在日朝鮮人の基本的人権の蹂躙は、戦前からの民族差別を維持、継承しようとするものであった。

一方、朝鮮では１９４８年、南に大韓民国が樹立され、北には朝鮮民主主義人民共和国が成立し、民族が分断された。１９５０年６月には朝鮮戦争が始まり、同じ民族が南北に分かれて殺し合った。

第一期の文学者たちは、以上のような激動の時代を生き、社会も生活も「政治の季節」の只中にあった。したがって、彼らの文学は、必然的に祖国、民族、政治といったテーマと不可分の関係にあったのである。なお、解放後の作家たちは共通して、植民地時代に強制された日本語による創作は、民族的なアイデンティティから言えば正統ではないという意識をもっていた。

第二期について、磯貝治郎は「〈在日志向〉を背景とする民族主体回復の時代」（同前7頁）であると述べている。この時期は、日韓基本条約（1965年締結）反対運動、日立就職差別訴訟（1970〜74）、指紋押捺拒否闘争（1980〜）、出入国管理法改悪反対運動（1982年施行）などの闘争があった。彼らにとって日本は「仮住まい」の土地ではなく、定住の地となり、それゆえに日本社会の差別を告発し、その是正を求めて戦ったのである。

また、高度経済成長と在日二世への世代交代によって、生活意識や価値観に変化が現れてきた時代でもある。第一期の作家たちのように、祖国の命運と一心同体の意識がそれほど強くはないにしても、「半日本人」から「朝鮮人」になることに苦闘した作家が多く見られた。民族主体の回復と自我の在り方をめぐって、模索と探求を続けた世代といってよい。

女性作家が登場したのは、この第二期である。詩の宗秋月、短歌の李正子、小説の李良枝が登場し、それまでの男性中心文学だった在日朝鮮人文学に新風を吹き込んだ。

第三期は、在日社会の価値観の多様化と、日本社会への同質化がいっそう進み、「民族を超えた」様々なアイデンティティの模索が始まった時期である。金城一紀や柳美里のように、自らの文学を在日文学と見做さない作家も現れた。

この時期の最大の特徴は、鷺沢萠、姜信子、深沢夏衣、金蒼生、金真須美、柳美里、深沢潮、崔実といった女性作家が続々と登場し、在日文学の主流を形成したことである。在日社会における強固な儒教思想とそれに基づく男尊女卑および貧困によって、長い間、女性の教育機会は閉ざされ、知的生産分野への進出が阻まれていた。しかし、この間の社会と生活の変容によって、民族差別と女性差別という二重の抑圧のもとにあった女性たちが、自我の尊重と自立と解放を求めて声を上げだしたのである。女性作家の台頭を背景にして２００６年11月には、在日女性文芸誌『地に舟をこげ』（在日女性文芸協会）が創刊されている（２０１２年11月で終刊）。

以上、三つの時期区分のそれぞれの特徴について述べた。本書では、それぞれの作家が登場した時期にしたがって、七つの時期（戦前、50年代、60年代、70年代、80年代、90年代、２０００年代）に区分している。百年の歴史を三つに区分するのは、少し大まかで過ぎると感じたからである。各作家が創作をはじめた年齢はさまざまであり、同じ時期区分であっても、在日一世もいれば在日二世もいて世代は混在している。とはいえ、第一期から第三期までのそれぞれの文学の特徴は、程度の差はあれ、その作家が生まれた世代の特徴となって刻み込まれている。

本書は、朝鮮半島にルーツを持つ在日朝鮮人によって書かれたすべての日本語文学を在日朝鮮人文学と規定している。したがって、本名であるか日本名であるかに関わりなく、また、朝鮮籍、韓国籍、日本籍のどの国籍を持っているかを問わず、在日朝鮮人の文学として位置づけている。文中において在日朝鮮人、あるいは在日コリアンという表現が使用されているが、とくに使い分けているのではなく、まったく同じ意味である。

この百年間に社会は大きく変化した。本書は、そんな時代の変化を背景に、それぞれの時代にどんな作家が登場し、どんな小説を書いたのかを振り返り、一冊にしたものである。本書を一言でまとめるならば、戦前「植民地文学」として始まった在日文学は、幾多のすぐれた作家を輩出して日本文学を豊かにしたばかりでなく、柳美里が全米図書賞を受賞したように国際的に流通する文学、つまり「世界文学」へと跳躍したということである。まとめるに当たっては、作品を中心にするのではなく、作家とその時代に焦点をあてて考察するようにした。本書がこの百年の在日コリアンの文学を考える一助となれば幸いである。

序章　戦前に登場した作家たち

日本文壇に最初に登場した作家

張赫宙（野口赫宙）（チャン・ヒョクチュ〈のぐち・かくちゅう〉1905〜1997）

日本国内において朝鮮人が日本語で書いた最初の小説は、鄭然圭《チョンヨンギュ》の「血戦の前夜」（1923年）とされている。この短編は、『藝術戦線：新興文学二十九人集』に収録されたものである。戦前の在日朝鮮人の文学活動をまとめた労作として、任展慧《イムジョネ》の『日本における朝鮮人の文学の歴史――一九四五年まで』がある。そこには、李樹廷《イスジョン》、兪吉濬《ユギルチュン》、金東仁《キムドンイン》、金熙明《キムヒミョン》、朱耀翰《チュヨハン》、李北満《イブンマン》、金龍済《キムヨンジェ》など、日本に居住して文学活動を行った先駆的な人たちが紹介されている。

その任展慧は、『朝鮮を知る事典』の中の「在日朝鮮人文学」の項目を担当したとき、次のように書いている。「朝鮮人が日本語による創作活動を行うようになるのは、一九二〇年代に日本のプロレタリア文学運動が活発になりだした時期からである。日本のプロレタリア文学雑誌に作品を発表した作家に鄭然圭、韓植、金熙明、詩人に金竜済、白鉄、姜文錫らがいる」。1920年代は、在日朝鮮人文学の前史とも言うべき時期であった。

日本文壇に最初に登場した作家は、「飢餓道」（『改造』1932年4月号、懸賞小説入選作）を書いた張赫宙《チャンヒョクチュ》である。次に登場したのが、芥川賞候補になった「光の中に」（『文藝首都』1939年10月号）を書いた金史良《キムサリャン》である。張赫宙と金史良のふたりが、在日朝鮮人文学の嚆矢とされている。この二人を先達として、在日朝鮮人作家の第一世代と呼ばれるグループが形成されていく。川村湊は、この第一世代について次のように述べている。

次に在日朝鮮人文学の第一世代というべき人たちがいる。鄭然圭《チョンヨンギュ》を始めとして張赫宙《チャンヒョクチュ》、金史良《キムサリヤン》、金素雲《キムソウン》、金達寿《キムタルス》、許南麒《ホナムギ》、姜舜《カンスン》などのグループである。彼らは基本的には日本語と朝鮮語のバイリンガルで、可能性としては朝鮮語と日本語の両言語で創作活動を行なうことができた。事実、金史良は日本滞在時代には日本語によって「光の中に」（『文藝首都』一九三九年十月号）や「天馬」（『文藝春秋』一九四〇年六月号）などを書き、朝鮮では「海への歌」（『毎日新報』一九三四年十二月十四日〜四四年十月）や『駑馬万里』（一九四七年、良書閣、平壌）など、朝鮮語による創作活動を行なった。彼らは言語的には朝鮮語と日本語の間を行き来した。いってみれば、彼らにとって言語は文学創作のための道具としての役割りを果たすものであって、張赫宙が「餓鬼道」（『改造』一九三二年四月号）で日本文壇にデビューしたことについて、「朝鮮語では範囲が狭小である」ためにも「外国語に翻訳される機会も多い」日本語で書いたと述べたことは、まさにこうした〝道具としての言語〟という考え方を代表するものといえる。（『戦後文学を問う』203頁）

張赫宙は、金史良とともに在日朝鮮人文学の先駆者として位置づけられているが、金史良が戦争末期、中国解放区へ脱出し、戦後は北朝鮮で文学活動を続けたのに対し、張赫宙は親日派になって戦争遂行に協力したため、批判的に取り上げられる場合がほとんどである。

張赫宙は1905年10月7日、慶尚北道大邱府の地主・張斗化《チャンドゥファ》の三男として生まれた。本名は、張恩重《チャンウンジュン》である。彼が生まれた5年後の1910年8月22日に「日韓併合に関する条約」が調印され、寺内正毅が初代朝鮮総督に任じられた。以後、1945年8月15日の解放まで朝鮮は日本によって支配された。

張赫宙は、「八才にして日本語を習ひ始め、十二三才になったときはりっぱに話し、十四五才のときには、すぐれた綴り方をもってい」（張赫宙「翻訳の問題・その他」『在日朝鮮人日本語文学論』212頁から転載）たという。14歳のとき、母のすすめで4歳年上の金貴行と結婚し、二男三女をもうけている（『張赫宙日本語作品選』（勉誠出版、2003）の「張赫宙略年譜」による）。当時の朝鮮には早婚の風習があったので、これに従ったものである。1921年、大邱高等普通学校（旧制中学）に入学する。十八、九歳の頃、菊池寛に心酔し、その影響で創作を試みている。また、在学中にアナーキズムやコミュニズムの影響をうける。1926年、大邱高等普通学校を卒業し、32年まで教員生活を送る。赴任先の貧しい農村を見て、悲惨な農民の姿を世界に訴えるべく創作を始める。張は小林多喜二の小説や蔵原惟人の文学理論に関心を寄せていた。

1932年、「餓鬼道」が『改造』の懸賞小説に入選する。このときの応募総数は約1200篇であった。33年、『文藝首都』が創刊されると、上京してその同人となる。彼は朝鮮の大邱に住み、ときどき上京するという生活をしていたのだが、1936年6月から日本で暮すようになった。翌年、野口はな子（通名・桂子）と同居を始め、五男をもうける。

『改造』の懸賞小説で張赫宙の「餓鬼道」が入選したとき、『改造』の編集部は、「これ恐らくは朝鮮の作家にして我國の文壇に雄飛する最初の人であらうし、又廣くは、世界に對して朝鮮作家の存在を強く主張するものであらう」(『日本における朝鮮人の文学の歴史――一九四五年まで』202頁から転載)と紹介した。

「餓鬼道」は、搾取される農民たちに寄り添い、彼らを抑圧する日本帝国主義と地主階級を告発した怒りの文学である。慶尚北道では3年連続の干ばつで、農民たちは飢餓状態にあった。地主は小作料を減免しなかったので、餓死者まで出るようになった。この救済策として、貯水池の造成工事が始められ、農民たちに賃労働の場が与えられたものの、工事請負業者は賃金をピンハネし、工事監督は鞭を打って農民を酷使した。最初は牛のように従順だった農民たちは、過酷な労働に耐え切れず、ついに賃上げの要求を掲げて立ち上がる。

張赫宙は、「朝鮮の民族ほど悲惨な民族は世界にも少ないでせう。(中略)私はこの実情をどうかして世界に訴へたい。それには朝鮮語では範囲が狭小である。日本語はその点、外国に翻訳される機会も多いから、どうしても日本の文壇に出なくてはならないと思ひました」(保高徳蔵「日本で活躍した二人の作家」『民主朝鮮』1946年7月号)と語っている。

ただし、こうした当初の意思は、プロレタリア文学に対する弾圧が激しくなり、戦時体制による言論統制が強まるにつれて、日本の戦争遂行に協力しながら、作家生命を維持していく方向へ転換していくのである。張が「餓鬼道」で登場した翌年の1933年は、小林多喜二が特高警察の拷問で虐殺され、プロレタリア文学運動は解体に追い込まれていく。張が作家として出発した頃は、このような反動の重圧が強まった時期であった。

1932年6月頃、張は大宅壮一にすすめられて日本プロレタリア作家同盟(NALP)に入ろうと考え、作家同盟委員長の江口渙を訪問しているが、結局のところ加盟はしなかった。プロレタリア文学で活躍することは困難な時世となっており、張はブルジョア文壇への進出に専心するようになる。

張が民族派から親日派に転向したのは、1939年の『文芸』二月号に発表した「朝鮮の知識人に訴ふ」からであるとされている。このなかで張赫宙は、朝鮮の民族性について「激情性」、「正義心の乏しさ」、「嫉妬心の強さ」、「ひねくれ」などがあるとし、「われわれがもし完全に内地化してしまったとすれば、われわれは自然落着のある、ひねくれのない民族になる」と述べ、「内鮮一体」化政策を支持している。

また、「日本語は今後益々東洋の国際語たらんとしつつある。ショウもイエーツもケルト語でかいてゐたとすれば、今日の世界的作家になつただらうか。アイルランドと朝鮮の今日とは些か事情が違ふであらうか。が、三十年後に、京城（ソウル）に内地語文壇が出来ないと、誰も予言は出来まい……」（『新編「在日」の思想』147頁から転載）と述べ、朝鮮語ではなく日本語で小説を書く立場を説明している。これに対して金史良は、次のように反論した。

……張赫宙氏の〝訴状〟（前掲の「朝鮮の知識人に訴ふ」）も極めて思ひ切った所論として注目される。それは（略）朝鮮語はぢきに滅びるに違ひないから、今のうちから朝鮮語で書くやうなことを止めて、内地語で書くやうにしなければならないといふことである。しかしこれは実際の問題として出来ない相談と思ふ。われわれは朝鮮語での感覚でのみ、うれしさを知り悲しみを覚え怒りを感じて来た。勿論われわれの一部の者は内地語で自分の意志発表は出来るであらう。しかし感覚や感情の表現はできない。（「朝鮮文学風月録」『文藝首都』１９３９年６月、『新編「在日」の思想』１５２～１５３頁から転載）

張は、秀吉の朝鮮役を取材した『加藤清正』を書いた。これは、張が日本帝国主義の植民地支配に屈服したものだとして、任展慧は次のように批判している。

日本帝国主義への張赫宙の最初の忠誠は、「加藤清正」（『文芸』一九三九年一月号）によってあかしだてられた。自国への侵略者「加藤清正」を英雄として描き賛美することは、まさに二十世紀の「加藤清正」に膝を屈することであった。自民族の抑圧者を、英雄として描きだすことをいとわぬ作家――人間と文学とにとって、これ以上の恥ずべき堕落がまたとあろうか。このような人間性の恐ろしい破壊は、張赫宙の内部で、虚ろな音高く急速度にすすめられていった。（『日本における朝鮮人の文学の歴史――一九四五年まで』２０９～２１０頁）

軍国小説の代表作とも言うべき『岩本志願兵』（興亜文化出版、１９４４年）は、野口稔の名前で発表された。１９１０年の韓国併合によって朝鮮人は日本人となったが、国民皆兵の思想に基づく徴兵制は適用されなかった。日本に反感を抱き、独立の気概をもった朝鮮の若者が存在する限り、彼らに銃を持たせることは危険であり、また、日本語の使用が未熟な段階にある状況では、軍隊内で支障をきたすと考えられたからである。

しかし、戦争が拡大してくると日本人青年が不足するようになり、１９３８年４月に「陸軍特別志願兵令」が施行され、17歳以上の朝鮮人男子は皇軍兵士に志願できるようになった。施行から43年までの志願者総数は80万２２２７人にのぼっており、志願というのは名ばかりで、ほとんど強制的な志願であったことがわかる。戦争末期の１９４３年８月になると、朝鮮にも徴兵制が施行され、翌年から実施された。

張赫宙は、１９４３年４月に京城にある「朝鮮陸軍特別志願兵訓練所」を視察し、そこで三日間の特別入所の体験をもとにして「岩本志願兵」を書いた。この小説は、『毎日新聞』に１９４３年８月24日から９月９日まで連載された。朝鮮においても朝鮮語に翻訳され、「巡礼」と改題して『毎日新報』で９月７日から22日まで連載されている。
十八、九歳の岩本青年は、酔っ払いの父と継母とともに東京に住んでいた。兵隊になれないのが口惜しかった岩本青年は、陸軍に志願して真の日本人になろうと考える。ただ、内鮮がひとつであったかどうかについて自信が持てないでいた。ある日、埼玉県の高麗神社に参拝したとき、そこの住民は千二百年前に朝鮮から渡来した人たちであると聞いて感激し、内鮮一体を確信し、志願兵になることを決意する。朝鮮人青年が皇民化していく内面の過程を描いた作品である。
１９３４年、後に朝鮮総督に就任する南次郎らが役員として名を連ねる「高麗神社奉賛会」が設立されている。高麗神社は、朝鮮民族が日本に同化した典型であり、内鮮一体を如実に立証しているとして、政治的に注目され利用されるようになったのである。張赫宙は、１９４３年10月８日、日本文学報国会主催の高麗神社参拝団に参加している。なお、1947年から張赫宙は高麗神社に近い埼玉県日高町に定住した。

任展慧は、「張赫宙は、日本帝国主義の植民地政策を単に肯定しただけではなく、このような形で多くの「岩本」たちを、日本帝国主義の侵略戦争にかりたて、死地においやった」とし、「在日朝鮮人文学者の戦争責任の追及は、まず、張赫宙から始められねばならない」と述べている（「張赫宙論」『文学』1965年11月号）。

張は敗戦の知らせを聞いたとき、「物凄い混乱」を感じたと言っている（1945年10月22日付『東京新聞』）。多くの在日朝鮮人にとって、8月15日は植民地支配から解放された歓喜の日であったのだが、張は「仰向けにぶつ倒れて、ぐら〳〵とめまひのする頭を抱へるのがやつとであつた」（同前）と述べている。戦争に協力してきた張は、大きなショックを受け、親日行為を糾弾されることに恐怖を感じ、今後どのように身を処してゆけばいいのか途方に暮れたのである。

1952年10月17日、張は日本に帰化し、野口稔となった。1952年4月28日、サンフランシスコ講和条約の発効によって、それまで日本国籍を持つとされた在日朝鮮人は外国人とされ、同日に施行された外国人登録法の管理のもとに置かれた。当時、張は『嗚呼朝鮮』（新潮社、1952年5月）の中で韓国政府と軍の腐敗を暴露したことで、韓国では「民族反逆者」として逮捕状が出されたりしていた。張には、祖国に帰るという選択肢はなかった。

「眼」（『文芸』1953年10月号）は、朝鮮戦争を取材してきた作家のルポルタージュのような小説である。張は1951年7月、毎日新聞社の後援で米軍機で朝鮮へ飛び、約一か月間、朝鮮に滞在して取材した。翌年10月19日～28日にも取材に出ている。日本からの報道特派員として朝鮮へ行き、米軍と韓国軍の許可を得て取材した。しかし、日本の報道員であっても、植民地時代に「親日派」であった張は、母国を裏切った者として、朝鮮において安全な身ではなかった。

戦後も張は多数の作品を書き続けている。48年から53年にかけて多数の児童文学作品を書いたのをはじめ、朝鮮戦争を描いた『嗚呼朝鮮』（新潮社、１９５２）、病気を扱った『黒い地帯』（新制社、１９５８）や『ガン病棟』（講談社、１９５９）、また『黒い真昼』（東都書房、１９５９）や『湖上の不死鳥』（東都書房、１９６２）などの推理小説、さらに自伝的小説『遍歴の調書』（新潮社、１９５４）や『嵐の詩』（講談社、１９７５）を書いている。『遍歴の調書』からは、野口赫宙という筆名を使い、以後このペンネームで執筆を続けた。日韓の歴史を探求する『韓と倭』（講談社、１９７７）や『陶と剣』（講談社、１９８０）、さらに古代史にも関心を寄せて『マヤ・インカに縄文人を追う』（新芸術社、１９８９）も刊行している。晩年においては、英語で長編小説を書き、インド・ニューデリーで出版している（『ForLorn Journey』１９９１、『Rajagriha:A Tale of Gautama Buddha』１９９２）。

在日朝鮮人として初めての芥川賞候補になった
金史良（キム・サリャン　１９１４～１９５０？）

金史良は、わずか36歳という若さでこの世を去った作家である。彼の短い人生は、17歳までの平壌での生活、1931年末から42年にかけての日本留学と作家活動、42年2月の帰国から朝鮮戦争で消息を絶った1950年10月頃までの三つの時期に分けることができる。日本在住は、東京帝大を卒業するまでの7年余と、作家活動をした2年半の約10年である。

金史良は1914年3月3日、平安南道平壌府の富裕な家に生まれた。本名は金時昌で、両親の名前は不詳である。金史良は父について、「母と違って絶壁のように保守的で頑固なために、幾度母に責め諫《いさ》められながらもついにあの姉を小学校にさえ出さなかった。女に新教育は許せないというのである」(「故郷を想う」『光の中に　金史良作品集』285頁)と述べている。母については、「アメリカで教育をうけた」(『花実の森』上、370頁)と書かれているので、米国に留学した才女である。兄・時明、姉・特実、妹・五徳の四人兄弟の次男である。妹の五徳は日本に留学しているので、父はかなり前に死亡していたと思われる。

保高みさ子は、「彼の家は平壌の両班《ヤンバン》(文武官を出す旧貴族階級)で、ブルジョアである」(同前370頁)と述べている。兄の時明は、京都帝国大学法学部を卒業し、朝鮮の洪原道洪川郡の郡守を務めた後、高等文官試験に合格し、朝鮮総督府専売局長になっている。妹の五徳も、帝国女子専門学校に留学している。母は平壌市内でデパートを経営していたから、たいへん富裕な家庭であった。

1928年、平壌高等普通学校(中学校のこと)に入学。五年生のとき、反日同盟休校事件の主謀者の一人と目され諭旨退学処分を受けた。学校での軍事教練が義務化され、日本の職業軍人が配属されたことに対する排斥運動を起こしたためである。当時、京都帝国大学在学中であった兄が、同志社大学の制服、制帽、学生証を取り揃えてくれたので、それを身に付けて日本へ渡った。

1933年4月、旧制佐賀高校文科乙類に入学する。文科乙類とは、第一外国語がドイツ語の課程である。金史良は、ドイツ大使館から優秀なドイツ語学習者としてメダルを授与されている。

1936年、東京帝国大学文学部ドイツ文学科に入学する。この年、戯曲を書きたいと村山知義を訪ねている。民族的文化運動に関わっていた金は、朝鮮芸術座にたいする一斉検挙で、本富士警察署に二か月余勾留されている。その頃の朝鮮人留学生のおかれていた状況について、安宇植《アンウシク》は次のように述べている。

当時、日本の大学にまなぶ朝鮮人留学生にたいする思想上の監視・統制にはことのほかきびしいものがあった。彼らは週に一度、ときには数度にわたりきまって不意に襲われ、特高刑事から所持品はもとより書籍から郵便物にいたるまでいっさいを調べられ、いわれのない抑留をうけることも稀ではなかったのである。(『金史良』46頁)

1939年、卒業前の1月に平壌で崔昌玉と結婚する。春、張赫宙《チャンヒョクチュ》の紹介で『文藝首都』の同人となる。大学卒業後、ソウルにおもむき朝鮮日報社の学芸部記者になるが、東京帝国大学大学院への入学を許可され、6月に妻とともに東京に帰っている。10月に『文藝首都』に発表した「光の中に」が、同年下半期の芥川賞候補になる。在日朝鮮人として初めての芥川賞候補である。選者のひとり佐藤春夫は、「私小説のうちに民族の悲痛な運命を存分に織り込んだ作品」(同前95頁)であると評した。

1940年、『文藝春秋』に「天馬」、『文藝首都』に「箕子林」、『文芸』に「草深し」、『改造』に「無窮一家」などの作品を発表する。

1941年11月、『文藝首都』の会合で金達寿《キムタルス》と知り合い親交を結ぶ。太平洋戦争が始まると、思想犯予防拘禁法により鎌倉警察署に拘禁された（12月9日から翌年1月29日まで）。釈放されるとすぐに故郷の平壌に帰っている。事実上の朝鮮への送還とみてよいだろう。

金史良の日本語による小説は、1943年10月に完結した長編「太白山脈」（『国民文学』に連載）が最後となっており、エッセイ類を別として、それ以降の作品は朝鮮語で書かれている。

金史良は戦争中、国策遂行への協力を強制された。1943年7月、朝鮮人海軍特別志願兵令が公布されると、海軍思想の普及を図るため、国民総力朝鮮連盟は、朝鮮の文化関係者からなる海軍見学団をつくって、鎮海警備府、佐世保海兵団、海軍兵学校、大竹海軍潜水学校、海軍省、土浦海軍航空隊などへ派遣した。金史良はこの一員に選ばれ、ルポルタージュ「海軍行」（朝鮮語）を『毎日新報』に連載している。

また、金史良は1943年12月14日から翌年10月初旬まで193回にわたって『毎日新報』に「海への歌」（朝鮮語）を連載したが、その中には、次のような戦意高揚の一文が盛り込まれている。

かつて二十世紀の初頭、東亜の諸民族は、日本が強大なロシアを叩き伏せるのを目撃して、決然と起ち上がったものであった。西洋人いうところの「アジアの目覚め」であった。

ところが今回こそは、ほんとうに「アジアの目覚め」るときは訪れたのだ。目覚めたアジアは日本を指導者と仰ぎ、総進撃を開始した。

朝鮮の天地にもラッパの音は嚠々と響きわたった。

「青年よ、いざ起ち上がれ！」

「少年よ、いざ起ち上がれ！」

（「海への歌」『金史良全集Ⅲ』、『生まれたらそこがふるさと』１０３頁から転載）


「海への歌」は、海軍思想を普及するために書かれた宣伝小説であった。

１９４３年の夏、京城日報の記者になっていた金達寿は、ちょうど京城に来ていた金史良に出会っている。金達寿は、「ここで私はふたたび金史良とめぐりあったが、このときは二人とも何か緊迫した雰囲気のなかにおかれていたようで、ろくにはなしをかわすこともできなかった」（『金史良』１３９頁）と回想している。旧知のふたりが再会を喜ぶのではなく、ろくに話もしなかったのは、両者とも権力に屈服してしまった不甲斐なさや挫折感、良心の呵責があったからであろう。金達寿も、朝鮮総督府の御用新聞であった京城日報に勤めていた。

金史良は、張赫宙とともに「在日朝鮮人文学」の嚆矢とされている。張赫宙はやがて親日派になり、皇国主義や軍国主義を宣伝する作品を書くようになるのだが、金史良は日本の敗戦直前の五月末、朝鮮から脱出し、中国共産党の根拠地である延安に向った。結果的には、延安に行くことができず、華北朝鮮独立同盟・朝鮮義勇軍の根拠地であった太行山地区にたどり着いた。太平洋戦争中、朝鮮で御用新聞『毎日新報』や御用雑誌『国民文学』などに時局協力の文章を書いた金史良にとって、中国解放区への脱出は、彼の民族的良心を証するための決死の逃避行であった。

金史良の代表作である「光の中に」と「天馬」について見ていきたい。

「光の中に」の少年・山田春雄は貧民街に住むひねくれ者である。母は朝鮮人で、「半兵衛」と呼ばれている父からひどい暴力を受けている。「半兵衛」とは足らず者のことであるが、父の母親は朝鮮人なので、混血の意味で「半兵衛」と呼ばれているらしい。父は自分の母が朝鮮人であることを負の遺産として呪い続けている卑屈な男である。

春雄も父と同じように朝鮮人を嫌い、その血が流れているために劣等感を抱いている。その春雄は、S協会（セツルメント）で英語を教える東京帝大学生の朝鮮人「南《ナン》」との交流の中で、徐々に変化していく。学生の「南」に春雄は大きくなったら舞踏家になりたいと言う。春雄少年は、自分の将来を卑屈でやくざな父に見ていたのだが、立派な朝鮮人学生である南と親しくするうちに、自分の将来に明るいものを見い出していくのである。

この作品が書かれた時期は「内鮮一体」という国策が背景としてあった。金石範《キムソクポム》は、「一九四〇年前後には「朝鮮人ブーム」的なものがあって、「朝鮮」や「朝鮮文学」への関心が急に高まるのだが、それは文化的要求よりは政治的要求に支えられたものだった。政治的要求というのは、「内鮮一体」つまり朝鮮民族と文化の抹殺であり、「朝鮮」の存在の否定の上に立つものである」（『新編「在日」の思想』147頁）と語っている。1940年には、『朝鮮小説代表作集』（教材社）や『朝鮮文学選集』全三巻（赤塚書房）が刊行され、金史良の最初の小説集『光の中に』（小山書店）も出版されており、内鮮一体化政策が文学の分野でも推進されたことがわかる。林浩治《はやしこうじ》も、「光の中に」について次のように述べている。

「光の中に」は基本的に「内鮮一体」の動きに呼応している。それは劣悪な社会環境におかれた朝鮮人が、朝鮮人であるまま日本人と対等たりえるという金史良式の解釈に基づいてはいた。しかし日本帝国主義に抵抗する思想的影響を与え朝鮮民族の独立運動を鼓舞し、日本人に朝鮮人の民族的人権を訴えるといった側面よりも、「内鮮一体」という政治的要求に応えるという役割をよくなしえている。（『在日朝鮮人日本語文学論』２４２頁）

「光の中に」が書かれた頃は、すでにプロレタリア文学は弾圧によって壊滅させられ、厳しい言論統制が敷かれていた。しかも、太平洋戦争突入直前の時代である。にもかかわらず、民族差別をテーマにした作品が芥川賞候補になったのは、なぜだろうか。鶴見俊輔は、次のように作品を分析している。

彼が中日戦争下に日本で発表した作品は、朝鮮人の生活を作者の感想をまじえず事実のつみかさねをとおしてえがいたもので、イデオロギー性を故意になくすことによって、かえって日本政府のイデオロギーに対する妥協が見られない。（「朝鮮人の登場する小説」『文学理論の研究』１９１頁）

イデオロギー性を故意になくすという手法をとったことで、この作品はきびしい検閲の目をのがれることができたのである。金史良の次の言葉は、芥川賞候補になったことを手放しで素直に喜べない気持ちが表明されている。

私の小説の広告見出しの下には、佐藤春夫といふ作家の批評として、「私小説のうちに民族の悲痛な運命を存分に織り込んだ作品」といふ風な文字が、枠付きではいってゐるのです。「これでいゝだらうか、これでいゝだらうか」私は自分に云ひました。（略）私は考へたのです。本当に私は佐藤春夫氏の云はれるやうなことを書いたのであらうかと。（略）私はもともと自分の作品でありながら、「光の中に」にはどうしてもすっきり出来ないものがありました。嘘だ、まだまだ自分は嘘を云ってゐるんだと、書いている時でさへ私は自分に云ったのです。（「母への手紙」『評伝　金史良』89頁から転載）

金史良は作品の出来に満足できず、民族主義者としての良心と責任を痛切に感じていたのである。「天馬」（『文藝春秋』1940年6月号）は、「内鮮一体」化政策に便乗した俗物作家・玄竜の親日派ぶりを滑稽に描いた作品である。この時期は、日中戦争が全面化し、太平洋戦争突入の前夜であり、植民地支配がいっそう強化された時代である。たとえば、1937年10月、朝鮮総督府は「皇国臣民ノ誓詞」を制定し、学校の朝礼などで必ず唱えさせることにし、新聞や雑誌は、これを掲載しなければ発行を許されなかった。この作品が発表された1940年2月には「創氏改名」が義務付けられ、二字からなる日本風の名字が奨励された。同年8月には、東亜日報、朝鮮日報の朝鮮語新聞が強制的に廃刊させせられている。

「天馬」は、実在の人物をモデルにした小説として知られている。金允植《キムユンシク》『傷痕と克服　韓国の文学者と日本』(147頁)によれば、主人公の朝鮮人小説家・玄竜は金文輯《キムムンテプ》(創氏改名で大江龍之介と名乗る)、日本人小説家・田中は、田中英光のことで、U誌社長・大村は『緑旗』誌の責任者である津田剛《かたし》、官立専門学校教授・角井はえせ学者・辛島驍を連想できると具体的にモデルの名前を上げている。ただし、川村湊は、小説家・田中のモデルは田中英光ではなく、田村泰次郎であろうと書いている。(『光の中に　金史良作品集』303頁)また、川村湊は、女流詩人・文素玉は盧天命であり、東京のある知名な作家・尾形は林房雄であると推測している(『近代日本と植民地6』210頁)。

主人公の玄竜は、東京で野良犬同様の生活を余儀なくされていたのだが、苦肉の一策として、自分は朝鮮貴族の息子で、しかも文学的天才で朝鮮では第一流の作家であると吹聴したところ、次々と二、三人の女に飼われることができた。ある年、女を斬りつけた罪で朝鮮へ送還されてしまった。玄竜は、一種の性格破綻者である。

> それからは朝鮮語で奇を衒《てら》うような、或は淫靡《いんび》を極めたような文章を綴って低俗な雑誌へ方々売り込みに歩いた。信玄袋にはいつも原稿を入れて担いで廻り、バーやカフェーを荒しては巡査に捕えられ職を訊かれると、得意になって文士の玄竜だと云い放った。(「天馬」『光の中に　金史良作品集』130頁)

玄竜は朝鮮の文学者から「貴様こそ朝鮮文化の怖ろしいだにだ!・」（同前111頁）と罵られるようになった。そこで、玄竜は総督府権力とつながっている有力な日本人に近づいて、京城の文化人としての地位を守ろうとする。まぎれもなく玄竜は俗物の親日派であるが、こうした醜悪で卑屈な人物を、否定も肯定もせずに描くことで、日本による植民地支配の悪しき産物として、哀惜とユーモアを込めて造形したのである。金石範も、ある対談の中で次のように述べている。

金　『天馬』は傑作ですよ。ドストエフスキーを思い起こして、衝撃を受けました。主人公「玄龍」に対する、つまり大江龍之介に対する風刺だけじゃない、あの時代の朝鮮自体の苦しみがある。それを笑いで書いている。不思議なことに、戦後の在日朝鮮人文学は、みんな日本の私小説風になるけれども、金史良は全然違いますよ。彼は戦後に北朝鮮へ帰って文学団体の幹部になったり、朝鮮語で小説や戯曲を書いたりした。でも、あんまりいい作品はないね。

朴　そうですよね。なぜでしょうか。

金　不思議ですね。やはり日本語で書いたものがいい。

朴　彼は日本語作家だったのでしょうね。

金　言語のことは別にしても、文学的には戦後のものは評価できないですね。『天馬』や『光の中に』がいい。その同じ作家が、北朝鮮へ帰って書いた作品がよくない。

朴　ほとんど国策文学みたいですね。
金　そうそう、全然おもしろくない。

（『座談会昭和文学史』第五巻、262～263頁。筆者注、朴は世宗《セジョン》大学教授の朴裕河《パクユハ》である）

日本の敗戦後、金史良はただちに平壌にもどり、新しい国づくりに取りかかった。京城にいた村山知義は、金史良と再会したときの模様を次のように語っている。

戦争が終り、朝鮮が三十八度線に二分されたころ、金君が平壌に帰って来た、という噂が、以南の京城にも伝わって来た。（中略）私も南鮮での、進歩的演劇再建の運動の片棒をかついでいそがしかった。そういう或る冬の夜、金君が三十八度線を越えて、或る組織上の仕事のために、京城に来ている、そして私に会いたがっている、ということを聞いた。私は驚喜して早速、打ち合せて、或る家で会うことができた。別れて五年を経ていたが彼はちっとも変っていなかった。（『金史良』203～204頁）

中国から帰還した金史良は、1946年3月に朝蘇文化協会書記長、同年5月北朝鮮芸総文学部長、同年9月金日成大学文学部講師となり、北朝鮮で文化団体の指導的地位に就いている（張紋碩「金史良とドイツ文学」）。朝鮮戦争が起こると、金史良は北朝鮮人民軍の従軍記者となり、「智異山遊撃地帯をゆく」「海が見える」「われらかく勝てり」などのルポルタージュを書いている。50年9月の米軍の仁川上陸によって、戦況は一挙に北朝鮮に不利になり、金史良は南部の前線からの撤退の途中で行方不明になった。太白山脈に沿って山中を敗走中、持病の心臓病が悪化して原州付近で落伍し、消息を絶った。いつ、どこで、どのように死んだのかは不明のままである。

第一章　50年代に登場した作家たち

民族の誇るべき抵抗の歴史を歌う詩人

許南麒（ホ・ナムギ　1918〜1988）

詩人・許南麒は、1918年6月24日、慶尚南道亀浦に生まれた。一貫して彼は、北朝鮮を支持する朝鮮総連の指導者であった。彼の主な経歴は、次のとおりである。

1931年、亀浦普通学校卒業
　同年、釜山第二商業学校入学
1937年10月、治安維持法違反で逮捕される。
1939年夏、渡日。日本大学専門部芸術科映画専攻科に編入学し、中退
1942年9月、中央大学法学部卒業。証券会社に就職する。
1946年11月、川口朝聯小学校校長に就任
1949年、雑誌『民主朝鮮』の編集長に就任
1950年、長編叙事詩「火縄銃のうた」を発表
1951年4月、神奈川朝鮮人中学校の教務主任に就任
1952年、訳詩集『白頭山』（趙基天）、叙事詩『巨済島』、詩集『朝鮮冬物語』を出版

1956年、朝鮮大学校講師に就任
1959年、詩集『朝鮮海峡』を出版。6月に結成された在日本朝鮮文学芸術家同盟の初代委員長に就任
1965年、朝鮮総連中央文化部長に就任
1966年、朝鮮総連中央副議長に就任
1972年、『キム・イルソン勲章』を授与される。
1977年、朝鮮民主主義人民共和国最高人民会議代議員に当選
1988年11月17日死去。享年70歳

戦後の在日朝鮮人文学は、1946年3月に創刊された雑誌『民主朝鮮』に始まるとされる。そこに、金達寿、許南麒、李殷直《イウンチク》ら第一世代の作家たちの作品が掲載された。

この時代を概観すると、日本の敗戦直後に在日本朝鮮人連盟（朝連）が1945年10月15日に結成され、それが団体等規正令によって解散（1949年9月8日）させられると、在日朝鮮統一民主戦線（民戦）が1951年1月9日に結成された。1955年5月25日には在日本朝鮮人総聯合会が創立された。このように、戦後の十年間は、民族組織の建設の時期であり、それはアメリカ占領軍や日本政府の妨害や弾圧に抗しての闘いであった。

また、1948年8月に大韓民国、9月に朝鮮民主主義人民共和国の樹立が宣言され、朝鮮半島は南北に分断された。1950年6月に朝鮮戦争が勃発する。1959年12月からは北への帰国運動が

始まった。１９６５年には日韓基本条約が締結された。

以上のように、第一世代は、民族運動の高揚と政治的激動の季節のただなかで、文学作品を書いたのである。この時代背景が、第一世代の文学を特徴づけることになった。

許南麒は、母国語による創作を基本としたが、日本語による詩も多く書いている。在日本朝鮮文学芸術家同盟の委員長にまでなった彼が、朝鮮語での創作活動を原則とする組織方針から言えば、日本語によって詩作をすることは、本来ありえないことであった。日本帝国主義によって強制された日本語は「奴隷の言葉」であって、植民地奴隷思想を打破し、民族文化を継承発展させるためには母国語で創作するのが当然と見做されていた。彼が朝鮮総連の有力な一員であっても、日本語の作品を書いたのは、あくまでも「朝鮮のおかれている位置と境遇とを、なるべく多くの日本人にわかってもらうため」であった。

許南麒は、『許南麒の詩』の「あとがき」で次のように述べている。

> わたくしは、主に一九四五年の秋から、一九六〇年頃まで、朝鮮語による詩作とともに、日本語の詩作も並行してやってきた。
>
> わたくしのつもりでは、日本語による詩は、朝鮮のおかれている位置と境遇とを、なるべく多くの日本人にわかってもらうためのものであった。
>
> だから、朝鮮語の詩の場合もそうであるが、日本語の詩の場合、詩そのもののいわゆる「芸術性」なるものを度外視した作品の方が多い。

それでは、詩でも何でもなかろうと言うかも知れぬが、わたくしの場合は、朝鮮が現在出くわしている状況の方が、より大事であった。（『許南麒の詩』253頁）

長編叙事詩「火縄銃のうた」は、1950年の秋に書かれたもので、朝鮮戦争の最中に発表された。祖母が孫に語りかける形で、民族の誇るべき抵抗の歴史を歌う詩だ。祖父は火縄銃をもって甲午農民戦争（1894年、東学党の乱ともいう）に参加したため、捕らえられ処刑された。父は三・一独立運動（1919年）に加わったかどで官憲に追われ、国境を越えて北間島に行ったきり、帰らぬ人となった。その父の息子は、祖父の火縄銃をもって朝鮮戦争のたたかいに出発しようとする。祖母が、三代にわたる戦いを引き継ぐジュヌアという名前の孫をはげまし、その英雄的な祖国解放のたたかいの決意を讃える歌である。

ジュヌア
お前は　いま
銃を磨いている、
お前は　いま
祖父の着物と
父と母の着物の切れはしで
その火縄銃を磨いている、

ジュヌア
お前は　それを担ぎ
ジュヌア
お前は　いま
お前の祖父が遺した最後の形見、
お前の父が遺した唯一の遺産、
その　もろもろの思い出まで
この祖母から取上げて
父のあとを追おうとする、
祖父のあとを追おうとする、
お前の父が行ったみち
お前の祖父が行ったみちへ
お前も　この祖母を置いて
去って行こうとする。（『許南麒の詩』248〜249頁）

川村湊は、戦前に書かれた槇村浩《まきむらひろし》の「間島《カンド》パルチザンの歌」（『プロレタリア文学』1932年4月臨時増刊号）の作風を継承するものとして、「火縄銃のうた」を次のように高く評価している。

許南麒の詩を一言でいうとすれば、それは「抵抗と風刺の詩」というのがもっとも適切であると思われる。長編叙事詩『火縄銃のうた』（初版一九五一年、青木文庫版一九五二年、青木書店）は、「東学の乱」と「己羊年万歳事件」と「抗日武装闘争」という三つの戦闘を、祖父、父、そして子のジュヌアという三代が闘ってきたという想定の下で作られた叙事詩である。語り手はそのジュヌアの祖母であり、彼女は夫、息子、そして孫を、それぞれ民族の解放の闘いへと送り出したのだ。朝鮮半島の独立、革命闘争の近代史と、朝鮮人女性の「身勢打令」（独特の調子をもって語る身の上話）とを重ね合わせたようなスタイルを持つこの叙事詩は、許南麒の代表作であると同時に、日本語で書かれた叙事的な詩として、特異な位置を日本の近代詩史のなかにおいて占める作品といえるだろう。（『生まれたらそこがふるさと』62頁）

抒情詩集『朝鮮冬物語』（1949年9月、朝日書房刊）は、1946年から1949年の春までに作った詩で、ふるさとである南朝鮮の釜山《プサン》、慶州《キヨンジユ》、大邱《テエグ》、木浦《モツポ》、光州《クワンジユ》、扶余《プヨ》、ソウルの各地を歌った連作詩である。たとえば、「釜山詩集」には、こんな一節がある。

そして　きょう
また一隊の巡礼者がこの港におりる。
ソウル――釜山間　一等三千六百円の車窓からではなく
こそこそと貨車のかげの三等車から

もろもろのがらくたを背負い
蒼白な決意を両手にさげた
よれよれの衣服にくるまった人びとの一隊がおりる、
金三万円也の
釜山——九州間　玄海灘のやみ航路の旅客となるために
家財、郷愁、矜持のすべてをたたきうって、
ふたたび学問を求め
食うみちをひらくためにおりたつ巡礼者たちなのだ。（『許南麒の詩』21～22頁）

彼の詩は、敗戦後の日本の詩壇に新鮮な驚きをあたえた。当時、新日本文学会の書記長だった中野重治は、『朝鮮冬物語』を激賞し、一面識もなかった許南麒のその詩集に跋文を書いた。先述したように、許南麒は朝鮮の現実を日本人に知ってもらうために、芸術性を犠牲にして日本語で詩を書いたのだが、はからずも彼は「日本語の詩人」として高く評価されたのである。この点について、川村湊は次のように述べている。

それは、結局は彼が本質的に「日本語」の詩人であったということを意味している。彼はそうした捕囚となり、奴隷のように鎖につながれ、傷ついた言葉としての「日本語」によって詩作を続けた日本語詩人にほかならなかったのである。

もちろん、このことは彼が愛国的な、民族主義的な詩人であったことと矛盾しない。彼は自らの内なる「囚われた言葉」としての日本語を駆使して詩を書くことによって、いわば奴隷の言葉としての自らの「日本語」を解放したのであり、少なくともそうした相手の武器を逆用することによって、その日本帝国主義に対抗する「抵抗詩」を書き続けたのである。(『生まれたらそこがふるさと』69頁)

許南麒の日本やアメリカ帝国主義に向けられた詩人としての抵抗と風刺の精神は、不思議なことに、北朝鮮や朝鮮総連に対してはまったく発揮されなかった。それは、彼が「北」の政治的イデオロギーの一貫した信奉者であったからである。許南麒にとって、北朝鮮と朝鮮総連は、祖国そのものであった。

在日朝鮮人文学の嚆矢

金達寿(キム・タルス　1920〜1997)

言うまでもなく、金達寿は在日朝鮮人文学の嚆矢である。戦前、在日朝鮮人作家としては、金史良《キムサリャン》と張赫宙《チャンヒョクチュ》がいるが、金史良は解放後、北朝鮮に帰国し、朝鮮戦争に従軍して南から撤退する途中で死亡した。張赫宙は、後に親日派に転向して日本に帰化し、朝鮮人としての民族的立場から離れてしまった。戦後に活躍した詩人の許南麒《ホナムギ》は、朝鮮総連の幹部になり政治活動に入ったので、戦前からの在日朝鮮人文学を戦後に引き継いだのは、金達寿といってよいのである。金達寿は金史良のように祖国に帰ることなく、張赫宙のように日本に帰化もせず、在日朝鮮人としての道を歩んだ。

金達寿は1920年1月17日、慶尚南道で中小地主である父・金柄奎《キムビョンギュ》、母・孫福南《ソンボクナム》の三男として生まれた。5歳のとき、没落した父母は長兄と妹を連れて日本に渡り、残された次兄と金達寿は祖母に育てられる。間もなく次兄と父が死亡。10歳のとき（1930年）、長兄に連れられ日本に渡る。母は東京・品川区で暮していた。日本語の読み書きも知らないまま、さっそく納豆売り、くず拾いなどして働いた。その後も、見習工、トロッコ押し、銭湯の従業員、映写技師見習い、廃品の仕切り屋など下積みの仕事をして働く。

小学校に編入して、日本語の読み書きを学んでいった。「やーい、チョーセンジン」と侮蔑されると、金達寿はその生徒をつかまえてなぐったので、「乱暴者の金」と呼ばれるようになった。『少年倶楽部』や『立川文庫』を友人から借りて読み、大佛次郎や吉川英治の小説に熱中した。

貧困のため小学校は6年の途中で退学した。16歳のとき、夜間中学校に入ったが、屑《くず》屋の仕事が忙しく、3、4か月で止めてしまった。日本にやって来てどん底の貧困と差別を体験した金達寿は、典型的な在日一世を代表しているといってよい。

18歳のとき横須賀から上京し、改造社版の『現代日本文学全集』のなかの「志賀直哉集」を読んで強い影響を受けた。

私は文学を勉強して小説家・作家になろうとひとりひそかに心を決したのは、かなりまえからのことだったが、それでなにを書くのか、とはじめて具体的にそれを考えるようになったのも、この東京でのことであった。私は『志賀直哉集』に収められた諸作品を夢中になって読み、そして巻末にあった「創作余談」などもくり返し読んだことでわかったのは、志賀直哉はほとんどみなすべてといっていいくらい、自分自身のことを書いて小説作品としているということだった。いわば私ははじめて、日本の典型的な私小説にぶつかったわけだったのであるが、志賀直哉がそれだったら、と私はそこで考えたのだった。それなら私は、自分たち朝鮮人のことを書こう、と。朝鮮人とはいっても、そのころはまだ私の目にみえていたのは在日朝鮮人という枠内のそれでしかなかったが、その朝鮮人は日本人からは蔑視され、差別されて、みじめな生活を強いられている。(『わがアリランの歌』169〜170頁)

当時、志賀直哉は「小説の神様」と呼ばれ崇拝されていた。多くの文学青年が志賀直哉をお手本にしたように、金達寿も志賀に傾倒し、「私小説」を書こうとした。「そうだ、おれは自分たち朝鮮人のそれを書くのだ。そしてそれを日本人の人間的真実に向かって訴えるのだ、と私は考えた」(同前170頁)のである。それは、在日朝鮮人の生活を描いた「私小説」であった。自分が歩んできた道を書けば、それがそのまま在日朝鮮人の苦難の生活と歴史を語ることだ、と金達寿は固く信じたのである。

在日朝鮮人文学は、このように日本文学の主流であった私小説の影響から生み出されたといってよい。ただし、その作品は外国人によって書かれたものであって、日本独自の文化や精神を表しているわけではない。そして日本の私小説が概して没社会的なのに対して、被抑圧民族の手による作品であることから、社会性と政治性の色濃い私小説となっていく。

1939年、日本大学法文学部国文科に入学する。同年、芸術科に編入。同人誌『芸術科』に短編「位置」を書く。1941年秋、同人雑誌『文藝首都』の会合で金史良と出会い、親しく付き合うようになる。苦学しながら日本大学専門部芸術科を卒業し、1942年1月、神奈川日日新聞社（まもなく神奈川新聞に統合）に入り社会部記者になる。その頃、日本名で金光淳《かねみつじゅん》と名乗っていた。恋人ができたときも、この日本名で付き合っていたため、悩み苦しむことになる。

翌年5月、恋人と別れた金は、ソウルの京城日報社に入社する。この新聞社は、朝鮮総督府の日本語機関紙であり、植民地支配のための御用新聞であった。なぜ金は、親日の新聞社に入社したのだろうか。その頃の金は、政治的には未熟であり、民族的自覚に覚醒していなかった。後年、金は自己批判しなければならなくなる。ただし、志願兵にさせられそうになった金は、1年も経たないうちに京城日報社を辞め、再び神奈川新聞に復帰している。

戦争が終わると、ただちに金は横須賀で朝鮮人の組織化に駆けまわった。9月初め、横須賀在住朝鮮人同志会の結成大会は、警官隊によって解散させられ、金は特高に逮捕された。10月になると、在日朝鮮人連盟（朝連）中央本部が結成され、金もこの結成大会に参加している。金は朝連神奈川県本部の常任となった。

翌1946年4月、金達寿は朴元俊《パクウォンジュン》、張斗植《チャンドウシク》らと『民主朝鮮』を創刊し、在日朝鮮人の日本語による文学活動を開始した。多いときは1万5千部を印刷していた。金は、この雑誌に長編「後裔の街」を連載し、文壇から注目されるようになる。9月、妻・福順が結核のため死去。金は44年12月、妹の友人・金福順《キムボクスン》と結婚していた。

1946年10月、小田切秀雄や徳永直のすすめで新日本文学会に入会し、常任中央委員になる。金は在日朝鮮人作家の代表格と見做されていたのである。なお、後年のことになるが、1965年、運動方針の対立から新日本文学会を除名された蔵原惟人、霜多正次、江口渙、津田孝らが、日本民主主義文学同盟を創立すると、金もそのメンバーに加わった。

1948年6月号の『民主朝鮮』がGHQにより発禁処分を受ける。朝連は全国に586の民族学級・学校を持っていたが、日本政府はこれを閉鎖する方針を打ち出したため、それを批判する特集を組んだからである。

1949年5、6月頃、日本共産党に入党する。当時、朝連の活動家のほとんどが共産党員で、金も何度となく入党をすすめられていたのだが、断り続けていた。

しかしながら、一九四八年から九年のそのころになると、情勢がだんだん変わってきた。戦後というものが日常的になるとともに、「逆コース」ということがしきりと言いだされるようになり、一方では「民主主義擁護同盟」などがつくられたりしていた。いうところの社会主義革命どころか、民主革命ということさえ、あやしい雲行きとなっていたのである。

そういうことがあり、戦後、私はまた私なりに学んだものもあって、考えたのだった。結果、わたしはそれまでの民族主義的青年から、社会主義者になることを決意し、自らすすんで日共に入党したのであった。私は、二十九歳になったところだった。（『わが文学と生活』160頁）

1949年9月、朝連は武装警官によって強制解散させられた。朝連は占領軍に対して反抗的とされ、「団体等規正令」が適用されたのである。朝連の常任であった金は、失業者となった。なお、この年の春、はじめて京都・奈良を旅行し、後年、『日本の中の朝鮮文化』を書くきっかけとなった。

1950年6月25日、朝鮮戦争が始まった。それに先立つ1月6日、日本共産党はコミンフォルムから批判され、党は分裂していた。いわゆる「50年問題」と言われるもので、徳田球一書記長を中心とするグループは地下に潜行し、臨時中央指導部なるものをつくった。そして、これに同調しない宮本顕治らのグループの除名カンパニアを行ったのである。金は、宮本顕治らの除名に反対の意見を持っていたので、「分派」と見做され除名処分を受けた。

1950年の暮れにそれまで住んでいた横須賀から東京・中野区のアパートに引っ越し、朝連中央総本部の会計事務をしていた女性と結婚した。双方とも再婚であった。金の長男は5歳になっていた。なお、再婚相手とは17年後に別れている。

1958年9月、『朝鮮―民族・歴史・文化―』（岩波新書）を刊行する。朝鮮および朝鮮人について、どれほど日本人は知っているのだろうか、という疑問を持ち続けていた金が、朝鮮の全体像を一冊にまとめようとして書いた本である。この著作に対して、朝鮮総連の機関紙『朝鮮民報』は、「金達寿『朝鮮』に現れた／重大な誤謬と欠陥」という大見出しの記事で批判した。

その記事は、「反動的ブルジョア思想体系によって叙述されており、朝鮮人民としての主体性が欠如して」（『わが文学と生活』217頁）おり、「金日成元帥を先頭とする堅実な共産主義者たちが成し遂げた革命伝統を歪曲した」（同前）というものであった。朝鮮総連からの批判と攻撃はその後も続いたが、後年、金が『日本の中の朝鮮文化』の仕事をするようになると、これに対して「デモなどの異常な圧力をかけられることになり、朝総連と私の関係は決定的なことに」（同前237頁）なった。それは、1972年、国分寺市と京都市で予定されていた講演会が、朝鮮総連の圧力で中止に追い込まれたことを指しているものと思われる。1972年6月、金は朝鮮総連から除名された。

金は、戦後／解放後の直後から在日朝鮮人運動の献身的な活動家であった。1955年5月の朝鮮総連の結成大会では、中央委員に推されたが辞退している。それは組織から自由さがなくなり、硬直化しつつあると感じたからであった。

しかしだからといって、私は自分たちの組織を批判するとか、ましてそこから離脱するとかいうようなことは、少しも考えていなかったし、できることならこれまで同様、協力も惜しまないつもりでいた。八・一五以後、「朝連」「民戦」「総連」とつづいてきた組織は、在日朝鮮人としての私たちにとっては、「祖国」のようなものだったからである。（『わが文学と生活』196頁）

金の代表作である「玄海灘」は、『新日本文学』の1952年1月号から翌年11月号まで連載された長編である。執筆時期は前後するが、「落照」（1979）、「後裔の街」（『民主朝鮮』1946年3月号〜

１９４７年８月号）に続く長編ドラマで、「太白山脈《テベクサンメク》」（『文化評論』１９６４年９月号〜１９６８年11月号）へと継がれる４連作の一篇である。

主人公のひとり西敬泰《ソギョンテ》が京城日報社に入社する１９４３年を時代背景としている。この時期、朝鮮においては聖戦完遂のため、国語（日本語）常用、「皇国臣民の誓詞」の暗唱、特別志願兵の募集、徴用工・慰安婦の動員などの重圧が加えられていた。作者によればこの作品は、「かつての日本帝国主義の植民地下にあった朝鮮の現実、すなわち太平洋戦争下における朝鮮人の生活と抵抗とを描いたもの」（講談社文庫版へのあとがき）である。

実際、この小説には植民地下におけるレジスタンス、民族的抵抗が描かれている。磯貝治良は、「玄海灘」の登場は、戦後文学にとってまぎれもなく「文学的事件」であったと次のように述べている。

そこには、国家、民族、政治といった巨大な歴史の渦のまっただなかにあって、主人公たちの、いかに生きるべきかの実存的選択《アンガージュマン》の苦悩、抵抗、背信、たたかい、挫折、恋愛が全体小説の手法で追求されている。まさに戦争とレジスタンス、革命と反革命という二十世紀の劇が、東アジアを舞台に、骨格たくましい構成力と重厚な主題、多彩な人間群像によって織りなされているのだ。

たぶん、こういう性格とスケールの小説は、プロレタリア文学においても、近代日本文学史においても、見られないだろう。（『〈在日〉文学論』１２４〜１２５頁）

執筆は、ちょうど朝鮮戦争（1950年6月〜1953年7月）の真っ最中の時期であった。当時の金は、北からの朝鮮人民軍の進撃を「祖国解放戦争」と考えていた。植民地時代における抗日独立運動によって朝鮮人民は鍛えられ、それは戦後のアメリカ軍支配に対するたたかいに継承されていった、というのが金の歴史観であった。金は「玄海灘」を書いた動機について、「あとがき」で次のように語っている。

わが朝鮮人民軍はよくたたかつた。その初期においてはもとより、世界最強を誇るアメリカ帝国主義軍を主力とするいわゆる国際連合軍を迎えて、さいごまで堂々とよくたたかつた。これは歴史がしめすとおりである。

私はこの日本・東京の一角で、朝鮮人のこのようなエネルギーのよつて来たつたところはどこか、それは決して偶然のものではないという、その歴史的裏づけを少しでもしようと思つてこれをかきはじめた。深夜、頭上をアメリカ軍航空機のとんでゆく爆音をききながら、うんうん唸るような気持ちでかきつづけた。（『金達寿小説全集』第6巻、333頁）

もうひとつ、この小説で議論になったのは、朝鮮人男性と日本人女性の恋愛の不可能性という問題であった。主人公の新聞記者・西敬泰は、税務署職員・大井公子と恋仲になる。主人公は自分が朝鮮人であることを打ち明けると、大井公子はまったく問題にしなかった。にもかかわらず、主人公は恋人と別れてしまうのである。

そこには、言いようのない心理的な政治構造が存在していた。日本人男性と朝鮮人女性の恋愛であれば、それほど問題にならなかった。というのは、植民地時代において、男性としての日本が、女性としての朝鮮と結婚するのは、支配・被支配の構図からいってとくに葛藤は生じなかったからである。しかし、その逆の場合は難しいものがあった。日本人の親は娘に対して朝鮮人男性との結婚を許さなかった。宗主国と植民地の支配関係が、男女関係にも介入し、恋愛の成立に困難を持ち込むのである。金は『わが文学と生活』の中で次のように語っている。

私は彼女に向って、自分が朝鮮人であることを告白しなくてはならなかった。しかしなぜ、なにを、なぜそれが「告白」でなくてはならないのか。それは告白というものよりさきに、「屈辱」というものであった。

だが、私はその告白をした。「天真らんまん」な彼女は別に、少なくとも表面上は何のこともなかった。（中略）

私は耐えられなくなり、ほとんど衝動的に神奈川新聞社からは休暇をとって、彼女にはなにも言わず、だまったままソウルの京城へ向かって旅立って行った。一九四二年四月末のことであった。（101〜102頁）

「朴達《パクタリ》の裁判」（『新日本文学』1958年11月号）が1958年度下半期の芥川賞候補となる。しかし、すでに実績のある作家との理由で受賞は見送られた。実は、芥川賞候補になったのはこれが初めてではなかった。5年前の1953年下半期に、「玄海灘」が候補作として上がっていたのである。

川端康成は選評で、「今回の候補作から選ぶとすれば、金達寿の『朴達の裁判』のほかにはないという、私の意見は非常にはっきりしていて、動かせるものではなかった。格のちがう作品が一つはいっているような感じである。しかし、金氏の作家歴によって、芥川賞受賞の資格が問題になるのは当然だろう」（『文藝春秋』1959年3月号）と述べている。

主人公の朴達三《パクタルサム》は、5歳のときから大地主の作男をしていた。8・15の混乱期にパルチザンと間違われて逮捕され、留置場に二か月も収監された。そこで朴は初めて政治思想犯と呼ばれる知識人に出会い、社会主義とかアメリカ帝国主義というものを学んだのである。無知文盲の朴にとって監獄は「私の大学」であったのだ。

釈放された朴は、「もう、しょくみんちはいやだ！　あめりかはびんぼうなちょうせんからかえってくれ！」というビラの書き手になり、何度投獄されても屈しない民族解放の戦士になる。一介の民衆がいかに不屈の闘士になるかを描いた物語である。

「太白山脈」は、日本共産党が発行する総合雑誌『文化評論』の1964年9月号から68年9月号まで連載された長編である。この小説は戦後、すなわち8・15の解放後の激動を、ソウルを主な舞台として描いたもので、1946年10月の「十月人民抗争」までを描いている。太平洋戦争中を描いた「玄海灘」の続編として書かれたものである。

8・15の解放後、南朝鮮では全土で人民委員会が組織され、9月6日、南北を一つにした朝鮮人民共和国の樹立が宣言された。が、その直後、アメリカ軍が上陸して朝鮮人民共和国を否認し、南に軍政を布いた。支配者が日本からアメリカに変わっただけであった。10月16日に右派の李承晩《イスンマン》がアメリカから帰国すると、戦前の反共右派勢力が盛り返し、独立を求める左派勢力との対立が激しくなる。独立を求める運動は、翌年の「十月人民抗争」と呼ばれるゼネストに発展する。この民族独立の運動は、200万を超える参加者、逮捕者2万人以上、死者3千人以上という空前の規模であった。

金は口癖のように、『太白山脈』の続編を書かないと気が狂う。韓国に行かないと続編が書けない」と言っていた。48年5月、南朝鮮だけで単独選挙が実施され、8月に大韓民国が成立、李承晩が大統領になった。この過程で何万という人々が共産主義者と見做されて虐殺された。とくに、済州島の四・三蜂起では、その後のパルチザン闘争を含めると8万の島民が殺されたと言われる。金が、続編で、この時期の人民のたたかいを描こうとしたことは間違いない。

しかし、金は1981年、37年ぶりに訪韓したけれど、続編は書けなかった。60年代の後半から北朝鮮では個人崇拝が極端化し、社会主義に対する幻滅が広がっていた。社会主義の立場で書いてきた金は、北朝鮮の現状に絶望し、それが書けなくなった大きな要因になったことは相違ない。南の軍事独裁体制も批判してきた金は長らく韓国に入国できなかったので、祖国の現場を取材することができず、創作の上で支障になったことも大きいが、北の社会主義への絶望が書けなくなった最大の理由であろう。

1969年、古代日本における朝鮮文化遺跡に関心を強めていた金は、関西の友人である鄭貴文・詔文兄弟とともに、『日本のなかの朝鮮文化』という季刊雑誌を出すことになった。幸いなことに、鄭詔文が資金を提供し、京都大の上田正昭や同志社大の森浩一、作家の司馬遼太郎が協力してくれることになった。問題は、朝鮮総連が許可するかどうかであった。鄭貴文・詔文兄弟は二人とも朝鮮総連に属していた。司馬遼太郎もそれを心配して次のように書いている。

むしろ、文句が出るに相違ない。
いうまでもなく在日朝鮮人が組織している朝総連は、朝鮮民主主義人民共和国の日本における在留者組織で、新興国家だけに組織主義というのがじつにやかましい。たとえば朝鮮に関する刊行物はなるべく組織が刊行すべきで、私人が出すことは許されないたてまえであり、この種の刊行の形式はひょっとすると望ましくないと思われるのではないかという、余計な心配が事情知らずの私の方にあった。（『日本の朝鮮文化』15頁）

金も、朝鮮総連の文化部が許可するとは考えていなかった。そこで昔からの友人であった朝鮮総連の議長・韓徳銖に直接「上申書」のようなものを書いて提出した。議長からは、許可するとの返答はなかったものの、黙認してくれることになった。創刊号は千部の印刷であったが、申し込みが殺到したため、二号からは二千部の印刷となった。1972年4月から上田正昭と金達寿は、「日本のなかの朝鮮文化遺跡めぐり」という企画も始め、以後三十数回続けられた。日本の古代史像を変える大きな仕事が始まったのである。雑誌『日本のなかの朝鮮文化』は、1981年6月の50号で終刊するまで続けられた。

金が古代の日本歴史に強い関心を抱くようになったのは、先述したように、1949年春に京都・

奈良を旅行したのがきっかけであった。何回目かの旅行で読んだ旅行案内書に、奈良時代の高市郡の人口の8~9割が朝鮮からの帰化人である、という内容の記述があった。これは、『続日本書紀』の宝亀《ほうき》三年（772）の条にある「凡《およ》そ高市《たけち》郡内は檜前忌寸《ひのくまのいみき》及び十七の県の人夫《にんぷ》地に満ちて居す。他姓《たしょう》の者は十にして一、二なり」を典拠にしたもので、そのときの驚きを金は次のように述べている。

おどろくべき数字で、当時のいわゆる大和朝廷、すなわち古代日本の首都であったところの飛鳥を中心とした高市郡の総人口の八、九割までが、檜前忌寸であった漢氏とその彼らが引きつれてきた人夫（人民）とで占められていたというのです。（『古代朝鮮と日本文化』163頁）

しかし、その当時は日本共産党の50年問題や朝鮮戦争の勃発でそれどころではなくなった。古代朝鮮文化遺跡紀行に本格的に取り組むようになるのは1970年からである。それから20年以上にわたって歴史家として日本の中にある朝鮮の文化遺跡を掘り起こす作業に情熱を傾けた。それは1991年、紀行『日本の中の朝鮮文化』全12巻（講談社）となって完結した。金の人生の後半は、小説家というより歴史家として民族の足跡を確認する仕事を中心とするものであった。朝鮮半島からの渡来人が活躍した古代日本の歴史を、金は全国各地を訪ね歩いて掘り起こし、その紀行文には新鮮な感動と共感が寄せられた。

しかし一方では、朝鮮半島をめぐる困難な政治情勢や、朝鮮人差別の現実から逃避するものではないか、という批判もあった。確かに、在日としての不遇、貧困、差別が金の文学的情熱の源泉となり、文学活動の支えであった。何よりも、祖国を喪失した民族として、植民地からの解放と独立を夢に見た世代である。したがって、金の文学は最初から左翼文学であり、戦後は社会主義の立場で小説を書くようになった。１９４９年に日本共産党に入党しているが、当時の在日朝鮮人の活動家としてはごく自然で当たり前の選択であった。

金は、松本清張、黒岩重吾、坂口安吾、司馬遼太郎などと同じように、日本の古代史に独自の視点から研究をすすめた作家になった。ただし、金の場合はほとんど文学から遠ざかって行ったのが特徴である。１９６９年に『太白山脈』を刊行して以降の単行本としては、自伝『わがアリランの歌』（１９７７）、『対馬まで』（１９７９、この本は短編の「苗代川」（１９６６）、「高麗青磁」（１９７０）、「ある邂逅」（１９７２）、「対馬まで」（１９７５）および中編「備忘録」（１９７９）を収録したもの）、第二次大戦前夜１９４０年の朝鮮を舞台にした『落照』（１９７９）、奈良時代の名僧・行基の生涯を描いた『行基の時代』（１９８２）、37年ぶりに祖国を訪れた紀行『故国まで』（１９８２）などの文学作品があるものの、創作活動はかなり下火になっている。『落照』について言えば、その原形は１９４１年に書かれた「族譜」で、その後改稿したものをさらに改稿して出版したものなので、新作というより改作といってよいものである。

その中で『行基の時代』は、『季刊三千里』１９７８年2月から81年9月までのおよそ3年半にわたって連載された長編で、作者の古代史探求のなかから生まれた歴史小説といってよいのだが、混迷を極めている社会主義のあり方を追求した作品でもある。作者は「あとがき」で次のように述べている。

同時に、混迷している今日の社会主義というものについても、いろいろなことを考えさせられたものであった。で実をいうと、私がこの作品を書きたかったモティーフの一つは、原初的なそれであった奈良時代における行基の行動をつうじて、今日・現代の社会主義というものを、私なりに考え直してみたかったからである。

金は、長年にわたって北朝鮮を支持してきたものの、その社会主義の現状に深く失望していた。1972年に朝鮮総連を除名され、組織から心は離れたとはいえ、北朝鮮の個人崇拝や独裁体制に心を痛め続けていたはずである。その金は、社会主義者の理想像を奈良時代の行基に見い出したといってよい。なお、『季刊三千里』は1975年2月から1987年5月の50号まで発行された総合誌で、金は編集委員の一人であった。この『季刊三千里』に対しても朝鮮総連から何回も批判が加えられた。「総連から脱落した変節者たちが反共和国・反総連宣伝を目的に刊行している」(『海峡に立つ人』105頁)というものであった。金はこれに対して「彼らは、自分のみを正義とし、自己絶対化の上に立ってしまっている」(同前106頁)と反論している。

この「行基の時代」を最後にして金は文学作品と呼べるようなものを書いていない。60歳を超えたばかりで、まだまだ創作活動を終える年齢でもない金が、文学から離れてしまったことは大変惜しいことと言わねばならない。金が旺盛な文学活動をしたのは、戦後のほぼ20年間といってよい。その中心となった仕事は「落照」「後裔の街」「玄海灘」「太白山脈」の四部作であり、それは戦前から戦後にかけての激動の朝鮮現代史を、祖国の解放と独立の観点から描くことであった。
川村湊は、金達寿の文学について次のように述べている。

一、朝鮮の解放、独立に燃える群像を描くもの。二、朝鮮人民衆の姿を活々とえがいたもの。三、抑圧され差別された在日朝鮮人の抵抗を思想的、政治的な立場からえがいたもの。四、混乱している今日の社会主義を考え直してみようとした作品。こうした四つの特徴は、たとえば李恢成や金石範や高史明の文学世界にも大まかな意味では当てはまる。(『生まれたらそこがふるさと』18頁)

金の後半生は『日本の中の朝鮮文化』に注がれた。それは、古代日本における朝鮮文化の大きな影響を確認する作業であり、それまでの日本人の歴史観に変更をせまるものとなった。朝鮮に対する偏見や差別を体験してきた金は、日本人の朝鮮観を正しいものにしたいと願っていた。その意味で、『日本の中の朝鮮文化』は、日本の古代史像を変えるうえで大きな役割を果たした。今日では、朝鮮文化との関係で日本古代史の形成を論じるのは当たり前のことだが、当時はまだ皇国史観の名残があり、朝鮮からの渡来人とその文化に関する金の著作は、新鮮な驚きをもって迎えられたのである。したがって、金の後半生は、文学から離れたとはいえ、大きな足跡を残したのであり、それは前半生の文学的業績に勝るとも劣らないものと言ってよい。

日本語で表現しながら非日本語的世界を構築した詩人

金時鐘（キム・シジョン　1929～）

金時鐘は1929年、釜山で生まれた。父・金鑽國、母・金蓮春の一人息子である。3歳から6歳の春まで、江原道の元山の祖父のもとで育てられる。済州島にもどって来たとき、母は、済州市の一等の目抜き通りで大衆食堂と料理店を営んでいた。父は定職をもたず、毎日海釣りばかりしていた。父の蔵書に世界文学全集があり、小学生のときから手当たり次第に読んでいた。学校では、天皇陛下の赤子として立派な日本人になることを教えられ、一途な皇国少年として成長した。朝鮮文字の「ハングル」ではアイウエオのアひとつ書けない少年であった。

海を渡って官立光州師範学校に入学し教師を目指す。4年生の夏、帰省中に日本敗戦を迎えた。

突然の「解放」に日本が負けたということが信じられなくて、私は一週間余りもほとんどご飯が喉を通らなかったくらい、打ちしおれていました。今に神風が吹いて、この「敗戦」は一ぺんにひっくり返るんだ、と自分に言い聞かすように信じていたのです。

朝鮮では山も揺れよとばかり町中が、村々が、「万歳《マンセー》！　万歳《マンセー》！」と沸きに沸き返っていたそのときにです。（「私の出会った人々」『「在日」のはざまで』33～34頁）

解放後、再び光州にもどり、高邁な崔賢先生と出会い、農村での啓蒙活動を手伝う。そこで初めて小作農民の悲惨な生活を知った。すっかり皇国少年になり切っていた金時鐘は、急速に朝鮮人としての民族的自覚を深めていく。やがて、「赤色同調者」として師範学校から除籍される。済州島に帰った金時鐘は、人民委員会の下で活動するようになる。しかし、情勢は朝鮮の解放と独立とは逆のコースに進んでいくばかりだった。義憤にかられた金時鐘は、南朝鮮労働党（南労党）に入党する。

なにかに急きたてられているかのように、私は共産党から成り変わった「南労党」に入党しました。四六年も暮れかかっていた、十八歳の私でありました。（中略）解放軍であったはずの米軍は進駐早々軍政を敷いて占領政策を推進し、総督府吏員は現職に留まれとの軍政庁通達で、それまで逃げを打っていた親日の輩たちが大手をふって政官界に復帰してきて、社会の仕組みはまたたく間に親日右翼によって占められていきました。（『朝鮮と日本に生きる』１３８〜１３９頁）

１９４８年5月10日の「南」だけの単独選挙がせまる中、４月３日、朝鮮の南北分断に反対して武装蜂起がおきた。済州島四・三事件である。武装蜂起と言っても、その規模は300人ほどのものであった。しかし、その後、１３０余の村を焼き、何万人もの犠牲者を出す凄惨な殺戮劇へと発展していったのである。10月になると鎮圧部隊は、海岸線から５㎞以上離れた中山間地帯を「敵性地域」とみなし、民家のすべてを村ごと焼き払い、逃げまどう人を無差別に虐殺していった。「共産暴徒」の一掃が大義名分とされ、武力弾圧は１９５６年９月まで続けられた。

1949年6月、金時鐘は虐殺から逃れるため、小さな密航船に乗って日本へ脱出する。行き着いたところは、大阪の朝鮮人のまち「猪飼野《いかいの》」であった。「猪飼野」とは、大阪市生野区にあった日本最大の朝鮮人居住地域で、1973年2月1日をもって隣接する町に併合され、市街地図から消えた町である。金時鐘は、猪飼野という町について次のように説明している。

「イカイノ」と聞くだけで、地所が、家屋が、高騰一方のこの時節に安く買いたたかれるというのです。ひいては縁談にまで支障をきたしているとかで、隣接する「中川町、桃谷〇丁目」に併合されてしまいました。（『猪飼野詩集』214頁）

『猪飼野詩集』（1978）の中で、金時鐘は「猪飼野」をこんなふうに描いている。

なくても　ある町。
そのままの　まままで
なくなっている町。
電車はなるたけ　遠くを走り
火葬場だけは　すぐそこに
しつらえてある町。
みんなが知っていて

地図になく
地図にないから
日本でなく
日本でないから
消えててもよく
どうでもいいから
気ままなものよ。

（「見えない町」『猪飼野詩集』2〜3頁）

父母を捨てて、故郷から自分ひとり逃げ出したという後ろめたさがつのり、その負い目を感じていた金時鐘は、四・三事件について固く口を閉ざし続けた。はじめて公の場で体験を語ったのは、半世紀後の2000年5月のことであった。

金時鐘は、1950年1月、在日朝鮮人の運動につながろうと日本共産党に入党する。在日朝鮮人連盟（朝連）は、1949年9月、「団体等規正令」によって強制解散させられていた。「この強制解散にも四・三事件の裏打ちのような反共の暴圧を感じ取っていた私は、一月末、自己を奮い立たせるように日本共産党の党員のひとりになりました」（『朝鮮と日本に生きる』248頁）。入党した金時鐘は、在日朝鮮統一民主戦線（民戦）の大阪府本部臨時事務所に非常勤で詰めるようになる。

1950年、朝鮮戦争が始まる直前だが、彼は道頓堀通りの古本屋で一冊の本と出会った。

詩が人間の意識の底辺に関わっているものであることを教えられたのは、大阪在住の詩人で、よく知られている小野十三郎先生の『詩論』からでした。私はこの本を日本に来たてのころ「天牛」という大阪の古本屋で手に入れたのですが、そのときのとまどいと、衝撃は、その後の私を決定づけてしまったと言っていいくらいのものでした。（「私の出会った人々」『「在日」のはざまで』54頁）

小野十三郎の『詩論』は、詩とはこういうものであり、美しいとはこういうものである、という金時鐘の思い込みを根底からひっくり返すものだった。金時鐘の感性、美意識、思考などは、宗主国日本によって注入、培養されたものであることを思い知らされたのである。この「発見」について、彼自身が述べているものをいくつか引用して、それが如何に詩人にとって重大で深刻なものであったかを示したい。

ことわるまでもなく、言葉は人の意識をつかさどるものです。人間の思惟思考は言葉によって培われていきます。（中略）意識の存在として居座った最初の言葉が、私には「日本語」というようその国の言葉であったのでした。つまり「日本語」は、私の意識の底辺を形づくっている私の思考の秩序でもあるものです。日本人でない朝鮮人の私がです。（「私の出会った人々」『「在日」のはざまで』29頁）

自己の生理ともなっている「日本の抒情」は見えてくるすべてのものに絡まっており、それはそのまま、日本の美をつかさどってきた日本の美意識、日本でいう日本的「自然主義」の美学観に閉じ込められているものでしたので、私はまずこの好みから切れていくことを自己に課しました。そのことをしなくては、私はとうてい私を飼い馴らした「日本」から自立することなど無理な相談だと思ったからです。（同前58頁）

日本がかつて犯した罪業というのは、朝鮮の資源収奪であるとか、朝鮮人の命を損傷せしめたというだけのことではありません。それなら三十四年前に、すでに区切りのついたことなのです。ですが、人間の感性を差配し、思惟思考の波動にまで一定の好みを居坐らせてくる「抒情」の入植は、まだ明かされていない「日帝」の後遺症です。私のような世代の者は、このことによって、今なお自己の中の〝日本〟から切れることができないでいます。（同前61頁）

1953年2月、詩誌『ヂンダレ』を創刊する。民戦の文化サークルづくりの運動方針に沿ったものであった。この詩誌の発行は、金時鐘が日本で生きていく上で決定的な契機をもたらすものとなった。55年に民戦の後継組織として朝鮮総連が発足すると、北朝鮮一辺倒になった朝鮮総連は、『ヂンダレ』と金時鐘を批判、攻撃するようになった。『ヂンダレ』は無国籍主義者の集まりであるとか、日本語で日本文学に媚びを売っているとか、主体性を喪失した者たちだと糾弾された。北朝鮮の直接の指導下に入った朝鮮総連は、「民族的主体性」なるものを強調し、金日成主席の神格化を強めていた。金時鐘は、黙っていなかった。

中央集権制を公言し、在日世代の独自性を払いのける朝鮮総連の、目に余る権威主義、政治主義、画一主義に対して、私は「盲と蛇の押し問答」という論稿でもって異を唱えました。一九五七年七月発行の『ヂンダレ』一八号に載ったエッセーです。蜂の巣をつついたような騒ぎが巻きおこりました。私は決定的な反組織分子、民族虚無主義者の見本に成り下がり、総連組織挙げての批判と指弾にさらされました。（『朝鮮と日本に生きる』283～284頁）

こうした批判にさらされていなかったならば、金時鐘は、「いの一番に北朝鮮に帰っていっていたはず」（同前277頁）であった。1959年末、北朝鮮への帰国第一船が新潟港から出港したが、朝鮮総連から批判されている金に、乗船する資格はなかった。たとえ乗船できて帰国したとしても、反組織分子の彼はただちに処刑されていたであろう。

『ヂンダレ』の発行は、〈在日を生きる〉という、金時鐘の日本で生きてゆくことを決定づけることになったのである。なお、彼の組織批判は先駆的なもので、自分が第一号であったと次のように述べている。

金達寿《キムダルス》氏が組織批判第一号で、金時鐘が第二号だという話があるが、それは誤りでしてね。僕が金民氏に建議書を出したのが、一九五七年、達寿氏が岩波新書で『朝鮮』を出して批判されるの

は一九五八年のことです。（『増補　なぜ書きつづけてきたか　なぜ沈黙してきたか』１３２頁）

彼が書いたものは、「中央委員会（総連）の批准を受けよ」（『「在日」を生きる』90頁）と言われ、表現行為の一切が封じられた。当時、在日本朝鮮文学芸術家同盟（文芸同）と総連中央宣伝部では批准制度を設けていた。総連以外の媒体に発表する場合は、組織の審査を受け、許可を受けなければならなかった。金時鐘の詩集『新潟』の出版の許可は、10年待っても与えられなかった。

一九七〇年、私は意を決し長編詩『新潟』を所属機関にはかることなく世に出して、朝鮮総連からの一切の規制をかなぐり捨てた。長年の詩友、倉橋健一君の肝入りによる出版だった。おかげで私は北朝鮮を信奉してきた自己呪縛から抜け出ることができ、金日成神格化の画一的な政治主義から離れることができた。（『猪飼野詩集』２２５〜２２６頁）

１９９８年２月、金大中《キムデジュン》大統領が就任して、金時鐘の韓国入りに光が見えてきた。同年10月、臨時パスポートの発給を受けた金時鐘は、49年ぶりに済州島を訪れた。父と母は40年以上も前に他界しており、はじめての墓参りであった。

声を上げて泣きました。親の墓に見《まみ》えることができた以上、墓参はひとりっ子の私の贖罪の務めです。臨時のパスポートでの訪韓は四回が限度と聞き、駐大阪韓国総領事館の配慮もいただいて別掲の「ごあいさつ」文どおり、新たな戸籍と大韓民国国籍を晴れて取得しました。三〇年にわたって民衆が闘いつづけた民主化要求闘争が実って、民主主義政治が実現した大韓民国の国民のひとりにこの私がなれたことを、心から手を合わせて感謝しています。（『朝鮮と日本に生きる』287頁）

2003年、それまで「朝鮮籍」であった金時鐘は、済州島に本籍を置いて「韓国籍」を取得した。この間、『「在日」のはざまで』により第40回毎日出版文化賞（1986）、『原野の詩』で第25回小熊秀雄特別賞（1992）、『失くした季節』で第41回高見順賞（2011）、『朝鮮と日本に生きる――済州島から猪飼野へ』により大佛次郎賞（2015）を受賞した。

金時鐘にとって日本語は、「在日朝鮮人語としての日本語」である。彼の詩の特徴は、日本的抒情を排する詩的表現であり、言い換えれば、日本語で表現しながら非日本語的世界を構築することである。これは彼の日本語に対する「報復」であると述べている。

私の〝日本〟との対峙は、私を培《つちか》ってきた私の日本語への、私の報復でもあるものです。（「私の出会った人々」『「在日」のはざまで』53頁）。

生涯をかけて四・三民衆蜂起事件を書き続ける

金石範（キム・ソクポム　1925〜）

金石範は1925年10月2日、大阪東成猪飼野《いかいの》で生まれた。猪飼野は、朝鮮人部落が形成された地域である。1926年（昭和元年）には3万人余の済州島出身者が大阪市の東成区や生野区に住みついていた。在日一世の代表的作家である金達寿が1920年生まれであることを考えれば、金石範は在日二世の中で最も早い時期に位置する作家である。年齢的に言えば在日一世の世代に属するのだが、日本で生まれ育った金石範は、在日一世のように自由に朝鮮語を使えず、日本語を母語として身につけた。実際、彼は自筆年譜の1940年の項で、「朝鮮語の勉強をする」（『新編「在日」の思想』320頁）と書いている。

没落階級出身の父は、遊人として田畑家財を蕩尽、36歳のとき済州島で病死した。母は済州島から渡日し、3、4か月後に金石範を産んだ。母は裁縫と、小さな平屋で数人の同胞下宿人を置いて生計を立てた。大阪市立鶴橋尋常小学校を卒業してからは、働きながら独学をすすめた。

金石範は乳幼児の頃に母に連れられて故郷に帰ったことがあったが、その時の記憶はなく、意識してはじめて済州島を訪れたのは、14歳のときであった。その済州島での数か月の生活が、その後の金石範の生き方に根源的な影響を与えた。

私はそれから何度か済州島やソウルと日本のあいだを往来し、朝鮮本土での生活をするのだが、最初の済州島での生活がやがて私にもたらしたものは、自分が「日本国民」、「皇国臣民」ではなく、朝鮮人、済州島人であるという民族的自覚であった。そしてそれは次第に日本育ちの朝鮮の少年の心に朝鮮独立への強烈な志向を生み、私は「反日思想」に固まった小さな民族主義者となって行くのである。（「済州島と私」『新編「在日」の思想』２３２頁）

金石範は日本敗戦を歓喜して迎えながら、「八・一五解放」後は急激に虚無的になって内に閉じこもるようになる。社会主義志向があったが、ニヒリズムの影響も強く、その相克があった。１９４５年11月、新生祖国建設に参加すべく、今度こそ日本から引き揚げる決心でソウルへ渡る。翌46年の夏、一か月のつもりで日本に戻ってきたが、結局そのまま日本に住み続けることになった。

結局、小さい時から、民族独立を志向しながら、祖国に帰ったくせに何もできない。戦線離脱と同じですよ。そういう負い目があるよ、私には。そういう前提が、しかも社会主義的な志向が一方にあるしね、片一方には非常にニヒリスティックな考え、人生生きるに値しないっていう考えが私にはものすごく濃厚にあった。しかし、生きなきゃいけない。なにか自分を肯定して、今ある現実を肯定するんじゃなくて、人間の存在、生きることを肯定するにはどうするか、ニヒリズムを克服するために革命を闘うこともその一つだった。（『増補　なぜ書きつづけてきたか　なぜ沈黙し

てきたか』179〜180頁)

1948年、関西大学専門部経済科を卒業し、4月、京都大学文学部美学科に入学する。日本共産党に入党し、京大細胞に所属する。入党してまもなく、四・三事件で虐殺を逃れるため済州島から親戚たちが密航してきた。

それで済州島からの密航者に接するわけだが、彼らと会った時の衝撃は大きいんだよ。この衝撃というのは、お前のニヒリズムというのはいったい何かという疑問を私に突きつけた。仮にニヒリストが虐殺の現場に立った場合、どうするか。人間としてその時とりうる立場っていうのはどういうものか。弾圧を恐れて弾圧側につくのか、目の前で子供とか人が殺されるのを見て黙っているのか、それが、一番考えさせられた。しかもそこは自分の故郷である。(同前181頁)

金石範が京大に入学した1948年4月3日に済州島四・三民衆蜂起が起こり、島から虐殺を逃れるため大阪地方への密航がはじまっていたのである。金石範は親戚の一人から聞いた虐殺の実相に衝撃を受け、その後の自分の人生を決定することになる。

1952年2月、金石範は、「北」系統の地下組織の指示で日本共産党を脱党して、仙台に行くことになった。当時、北朝鮮・共和国は絶対的な正義であった。仙台のある新聞社の広告部で広告取りの仕事をすることになったのだが、仕事が肌に合わずノイローゼになり、3、4か月で辞めて東京に出た。この脱党と仙台行きについては、「炸裂する闇」の中で次のように語られている。

当時の日共中央指導部の分裂、分派闘争の激化、極左冒険主義的路線、同志間の疑心暗鬼、不信が末端活動家にまで及び、在日朝鮮人運動も非合法の反米反李祖国防衛闘争を行なっていて、組織が統一的な態勢を保つことができずに混乱していた。それでも「党」は「党」なのであって、脱党は革命党を出る反革命的逃亡、裏切り行為であり、革命的政治生命を自ら断つのだから、かなり勇気を要することだった。党から離脱することは、イコール革命からの離脱であり、革命を志向する者にとっては耐えがたい汚辱にまみれた脱落者になる。しかし日共を脱党しても、新しい組織、それこそ日本共産党の指導下でない祖国の党に直結している地下組織に参加することが、革命戦線に繋がるのだという自負と、そしていささかのヒロイズムさえ私はおぼえていた。(『増補　なぜ書きつづけてきたか　なぜ沈黙してきたか』２４１～２４２頁から転載)

ここに表明されているのは、祖国の解放と統一国家の建設のために生きるという決意である。それは、青年期の根源的な問いに対する答えであり、金石範にとっての倫理的な真理であったということである。しかし結局のところ、北朝鮮に直結する地下組織からも離脱してしまうのである。自分に深く絶望した彼は、「客観的にいえば、堕落分子やな、脱党分子や」(同前１２８頁)と当時を回想している。金石範はこの仙台行きのことを30年以上誰にも話さなかった(同前１２９頁)。

１９５７年、『文藝首都』12月号に「鴉の死」を発表する。翌年の12月から大阪鶴橋駅の近くで屋台を出す。当時の金石範について、萩野吉和は次のように回想している。

石範氏は、黒ぶちの眼鏡をかけたインテリ風の白皙の面立ちの、貴族的な雰囲気をもった人だった。数年前に京都大学を卒業したが、就職口がなく、当時ホルモン焼きの屋台をひいていた。（中略）

石範氏は、夜の巷にそのホルモン焼きを焼き、「マッコリ」を売り、にんにくの臭いと煙の中で青春をおくっていた。作家志望だと聞いた。子どものころから、「祖国のない民族の哀しみを、つくづく味わいました」と氏は、ホルモン焼きの煙にしみる眼を押さえながら、「そういう民族の小説を是非書いてみたい。そのために、今は貧しくても悲しくはないのだ」と、誇り高く語っていた。（萩野吉和「大阪から釜山へ」、『万徳幽霊奇譚・詐欺師』３０２頁から転載）

ホルモン焼きの屋台をやめた後、大阪朝鮮高校の日本語教師を経て、朝鮮新報編集局（１９６０年10月～）や在日朝鮮文学芸術家同盟の機関誌『文学芸術』（朝鮮語誌）の編集の仕事（１９６４年～）をする。その頃は朝鮮語で作品を書いていた。「火山島」も最初は朝鮮語で書いて『文学芸術』に連載していた。

金石範は、生涯をかけて四・三民衆蜂起事件を書き続けるようになるのだが、その理由について次のように述べている。

済州島というのは単に地域的な地方の一つってものじゃないんだよ、これは朝鮮、我々が解放して独立を勝ち取るべき朝鮮の代名詞みたいなもんでね。それが戦後分断されて、その故郷の島で虐殺が起こったわけですよ。（中略）そういうのが、まぁ、四・三の実際の体験者はみな沈黙しとるし、これは是非とも私自身がやらねばならない。（『増補　なぜ書きつづけてきたか　なぜ沈黙してきたか』81～82頁）

１９４７年９月、アメリカは朝鮮独立問題を国連総会にもちこみ、南だけの単独選挙によって政府を樹立しようとした。実際、１９４８年５月10日に南だけの単独選挙を強行し、８月15日に大韓民国を成立させた。この単独選挙に反対して、統一朝鮮の実現を求める激しい闘争が起こった。

この鎮圧のために、李承晩《イスンマン》政権の軍隊と警察は、アメリカ占領軍を背景にして、徹底的な鎮圧と弾圧を行った。済州島では国防警備隊だけでなく、反共暴力テロ集団「西北青年会」が投入され、島全体を恐怖に陥れた。アカと見做された者は、拷問・虐殺され、その同調者や協力者も逮捕され殺された。家族の一員がパルチザンになったというだけで、その一家全員が殺され、パルチザンの拠点になった村は焼き払われた。当時の島の人口26万人のうち、７年余のパルチザン闘争により、８万人の島民が虐殺された（尹健次『きみたちと朝鮮』１４６頁）と言われる。この事件は、李承晩から朴正熙《パクチョンヒ》、全斗煥《チョンドゥファン》、盧泰愚《ノテウ》と続く軍部独裁政権により長期間にわたってタブーとされ、調査研究や報道が禁圧されてきた。半世紀以上経過した２００３年11月、盧武鉉《ノムヒョン》大統領が済州島を訪れ、「過去の国家権力の過ち」に対して、韓国大統領としてはじめて公式の謝罪を行った。

出世作「鴉の死」（1957年）は、革命によって虚無（ニヒリズム）を乗り越えるという金石範の中心テーマを取り扱ったもので、「火山島」の原形となった作品である。単行本化されたのは、1967年のことである。「鴉の死」を含む金石範の日本語作品を一冊にまとめて出版する計画が持ち上がったとき、朝鮮総連は許可しなかった。刊行に踏み切った翌年、金石範は朝鮮総連から離脱した。

「鴉の死」の主人公・丁基俊《ジョンキジュン》は済州島・米軍政庁の通訳官であるが、実はパルチザン側のスパイである。彼は戦後、解放された民族としての喜びと希望を祖国の土に託して日本から帰ってきた。しかし、その喜びと希望は、米占領軍と李承晩政権によって奪われていた。彼は朝鮮民族の一員として、民衆のたたかいに身を投じた。彼の役割は、「裏切者」を装って米軍の通訳官となり、米軍や警察の情報・動向をパルチザン側に伝えることである。

　丁基俊と亮順《ヤンスン》は相思相愛の関係になっていくのだが、当然のことながら、亮順は米軍通訳官・丁基俊がパルチザン側の人間であることを知らない。亮順はパルチザンの身内ということで逮捕され、処刑されることになる。処刑の直前に、二人は収容所内で偶然対面し、丁基俊は自分の立場を告白する衝動に駆られる。しかし、「極秘の任務」を打ち明けることはできず、党と祖国のためにそれを抑える。亮順は、丁基俊が敵側でなく、本当は味方であることを知らないまま処刑場に送られ、死んでいくのである。

「万徳幽霊奇譚」(1971年上半期芥川賞候補作)の主人公・万徳《マンドギ》は、幼い頃、寺に預けられた孤児であった。彼は、両親を知らないし、自分の名前も知らない。生まれた年月日も不明である。うすのろの万徳は、寺男として掃除や飯炊きなどの下働きをしている。人から笑われ、馬鹿にされながらも、無邪気で無垢な性格の青年で、民話によく登場してくる「愚か者」の系譜に属する人物といってよい。

ある一家の息子がパルチザンとなって山に立て籠もった。独り身となった美しい嫁に、警官が言い寄って来た。嫁がノーと言えば一家は処刑されるが、イエスと言えば生命は保障される。嫁は柿の木の枝に首を吊って自殺した。

万徳は、自死した嫁を供養するためにその村に出かけた。ちょうど一家の主人(息子の父親、嫁の義父)が、パルチザンの協力者として逮捕されているところで、万徳も巻き添えになって警察署に連行された。警察署にはパルチザンになった息子が生け捕りにされていた。逮捕された父親に銃が渡され、息子を射殺せよと命令が下される。父親は自分の喉に銃口を当てて自害してしまう。そこで警官は、銃を万徳に渡し、息子を撃てと命令する。万徳は、「わっしは、いやですだあ!」(『万徳幽霊奇譚・詐欺師』116頁)と言って銃を警官に返した。警察支署長は、「人殺しがいやだと? あれはアカだ、アカは人間じゃねえんだぞ!」(同前117頁)と言うのが、万徳は「だけども、わっしの眼には、人間に見えるですだあ」(同前)と答え、射殺を拒否するのである。

結局、万徳は収容所に送られ、処刑されることになった。普通、死刑を宣告された者は、死の恐怖に打ちふるえ、床にひれ伏して命乞いをし、果ては発狂する者もいる。もちろん、なかには勇者がいて、革命歌をうたったり、立派な態度で死んでいく者もいる。ところが、万徳は黙って「にんまりと笑った」（同前132頁）のである。

夜明け前、万徳はトラックで二十余名の囚人といっしょに死刑場に運ばれた。銃口から飛び出した弾丸は、万徳の耳をかすっただけだった。万徳は、夜明けとともに多くの死体の中から一人むくむくと起き上がり、歩いて寺まで帰って行った。それから、村内で万徳の幽霊が出るという噂が広がっていったのである。

最初、万徳は本堂の仏壇の下に身を潜めていた。仏壇の供え物や、厨房に入って空腹を満たした。夜な夜な幽霊となって出る万徳は、警察を恐怖に陥れた。やがて万徳は寺を焼き払い、パルチザンの山部隊とともに深い谷間で暮すようになった。山中で銃を肩にした万徳を目撃したという村人が出て、当局に衝撃を与えた。万徳はパルチザンの仲間になるばかりでなく、生きながらの幽霊として、暴力的な支配者たちを脅かすのである。噂話は広がっていき、島の人たちはそれを「万徳幽霊奇譚」と呼ぶようになった。

以上のように、「万徳幽霊奇譚」は、万徳という「聖なる愚者」を造形することによって、滑稽譚とも怪異譚ともいいうる民話的世界の英雄伝説となっているのである。

「火山島」は、『文學界』1976年2月号から1995年9月号にかけて連載され、およそ20年（途中4年半ほど中断）をかけて完結した。原稿用紙にして1万1千枚に及ぶ超大作で、在日朝鮮人文学の金字塔と称される作品である。野間宏の「青年の環」や大西巨人の「神聖喜劇」などとともに「全体小説」のひとつに数えられている。1984年に大佛次郎賞を受賞、98年には毎日芸術賞を受賞した。

この作品は、済州島四・三民衆蜂起に対する、李承晩政権の軍と警察、アメリカ軍、右翼テロ集団による島民大虐殺を描いた大河小説である。金石範が四・三事件を素材にして最初に書いた小説は、「鴉の死」であるから、この事件について生涯をかけて書き続けたことになる。

1945年8月15日の解放と同時に、朝鮮では民族主義者から共産主義者までの統一戦線が組まれ、新国家樹立のために「朝鮮建国準備委員会」が結成されて、各地にその支部がつくられていった。9月6日には、ソウルで「朝鮮人民共和国」の樹立が宣言され、各地の建国準備委員会は人民委員会に改編されていった。済州島では、9月10日に建国準備委員会がつくられ、9月22日に済州島人民委員会ができた。そうした中、9月28日にアメリカ軍が済州島に上陸してきたのであった。

10月10日、アーノルド米軍政長官は、軍政庁以外のいかなる政府も認めない、つまり「人民共和国」を否認する声明を発表した。朝鮮総督府の親日派だった吏員も続々と復職してきた。当初、米軍を解放軍として大歓迎した民衆は、米軍が朝鮮の独立を踏みにじる占領軍であることを知らされるのである。支配者が、日本帝国主義からアメリカ占領軍に代わっただけであった。

主要人物のひとり李芳根《イバングン》は、済州島の資産家・李家の息子（33歳）で、仕事もせずに無為な日々を送っている。父は南海自動車を経営し、殖産銀行理事長という島の有力者である。李芳根は小学校卒業前に、奉安殿（天皇皇后の写真と教育勅語を収納した蔵）に放尿して放校処分にされたことがある「小さな民族主義者」であった。日本留学中は、思想犯として検挙され、ソウルの刑務所に送られたこともある。

もう一人の主要人物・南承之《ナムスンヂ》（二十代半ば）は解放後、大阪に母と妹を残して祖国に帰ってきた。島で中学の教員をしていたが、南朝鮮労働党に入党して、地下活動に入り、組織工作の任務についている。彼は李芳根の友人であり、李芳根の妹・有媛《ユウオン》へ想いを寄せている。南承之は、党中央を信じ、革命運動に献身しつつも、その教条主義や闘争方針に不安を感じるようになる。

済州島四・三民衆蜂起はだんだんと劣勢になり、壊滅が迫ってきた。祖国の解放と統一は遠のいていた。たたかいは敗北に追い込まれ、絶望した李芳根は銃で自死し、長大な物語は幕を閉じる。

「済州島四・三蜂起」は、歴代の軍事独裁政権によって歴史的タブーとされてきたのだが、「火山島」はこの禁圧を打ち破った。これまで誰も知らなかった「四・三事件」という歴史の暗黒部分を明らかにした。金石範は20年の歳月をかけて、彼の年齢で言えば50歳から70歳にかけて、「四・三事件」の小説化に文学的情熱を注ぎ込んだのである。このすさまじい情熱とエネルギーを支えたのは何だったのだろうか。磯貝治良は次のように述べている。

そもそも今日につながる民族分断の現実は、「四・三事件」（南だけの単独選挙とその反対闘争の敗北）に端を発している。さらに言えば日本の植民地支配に淵源しており、解放後、親日派の復活が統一朝鮮の成立を挫折させる因ともなった。思うに、その民族分断への憤怒、作中でも親日問題が徹頭徹尾、批判されているように親日派への憤怒（親日問題については岩波書店刊『転向と親日』で全面批判を展開している）――それらが作者の文学的情熱とエネルギーを促したにちがいない。つまりは、やみがたい「統一への希求」が文学的表現として創造されたのが、超大作『火山島』なのである。（『〈在日〉文学論』172頁）

一方、金石範は、「虚無と革命――革命による虚無の超克」という生涯のテーマの集大成が「火山島」であると述べている。「南」からは反政府分子、「北」からは反革命分子とみなされてきた金石範は、四面楚歌の孤立状態の中で「火山島」を書き続けた。金石範は、「四・三事件」を書き続けることによって、「生にとどまることができた」（『増補　なぜ書きつづけてきたか　なぜ沈黙してきたか』185頁）と言い、『虚無から革命へ』が私の本当のテーマかもしれない」（同前）と述べている。

2013年6月、済州四・三平和財団は、四・三事件の真相解明や平和・人権・民主主義の発展に貢献した者に授与する「済州四・三平和賞」を創設した。翌年2015年4月、その第一回の受賞者に金石範が選ばれた。

第二章

60年代に登場した作家たち

日本人以上の日本人になろうとした
立原正秋（たちはら・まさあき　1926〜1980）

立原正秋は1926年1月6日、慶尚北道安東郡で、父・金敬文《キムキョンムン》と母・權音伝《クオンウムチョン》の長男として生まれた。本名は、金胤奎《キムイユンキュウ》である。父は、禅寺の僧であったが、立原が5歳のときに病死した。

母は1935年、弟と異父妹を連れて横須賀に移住した。残された立原は、母の弟・永野医師にあずけられた。永野医師は秀才であったので、立原によい感化を与えると母は考えたようである。しかし、まだ9歳の立原にとっては、あまりにもつらい体験であった。1937年、ようやく立原は横須賀に移住した。母（通名・野村音子）は、野村辰三（鉄くず回収業者）という朝鮮人と再婚していた。翌年、小学校五年に編入し、野村震太郎と名乗る。一級下に、後に結婚する米本光代がいた。朝鮮の普通学校で学んでいた立原は、日本の小学生よりも漢字をよく知っていたし、日本語の語法もきちんと身につけていた。朝鮮の普通学校では、教室で日本語の使用しか許されなかった。

1939年4月、私立横須賀商業学校に入学する。自筆年譜には、「昭和十四年春、神奈川県立横須賀中学校の入試を受けて合格せしも、三月末、四歳年上の少年の嘲罵を受けて短刀で相手の胸を刺して重傷をおわせ、入学を取り消さる」と書かれてあるが、このような事実はない。県立横須賀中学校は名門であったが、朝鮮人ということで受験ができなかったため、このようなフィクションをつくり、心の傷をいやそうとしたのだろうと武田勝彦は推測している（『身閑《しづか》ならんと欲すれど風熄《や》まず　立原正秋伝』39頁）。

１９４０年に創氏改名令が施行され、金井正秋と名乗る。二年のとき、国語漢文の依田正徳教諭から大きな影響を受ける。日本の近代小説を読み始め、とくに川端康成を尊敬するようになる。

１９４３年、小林秀雄の「実朝」を読み感銘を受ける。また、川端康成を読み直して、「この二人の文学者に自分なりの奇妙な共通因数を見出す」（『新潮日本文学アルバム55』１０４～１０５頁）ようになる。

１９４５年４月、早稲田大学専門部法律科に入学。文学志望の立原が法律科に入ったのは、継父のすすめに従ったものであろうと武田勝彦は述べている（同前56頁）。継父・野村と立原の関係は良好であった。

翌年に、文学部国文科の聴講生になった。文学部に正式に入るには、専門部を卒業する必要があるが、それまでのあと二年間を待てなかった。学期初めの同級会で、正秋は「将来は作家として立つ」（『立原正秋』１１１頁）と明言したという。その年、谷崎精二教授の主宰する文芸研究会が懸賞小説を募集したおり、それに応募した「麦秋」が一等入選し、賞金50円を得ている。

１９４７年、周囲に反対されながらも米本宅で光代との結婚生活をはじめる。この年、早稲田大学専門部法律学科から除籍となっている。翌年７月、長男が生まれた。立原はまだ婚姻届を出していなかったので、妻の籍に入って日本国籍を得た。名は米本正秋となった。

結婚した立原は、継父と妻の実家に生活費を仰いでいることに負い目を感じていた。闇屋、セールスマン、家庭教師、夜警などをやり、賭けマージャンで金を稼ぐこともあったようだが、とくに定職には就かず、無頼の生活を送りながら原稿を書き続けた。

1964年、「薪能」が同年上半期の芥川賞候補になった。翌年も、「剣ヶ崎」が芥川賞候補になり、「漆の花」が直木賞候補になった。1966年、「白い罌粟」で第55回直木賞を受賞する。直木賞を受賞した直後、『東京新聞』からエッセイを依頼されたとき、立原は世阿弥の「花伝書」を引用して、「この世に信じられるものは美しかない」と書いた。世阿弥の説く「花」は、美の極致であり、それを作品のなかで具象化することが立原の理想であった。世阿弥の「花」を発見してから立原は、自分の身体に日本人の血が流れていると感じるようになった。

1968年5月15日から翌年4月19日まで、読売新聞夕刊に連載したのが「冬の旅」である。単行本は上下二冊に分けて刊行され、上巻は40万7千部、下巻は39万6千部の売り上げでベストセラーになった。文庫版も1973年から90年までに83万2千部を出した。新聞連載はこのほかに、「残りの雪」（日本経済新聞、73・3・31〜74・1・11）、「春の鐘」（日本経済新聞、77・11・7〜78・2・10）、「その年の冬」（読売新聞、79・10・18〜80・4・18）がある。立原の小説は30代、40代、とくに女性に支持者が多かった。新聞小説が成功したのも、家庭の主婦層に人気があったからである。立原は、腕力もあり教養もある勁い男を描き続け、女性の愛読者を獲得していった。

1980年8月12日、食道がんのため国立がんセンターで死去。

国立がんセンター入院中に、米本正秋から立原正秋へ改姓している。日本人以上に日本人らしくなろうとしてきた生涯の努力の最後の締めくくりだった。54歳で亡くなるまでに金胤奎《キムイユンキユウ》↓野村震太郎

↓金胤奎《きんいんけい》↓金井正秋↓米本正秋↓立原正秋という六つの名前を生きたことになる。

立原正秋は朝鮮でも日本でも徹底した皇民教育を受けた。日本に来て、日本人に負けたくないと必死で努力し、日本人以上に日本人になろうと自分を追い込んでいった。そして、日本の伝統文化の世界にのめり込んでいった。この生き方は、客観的に見れば、日本による同化政策を進んで受け入れたものと言うことができる。確かに、「剣ヶ崎」や「冬のかたみに」のような民族的ルーツをテーマにした作品はあるけれど、日本の文学界において立原は、在日朝鮮人作家としては見做されなかった。

立原の代表作である「剣ヶ崎」は、日韓混血の太郎・次郎兄弟が主人公になっている。太郎は、朝鮮人の血を憎悪する狂信的な軍国青年によって、竹槍で殺されてしまうのだが、死の間際に弟の次郎に最後の言葉を言い残す。

「……次郎、おぼえておけ。あいの子が信じられるのは、美だけだ。混血は、ひとつの罪だよ。誰も、彼をそこから救いだせない、罪だよ。母さんによろしく」(「剣ヶ崎」『立原正秋全集』第2巻、132頁)

信じられるのは美だけであり、混血は罪であるという太郎の言葉は、そのまま作者・立原の生の声でもあったはずだ。弟の次郎も、混血を生きねばならない苦悩について次のように言う。

学問、藝術の世界に国境がないというのは外国のことです。日本人の血を半分は享けている父さんにも判らない、島国根性というものがあり、それが私を受けいれてくれないわけです。私は、人からきかれれば、何分の一かは朝鮮の血が入っていると答えます。そうすると、相手の態度が目に見えない速度で変って行き、よそよそしくなっていくのです。理屈では割りきれない日本人の血、不思議な民族の血がそうさせるわけです。天皇にたいする理屈を超えた信仰、これは恐らく外国人には判らないと思います。しかし、彼等が受けいれてくれる、くれないは別問題です。私は日本人として生きるほか道がないのです。（同前138〜139頁）

次郎は、韓国人の血が四分の一流れる日韓混血であるが、中世の国文学研究の一学徒になり、日本人として生きていく決意を語っている。これも、作者・立原の戦後の生き方の意思表明と見てよいだろう。

1969年に講談社から出た『現代長編文学全集』第49巻「立原正秋集」の巻末に、自筆年譜があり、そこには次のように書かれている。「父は金井慶文、母は音子。父母ともに日韓混血で父は李朝末期の貴族李家より出《い》で金井家に養子にやられ、はじめ軍人、のち禅僧になった」（『立原正秋』45頁から転載）。

また、「川端康成氏覚え書」（『朝日ジャーナル』1969年4月20日号）にも次のような記述がある。

私の父方の祖父は朝鮮李朝末期の貴族であった。祖母は日本人であった。うまれたのが私の父である。父は姻戚の家をたらいまわしされ、最後には禅宗の寺院にやられ僧侶になった。父の弟、つまり叔父は、軍人になり、後に自裁し果てた。私の母も父と同じ混血である。（『立原正秋全集』第22巻、62頁から転載）

立原が主宰した季刊誌「犀」（１９６４〜67）の同人であった高井有一によれば、立原は自分の出自について次のように話していたという。

〈犀〉の同人たちは、まだ無名に近かった立原正秋から、「自分は日韓混血で、父方は李朝末期の貴族の血を引いており、今も韓国には土地財産があって、生活費には不自由しない」と聞かされてゐた。（『作家の生き死』37〜38頁）

立原の一流好みは、彼の美意識もあるが、貴族の血統という虚構の出自を生きようとしたからであろう。宿泊は帝国ホテル、仕立ては壹番館、料亭は吉兆、日本酒は岐阜の三千盛、日本茶は大井川上流の川根茶、列車に乗る時はいつもグリーン車で、高価な壺を買い、鎌倉に豪邸を建てた。高井有一は、立原がこうした虚構を生きる意思を固めた経緯について、次のように推測している。

独立した朝鮮には帰らず日本に遺り、日本人として生きる、といふ重い選択をしなければならなかった時期が続いた筈である。日本を故国と思ひ定めて、そこに近付き一体化するためのよりどころとして、中世が求められ、日韓混血の虚構が考え出されたのではなかったかと思へる。そしてその虚構がかいなでのものではなく、彼の血肉ともなってゐたのは、『剣ヶ崎』一篇を読んだだけでも、充分に解る事であろう。父親の自裁も、自己の劇を創り上げるために欠かせなかったのだと言へないだろうか。彼が自らによる年譜の作成を拒んだ心情も、ここから大凡の想像がつく。（『作家の生き死』31～32頁）

立原正秋は日本人の女性と結婚し、その実家の籍に入って日本人になった。自筆年譜を書き、日韓混血の虚構を作り出して、それを公表し、その虚構を生きようとした。すなわち、朝鮮の出自と過去を粉飾してきた。中世への関心も、そこに日本の伝統的な文化を発見し、それに傾倒することでより完璧な日本人になり切ろうとしたからであろう。

立原正秋が朝鮮人としての自分の名「金胤奎」を打ち明けたのは、彼の死の前年、１９７９年９月６日であった。同じ鎌倉市内に住む早稲田大学教授武田勝彦が、立原正秋から年譜の作成を依頼されていた。武田が、自筆年譜にある不透明な点について、立原正秋に問うたときに明らかにしたのである。

死の前年まで立原は、出生時の氏名を明らかにしなかった。実父を李朝末期の貴族出身で、京都の大学に留学して僧になり、禅寺の宗務長を務めるかたわら仏教叢林という専門学校で宗教哲学を講じていたとか、また軍人となって大邱の聯隊の中尉をしていたと、自筆年譜などに書いている。しかし、父がどのような教育を受け、いかなる職業に就いていたかは不明のままである。実際、立原は実父のことを知りたいと死の数か月前に語っていた。また、母は永野音子という名の日韓混血であることを強く主張していた。自らの出自を日韓の「混血」として作り上げ、それを肉付けするかのような小説を書いた。自筆年譜は虚構であり、立原が自分のつくった幻影と仮構の世界に生きようとしてきたことを物語っている。

立原の死後まもなく、越次倶子は「立原正秋の父」(『プレイボーイ』1980年12月号)を発表した。これは死期を悟った立原が、実父について少しでもいいから知りたいと訴えている、と武田勝彦から聞かされた越次倶子が、朝鮮で現地調査をした記録である。それによると、彼の両親はいずれも純粋の韓国人であり、父が貴族の血統を引き継いでいるという事実はなく、父の死因も過労による病死であった。立原は禅寺で生まれたと書いているが、貧しい農家で生まれていた。

立原は1973年5月に、十日間の韓国旅行をしている。自伝的小説「冬のかたみに」の取材旅行であった。このとき、立原は自分の生まれた村に足を踏み入れていない。その理由を聞かれて、立原はなまじ故郷を見てしまうと私小説に堕する恐れがあったからだと答えている。しかし、立原が築き上げてきた虚構が崩れてしまうことを恐れたからではないかと、高井有一は述べている(『作家の生き死』40頁)。

先述したように、『現代長編文学全集』第49巻が刊行されたとき、立原は巻末に自筆年譜を書いた。その敗戦の年の項には、「昭和二十年、日本と朝鮮が滅亡することを切にねがう。八月、終戦」(『立原正秋』46頁)と記している。日本の滅亡を願う気持ちは理解できるものの、祖国朝鮮の滅亡までも願う心理は、われわれには不可解である。

立原は、「あのたたかいの日々に、私が日本が滅び朝鮮が滅ぶのを真摯にねがったのは、故郷をもたない亡国の民の悲痛なさけびにほかならなかった。しかし、このさけびはだれにも理解されない」（「川端康成氏覚え書」『立原正秋全集』第22巻、66頁）と書いている。また、「私が生を得た禅寺はげんに存在しているが、しかし私にはふるさとの観念がない。そこを恋しいなつかしいと思ったこともない。私は生を享けたときから亡国の民であった」（同前）とも述べている。さらに続けて次のように言う。

しからば、ふるさとをもたない亡国の民にとって信じられるものはなにか。私はさきに川端氏の退嬰性と受動性は天稟のものであると述べた。この退嬰性と受動性に、氏の孤児としての諦観を加えれば、氏の目ざした地点は、ことさらに証明したり詳しく説明したりするまでもなく瞭らかとなる。「夢みながら覚めてゐる」にんげんに創れるのは非常の美学しかない。（同前）

亡国の民、すなわち故郷喪失者の立原は、川端康成のように非常の美学に生きようとしたことがわかる。次の文章をみても、立原の美学に生きる姿勢は一貫したものであった。

大戦末期、私は、硝煙の匂う高空を見あげ、日本が滅び朝鮮が滅ぶことを切にねがった。それ以外に信じられるものがなかった。私の戦後はそこから出発している。したがって、今日まで余生を生きてきた、という思いがつよい。初期の作品〈剣ヶ崎〉も〈薪能〉もこの滅亡意識から生まれた。（中略）

ましてや民主主義にはなんの興味もなかった。特攻隊員が共産党員になる時代だったし、そんな世界を信じられるはずもなかった。日本人が民主主義に同一化して一体感を得ようとしていたとき、私は鹿苑寺や慈照寺を考え、天平時代の仏像に思いを馳せた。かれらはなにひとつ変っていなかった。（以下略。「移ろわぬものと三十年」『毎日新聞』夕刊1978年10月12日。『立原正秋全集』第24巻、206頁から転載）

この一文は、戦後論争が活発になったとき、立原が新聞に寄稿したものである。立原にとって重要だったのは「移ろわぬもの」であり、それは「天平時代の仏像」であった。戦後の民主主義には無関心だった。これが、立原の世界観であり、思想である。祖国の滅亡を切に願い、日本の仏像に最高の美を見つめる立原が、日本の文壇において、在日朝鮮人文学者として遇されていないのは、こうした立原の思想から言っても当然のことかも知れない。

ただし、強い上昇志向をもち、日本人以上の日本人になろうとした立原の生き方は、在日一世のひとつの典型的な姿である。立原は、人としての尊厳を取り戻し、堂々と生きようとした。李恢成が述べたように、立原正秋の生涯は、「〈在日〉のまぎれもない一つの生態であり、その厳粛さを持つ」（『立原正秋』219頁）ものといってよい。戦争中の徹底した皇民化教育によって洗脳されながらも、しばしば差別に直面すると、日本も朝鮮も滅びればよいと真剣に考えた世代なのである。

川村湊は、立原を在日朝鮮人作家とは見做さない理由について次のように述べている。

作者名は朝鮮名でなければならず、日本名、たとえば立原正秋、飯尾憲士、宮本徳蔵、つかこうへい、伊集院静、北影一といった日本名を名乗る作家たちは（たとえ出自が朝鮮民族にしろ）、「在日朝鮮人文学者」であるということはできない。つまり、「在日朝鮮人」が書いたものだから、「在日朝鮮人文学」なのではなく、「在日朝鮮人文学」を書いた人こそ、「在日朝鮮人文学者」ということなのである。（『生まれたらそこがふるさと』20頁）

とは言うものの、日韓混血の悲劇を描いた「剣ヶ崎」、朝鮮を舞台にした自伝的小説「冬のかたみに」、また、社会から弾き出された少年を描く「冬の旅」にしても、朝鮮人として差別に耐えた経験がなければ書けない小説であり、立原には「在日朝鮮人文学」と呼べる作品がいくつかある。

のみならず、立原は、在日朝鮮人作家たちの仕事に注意を怠らなかった。立原は、李恢成の「またふたたびの道」を読むとすぐに、是非会いたいと李恢成を自宅に招き、松坂牛の焼肉でもてなした。李恢成が「またふたたびの道」で登場したとき、「これだけ古風な勁い文体をつくり得たのは、ひとつの驚きですらある。その意味で、この作者は日本の魯迅であり朝鮮の魯迅である」（『立原正秋全集』第22巻、90頁）と賛辞を送った。金達寿が芥川賞の選にもれたのは、選考委員の「歴史感覚の欠如」（『立原正秋全集』第24巻、137頁）のせいだと腹を立てている。金石範が芥川賞を与えられなかったことにも憤慨している。

政治嫌いの立原は、右であれ左であれ政治のにおいのする団体や会には顔を出さないのを信条としていた。「私はいわゆる進歩的文化人ではありません。花鳥風月を愛している一文士に過ぎません」

（「男性的人生論」『立原正秋全集』第24巻、１４８頁）というのが、立原の生き方である。著名運動に名を連ねたことは一度もなく、ましてや資金援助をしたこともなかった。

ただ、「徐君兄弟を救う会」には名を連ね、少額の寄付もしている。１９７１年、徐勝、徐俊植兄弟は、韓国でスパイ活動を行った疑いで韓国当局に逮捕され、無期懲役と懲役七年の判決を受けた。徐勝が在学していた東京教育大学を中心に「徐君兄弟を救う会」が生まれたが、この会には政治的なにおいを感じなかったので、立原は会に名を連ねたのだった。

確かに、立原の文学は在日朝鮮人文学とは言い難いものの、在日朝鮮人文学をいくつか書いた作家であったことは認めねばならない。実際、磯貝治良・黒古一夫編『〈在日〉文学全集』第16巻には、立原の短編「剣ヶ崎」が収録されている。田中実の解説によれば、この作品は「日本と朝鮮の混血のもたらす罪悪・矛盾・悲劇をめぐっての物語である」とされている。

一般的に、立原のような日本名作家は、「民族」や「朝鮮人」が、ほとんどアイデンティティの根拠とはなっていない。立原は日本の中世にアイデンティティを求めた。したがって、日本語で書かれた朝鮮民族の文学という意味では、「在日朝鮮人文学」とは言えないだろう。しかし、立原の文学は、これまで見てきたように、民族性に起因する葛藤と苦悩が基底にあって成り立っていることも明らかだ。自ら創り上げた仮構を生きようとしたのは、李恢成がいみじくも述べたように、在日のひとつの生態なのである。

懸命に生きた平凡な無名の人間に対する限りない愛情

飯尾憲士（いいお・けんし　１９２６〜２００４）

飯尾憲士は１９２６年８月６日（戸籍では21日）、大分県直入郡竹田町（現・竹田市）に生まれた。四人姉弟の三番目の長男である。戸籍上は母の私生児となっていた。父・江崎弘（本名・姜寿男《カンスナム》）は洋服仕立人。母は飯尾コトで日本人。父は１９１６年、19歳のときにソウルから九州に渡ってきた。

１９３９年、竹田中学（現・県立竹田高校）にすすむ。

１９４３年、海軍兵学校を受験するが、私生児のため合格できず。母から父が朝鮮人であることを知らされる。

１９４４年、埼玉県朝霞にあった陸軍予科士官学校に入校する。翌年の１９４５年、埼玉県豊岡の陸軍航空士官学校へ進学、在学中に敗戦を迎えた。

１９４６年、旧制第五高等学校（現・熊本大学）に入学する。

隣県の旧制五高に入学して、故郷を離れ、空襲の焼け跡に建ったバラック飲み屋で、闇焼酎ばかり飲んで日を送る。誰しもが青春時代に遭遇する、あの茫漠に巻き込まれた。（『怨望』２３１頁）

1949年、旧制五高文科甲類を43人中43番の末席で卒業し、上京する。

〈東京に出よう〉と、書き上げた小説二篇を衣類と共にトランクに入れた。両親に告げると米やカネの心配をするであろうからと、借りあつめたそれら（よく貸してくれたものである）をトランクの底におしこみ、弟にだけ告げて、ひそかに家を抜け出して、駅に行った。（『怨望』231～232頁）

飯尾は父から大学への進学をすすめられたが断っている。ほとんど勉強しなかったこともあろうが、病身の母をかかえて苦労している父に、これ以上負担をかけたくなかったからだろう。それと、小学校卒業後、進学せずにずっと母の代わりに家事を担い、青春を犠牲にしてきた姉に対する気兼ねもあったに違いない。

上京した飯尾は、池袋の映画館で切符のもぎりや上演映画のあらすじ書きなどに従事する。80枚の小説原稿を持って井伏鱒二宅を訪ねるも、表札を見ただけで引き返している。

わずかな闇米と外食券を持って、上京した。旧型のトランクの中に、八十枚程の原稿がはいっていた。読んでもらうのはこの方だと勝手に決めて、地図を頼りに萩窪の閑静な一画を歩きまわった。

やっと探しあてた。「井伏」という表札をみたとたん、脚がケイレンを起こした。小坂を、ガ

タガタとかけ下りた。（『怨望』３０９頁）

１９５０年、帰郷し、竹田高校や竹田女学校の英語講師になる。

１９５１年、地元紙の南豊新聞社に就職する。

１９５２年４月、父死亡（享年54歳）。９月、結核のため入院（54年11月まで）

１９５４年、大分の文芸同人誌『東九州文学』に参加する。

１９５５年、熊本市の近代農業社に勤める。大津眞弓と結婚

……飯尾の文筆生活を終始しっかりと守ってきたのは真弓夫人であった。肺病、貧困、事故、失業、無収入、低収入、娘二人の扶養といった若い日々から中年にかけての長い難儀の中を、真弓さんは働きながら、飯尾をして存分に筆をとらせた。小柄な夫人は大地に根の生えたようなあかるい生活者である。（『ソウルの位牌』解説２４３頁）

１９５６年７月、母死去（享年54歳）。暮れに喀血し入院（59年６月まで）

１９５７年、熊本の月刊文芸誌『詩と真実』に参加する。

１９６０年、上京し、船舶グラフ出版社の記者になる。

１９６３年10月、東池袋で交通事故にあい、頭蓋骨、腰、骨盤のあちこちを骨折し、五日間意識不明となる。肺が半分しかないので、血圧が低すぎて手術もできなかったが、一命をと

りとめる。

1965年、「炎」が第52回芥川賞候補になる。この作品は、弁護士だった父の転向と自殺、青年将校の自決、姉の無節操な男性遍歴、ある共産党員の失踪、主人公の結核の手術という瀕死の体験を描いたもので、戦後の思想的崩壊感を伝えようとしている。「炎」は同人誌『詩と真実』に掲載したもので、「同人雑誌推薦作」として『文學界』1965年2月号に転載された。このとき飯尾は38歳になっていたが、本格的な作家としてのデビューはさらに十数年を要している。

1972年、船舶グラフ出版社を退職し、文筆で独立を決意する。

1978年、「海の向うの血」が第2回すばる文学賞佳作に入選する。

1979年、父の位牌をもってソウルの親族を訪ねる。父の死去から27年後である。

1980年、「ソウルの位牌」が第83回芥川賞候補になる。

1981年、「隻眼の人」が第86回芥川賞候補になる。

1982年、「自決―森近衛師団長斬殺事件」が第87回直木賞候補になる。

1990年、「静かな自裁」が第10回新田次郎文学賞候補になる。

1992年3月、NHKスペシャルドラマ「離別《イビョル》」（原作「ソウルの位牌」）が放映される。父が阪妻こと阪東妻三郎に似ているところがあったので、そのことを作品に書いた関係から、主役は田村高廣が演じた。（筆者注：田村高廣は阪東妻三郎の長男である）

1996年2月、劇団青年劇場公演で「殺意」が上演される。

2001年9月、劇団青年劇場第79回定例公演で「カムサハムニダ」（原作「ソウルの位牌」）が上演される。

2004年7月26日、肺炎のため永眠。享年77歳。「葬儀は不用」「戒名は不用」「写真は引き伸ばすな」「通夜の席では『ソウルの位牌』（集英社文庫）の古波倉正偉《こはくらまさたか》の解説を誰かが朗読せよ」「弔問にみえた方には焼酎をお出ししろ」の遺言に従い、近親と近所の弔問客のみによる通夜が行われた。

飯尾憲士は38歳のとき、「炎」が芥川賞候補になっているが、本格的に作家としてデビューしたのは、1978年度のすばる文学賞（佳作）に入選してからである。そのとき飯尾はもう52歳で、小説家としてはきわめて遅いスタートであった。

飯尾の作品は、「朝鮮人の父」をテーマにした「ソウルの位牌」「海の向うの血」といった作品群と、陸軍予科士官学校時代をテーマにした「自決」「隻眼の人」などの作品群のふたつの大きなテーマがあり、さらに、『毒笑』に収録されているような市井に生きる人々を描いたものとに分けることができる。

集英社文庫『ソウルの位牌』には、「海の向うの血」「鉦《かね》」「ソウルの位牌」の3作品が収録されている。いずれの作品も、19歳で祖国を捨てて日本にやってきた父をテーマにしたものである。父は24歳で日本人の女性と結婚し、三人の子どもをもうけたが、妻が結婚後7年も経たずに心臓性喘息で臥せったきりになったため、朝早くから炊事場に立ち、夕方が近づくと洋服仕立ての仕事をやめて、買い物かごをさげて食材を買いに出かけ、病妻と子供三人の面倒をみつづけた。貧しい洋服仕立人として、九州の片隅の小さな町（竹田）に住み着き、54歳で死んでいったひとりの朝鮮人を、作者の飯尾はほとんど虚構をまじえずに「私小説」として描き出した。

この父に関して、作者には二つの「謎」があった。なぜ父は、祖国を捨てたのか？ 父は長男であった。朝鮮の強固な家族制度からすれば、両親を養う責任はもちろん、祖先の祭祀を司る長子として、また血族の長としての義務があったはずである。そうした責任や義務を放棄して、父が渡日した理由は何であったのか？ そして、渡日してからも、ほとんど朝鮮の家族との連絡を持とうとしなかったのはなぜなのか？ それは不明のまま小説は終わっている。

父が故郷のソウルに帰ったのは、１９４３年の一回だけである。父の帰郷の理由は、息子の海軍兵学校受験にあたって、親族に反日的な犯歴がないかどうかを確認するためであった。息子のために、父としてできることはそれしかなかった。

もう一つの疑問は、父が朝鮮人であることを子供たちに隠し続けたことである。飯尾は、父が朝鮮人であるということを、旧制中学四年のとき（16歳）まで知らなかった。竹田は小さな町であるから、町民は父の国籍を知っていたはずだ。町民が知っていて、16歳になるまで飯尾が知らなかったということは、奇異な感じさえするのである。父が死んだ時、位牌にも墓石にも朝鮮名は記されなかった。飯尾の父は「親日的」であり、民族の出自を秘密にし、日本において「偽日本人」として生きようとしたのであった。

飯尾もまた、父が朝鮮人であることを語ろうとしなかった。集英社文庫『ソウルの位牌』の解説で、旧制五高時代からの友人で弁護士の古波倉正偉は次のように書いている。

飯尾は長い間、自分が朝鮮人の父と日本人の母をもつ混血の子であることを語らなかった。本文庫に収録された各作品がずしりと語りかけてくるとおり、飯尾にとって朝鮮人であった父のこと、そしてその父に病身のまま寄り添って死んだ母のことは、余りに大切な問題であったからであろう。飯尾にのしかかったまま長期間、語れず書けずにいたこの重いテーマが長い醸成を経てやっと香気を放って醗酵したのが、「海の向うの血」であり、「鉦」であり、「ソウルの位牌」である。（中略）

ただ、作品の成立に関連して記しておきたいことがある。ひとつは飯尾はこれらの作品にとりかかるずっと前から、朝鮮の歴史、日韓併合や関東大震災関係、在日朝鮮人の権利や地位の問題等に関する厖大な資料や書物を丹念にあたって調べていたこと、朝鮮語の勉強もこっそりやったことである。（『ソウルの位牌』２４２頁）

飯尾は集英社文庫『ソウルの位牌』の「あとがき」で、「永年、亡父のことを書かなければと思っていたが、筆の貧しさに気おくれして、ふんぎりがつかなかった」と述べている。続けて、「更に、父の国に対する母の国日本の暴虐の凄まじさを、肌身を通して知っていない半朝鮮人《パンチョッパリ》のせいでもあったたろう。ひっきょう、私は蝙蝠である」と書いている。「蝙蝠」とは、どっちつかずの態度のはっきりしない者のことである。

飯尾が「海の向うの血」を書くのに52歳までの年月を要したのは、父親の生き方を肯定的に理解し、納得するまでに時間がかかったということである。父を、祖国と家族を捨てた裏切者として非難することはないし、戦争中に炭鉱に徴用されたとき、よく働いた父を親日派として糾弾することもないけれど、朝鮮人であることを隠し続けた父の生き方を、飯尾はなかなか理解できなかっただろう。「ソウルの位牌」を読めば、父とソウルに残された肉親たちは、強い愛情で結ばれていたことが分かる。そこには、朝鮮の儒教精神や家族制度を超えたものがあるとともに、朝鮮半島であれ日本内地であれ、ともに過酷な植民地時代を生き抜いてきた相互の思いやりがある。

ただ、飯尾は52歳で「海の向うの血」（1978）を書き終えたとき、「私の体内に海の向うの国の血が流れているという意識が希薄だった」（同前232頁）と書いている。飯尾は混血児であり、まだ半朝鮮人だった。翌1979年5月、飯尾は、一生の宿願であったソウルの親族への訪問を果たした後の夏、ソウルの主婦生活社の月刊雑誌『主婦生活』のインタビューを受けた。そのときに、「海の向うの血がやっと眼ざめ、フツフツと体内に流れはじめた。そのように私は思いこんだ。流れてくれなくては、父に申し訳ない。朝鮮人であることを隠しつづけて、五十四歳の短い生涯を九州の小さい町で終わった父であったから」（同前234頁）と書いている。そのようにしてようやく書けたのが、「ソウルの位牌」であった。

飯尾のたどり着いた境地は、どっちつかずの「蝙蝠」である。父は日本内地で生涯、日本人にも朝鮮人にもなりきることができなかった。母は嫁として朝鮮の義父母に仕えようと、ときどき米やカステラなどを送っている。母も、同じように「蝙蝠」だった。飯尾自身も、「蝙蝠」を自認するように

なった。それは、「박쥐《パッチュイ》（蝙蝠）」（１９８０）という小説の中で語られているとおりである。繰り返すが、飯尾は父の「蝙蝠」のような生き方を受け入れるためには、50歳を超える長い年月を要したのである。病妻と３人の子を抱えて生きていくために、無口で気の弱い父にそれ以外の方法はなかったに違いない。飯尾の小説には、懸命に生きた平凡な無名の人間に対する限りない愛情がある。

民族の主体性を堅持しつつ、如何に生きるべきかを問い続けた
李恢成（イ・フェソン　１９３５〜）

李恢成は、１９３５年２月26日、樺太の真岡町（現・サハリンのホルムスク市）で父・李鳳変、母・張《ジャン》述伊《スリ》の三男として生まれた。父は北朝鮮の黄海北道、母は南朝鮮の慶尚北道の生まれである。９歳の時（１９４４年）に母が36歳で病死。父は敗戦の翌年に再婚した。李恢成は、12歳までの幼少年期を樺太で暮らし、彼の原風景となっている。樺太は彼の生誕地であり、母を亡くした土地であり、軍国少年として育った土地である。後に早大の露文科にすすんだのもこの土地と無縁ではないように思われる。

１９４７年、一家は樺太を引き揚げたものの、米軍により釜山への強制送還処分を受け、長崎県の針尾島引揚者援護寮に収容された。自筆年譜には次のように記されている。

一九四七年（昭和二二年）一二歳
ソ連領サハリンから五月に脱出。日本赤十字引揚船「白龍丸」に乗り、函館引揚者援護寮に入る。米占領軍の命令により強制送還処分を受け、九州長崎県の針尾島引揚者援護寮に収監される。父ら数家族はＧＨＱ佐世保司令部と折衝の末、釜山への強制送還処分を免れ、一夏過ぎて札幌市に定着。豊平小学校、北九条小学校を経、翌年に円山小学校を卒業。父、養豚業をはじめ、この年から朝夕豚エサを集めるためにリヤカーを引く。（『可能性としての「在日」』３７４頁）

当時、朝鮮半島は混乱を極めており、一家は帰国を断念し、札幌に定住した。戦時中の創氏改名で使っていた木子本《きしもと》の日本名（李を木と子に分けた姓で、あくまで李が本貫《ボングワン》であるという意味。のちに岸本恢成《きしもとかずなり》）を名乗り、中学・高校をその名で通した。

札幌西高校を卒業すると、1955年6月、家出同然で上京し、働きながら夜間の予備校に通い、早稲田大学文学部露文科に入学する。朝鮮総連傘下の在日朝鮮留学生同盟に加盟する。卒業論文はドストエフスキーの「地下生活者の手記」で、米川正夫教授から90点をもらった。卒業した1961年の9月から朝鮮総連中央教育部に勤務する。1962年、東大大学院で生物学を研究する許承貴と結婚。1963年1月、朝鮮新報社に転勤する。翌年、父が59歳で病死。1967年1月、朝鮮新報社を退社し、コピーライターや経済誌の記者をしながら本格的に小説を書き始める。

李恢成の初期の作品群は、いずれも自伝的性格を帯びている。少年期から青年期にいたる記憶を繰り返し掘り起こし、在日二世がどのように朝鮮人として自己形成したのかが描かれている。在日の朝鮮人として、民族の主体性を堅持しつつ、如何に生きるべきかを問い続けた作家である。そういう意味で、彼の作品群は自己形成の成長小説といってよい。

１９６９年、「またふたたびの道」で第12回群像新人文学賞を受賞し文壇にデビューした。この作品は、「伽倻子のために」（『新潮』１９７０年８、９月号）、「青丘の宿」（『群像』１９７１年３月号）とともに青春三部作と呼ばれている。「またふたたびの道」という題名には、祖国の分裂を背景として、故国でまた再びまみえる日を未来に託した心情が込められている。祖国の統一は、作者の切実なテーマであり、それは処女作から一貫した思想であった。

１９７２年、「砧をうつ女」で第66回芥川賞を受賞した。これまで、金史良《キムサリャン》、金達寿《キムタルス》、金鶴泳《キムハギョン》、金《キム》石範《ソクポム》、立原正秋（金胤奎《キムイユンキユウ》）が芥川賞候補になったことがあるが、在日朝鮮人として初の受賞となった。この作品は、サハリンで死んだ母を追想したものである。母は、貧しい村で砧を打って一生を過ごすような女にはなりたくないと、故郷を捨てて玄界灘を越え日本に渡ってきた女性である。これが「砧をうつ女」の題名の由来になっている。作者は母について次のように述べている。

> 彼女は朝鮮の封建的停滞のなかで自我の成長をはばまれ、さらに祖国の植民地化という最悪の状況下で二重に自由な生き方をおさえられた農村の女であった。おそらく母は、漠然とながら日々の生活からそのような自分の境遇を感じとり、やみくもにもだえたのであろう。だがそこからの出路をもとめられぬまま、ただ生活の暗やみに流されまいとこらえるだけが精いっぱいのまま、死んでいった女なのだった。（「『砧をうつ女』のこと」『可能性としての「在日」』１５１〜１５２頁）

父は毎日酒を飲んでは母に暴力をふるう鬼のような人物であった。子どもたちは父を殺してやりたいほど憎んだ。次は「砧をうつ女」の一節である。

僕らは悲鳴をあげた。父が畳をけったからだ。……翌日、僕らはおどおどして母の様子を見つめていた。父は徴用の仕事にでかけて部屋の中は母と僕らだけが残っていた。大きなマスクをつけた母の青ざめた顔の中で切りこみの深い目だけが異様に光っていた。昨日のいさかいの末、妻の唇を乱暴者の父が裂いたのだ。病院で二針も縫わなくてはならなかった。(『またふたたびの道・砧をうつ女』225頁)

僕らは女が弱い動物だと父から教えられた。母にたいする父の乱暴は僕らがそう信じる日々の教室であったわけだ。もちろん、僕らは母の支持者であった。乱暴者の父をにくみ、やがて僕らの力で父を打倒する空想で僕らの頭は昂奮状態になってしまうのだった。(同前221頁)

父の母に対する暴力の基底には、家父長制と根深い男尊女卑の考え方があるが、それ以上に貧困と差別、それに起因する屈辱感によるものである。いずれにせよ、李恢成の母は、封建制と植民地という二重のくびきの下で苦しんだ朝鮮女性のひとつの典型であったのだ。

あの植民地時代に、彼女は学校でおそわることができなかった。朝鮮の娘を、こんな哀しい目に遭わせたのは、一に、李王朝の「停滞」とよばれる国勢の衰退であり、二に、日本帝国主義による植民地化収奪政策の罪によるといえるだろう。こうして朝鮮人の一割が世界に流浪することになった。私の母のように無学な「母」たちがあちこちに流れていったということであろう。

（「女の血――母の像」『可能性としての「在日」』２２４～２２５頁）

この悲しい母親像を引き継いでいるのが、「伽倻子のために」に登場する伽倻子である。彼女の名前は、朝鮮の伝統的楽器である伽倻琴からとったもので、古い儒教道徳に縛られた女性を象徴している。主人公・相俊が、祖国朝鮮に帰国しようと言うと、恋人の伽倻子は次のように答える。

「私、とうさん達を置いていけないわ。とうさんは私が頼りなんだもの。よく沈清伝の話をしてくれたのをこの頃になって思い出すの」

「そんな古いことを。君自身の仕合せが大切だろう。自分を犠牲にして何の仕合せがあるんだよ。（以下略）」（『伽倻子のために』１８６頁）

相俊は近代的自我を説くのだが、伽倻子は封建的家族観から自由になれないのである。伽倻子は子どものときに何回も父親から沈清伝《ちんせいでん》を聞かされて育った。沈清伝は朝鮮に伝わる親孝行の説話で、儒教の「孝」を説いたものである。

相俊は沈清伝におもいをはせた。朝鮮文学については皆目といってよいほど知らぬ彼もこの沈清伝のことはさすがに知っていた。それほど朝鮮人に膾炙《かいしゃ》された有名な説話小説だったのである。沈清は父の目が見えるようにとの一念から身を売り人買船に乗せられていくが、船を遭難からまもろうとして海中に身を投じてしまう。しかし海神がその孝心をめでて救い、人間界にもどされる。のちに沈清は国王の妃になり、父とめぐり会うといった物語であった。(同前54頁)

李恢成は、在日朝鮮人の目から在日朝鮮人の家族と生活を描いた作家であり、彼の作品には父の暴力、それに耐える母親、貧困と差別、儒教に束縛された家族関係が描かれている。しかし、李恢成のメインテーマは、民族としての自覚と、それに基づいた在日としての生き方の探求であった。海を渡ってきた在日一世にとって、自分が日本人と異質な人間であることは自明であり、日本社会における差別や抑圧は、不条理ではあるけれど、被抑圧民族として耐え忍ばねばならないものとして受け止めてきた。

しかし、在日一世の子どもたちは、朝鮮人であるがゆえの差別や貧困の中で生まれ育った世代である。この二世たちは、そんな朝鮮人家庭に生まれたことで、恥ずかしさ、うしろめたさ、劣等感を内面化せざるを得なかった。そんな李恢成少年が、そこから抜け出して、恥じることなく生きる方法が「天皇の赤子」として立派な軍国少年になることであった。誰よりも日本人らしくなることで、対等な関係になろうとした。李恢成は、「証人のいない光景」(1970)の中で、軍国少年(金山文浩)の皇民精神を次のように描いている。

彼は昔の金山を思い浮べた。そう、新聞に本人が告白しているようにあいつは同化少年であった。僕ら日本人少年が大日本帝国の勝利を信じて疑わぬファシスト少年であったとするなら、半島人の金山はそれに輪をかけたような同化少年であったのだ。大谷先生を思い出した。痩せぎすで剣道四段の腕の持主だった。この先生は何かと言えば金山を引き合いに出して日本人生徒を叱ったものだ。

「みろ、金山を。金山の態度はけなげだと言うほかないぞ。大和魂を身につけようと一生懸命に頑張っちょる。ところがお前達は……」

と、そんな調子で鬼畜米英を撃滅し、聖戦を完うする心懸けについて訓話をはじめるのだった。

（『コレクション戦争と文学10』６０３〜６０４頁）

金山少年は無理矢理に日本人にされたのではなく、自らすすんで日本人になろうとしたのである。軍国少年になることは、朝鮮人が大日本帝国の立派な臣民になることであり、金山少年に希望を与えたのである。しかし、８月15日の敗戦によって、同化少年の生き方は砕かれてしまう。

それは、民族の子として祖国を発見する機会を与えるものであった。しかし、それは平坦な道ではなかった。

日本の敗戦直後、これから朝鮮人にもどるのだと漠然に思ったことがあるが、同化少年が朝鮮人になるということはそれほど容易なことではなかった。もともとの朝鮮人が朝鮮人であることをおのれに確認し、他人にもそれを認めさせることがそれほど難しいものだったとは。それは歳月のいる仕事であった。まったくそれは市役所に出かけ戸籍抄本をながめて済ますようなわけにはいかぬものだった。喪《うしな》っていた民族的な自覚を取りもどすという仕事は一人の人間の魂の発見にひとしかった。（同前640頁）

「伽倻子のために」の中で、高校生の頃のある体験が語られている。主人公・林相俊《イムサンジュニ》は高校の予備校化に反対し、学園の自由を守ろうとする進歩運動に参加し、生徒集会でマイクを握った。

矛盾は感じながらも、〈日本人学生〉としてこれまでも討論に参加してきたし、いささかでも有効な発言をすることができたのである。彼の目には進歩派がしだいに説得力を持ち出した発言の効果に満足しはじめ、運動部の連中はヤジを飛ばさねばとあせり出し、多数の学生達は不安定な中立性について考えはじめるかにうつっていた。彼は論旨に拡がりを加えるために、盛んに「ぼくらは——」と挿入しはじめ、ついには「ぼくら日本人高校生は——」と連呼するに至ったのだった。

とそのとき、相俊はきいたのだ。何者かが鋭い声で『嘘つき！』と叫んだのを。相俊はにわかに動揺をおぼえ、全生徒の前で足が竦むのをおぼえた。（『伽倻子のために』74頁）

高校時代の林相俊は、自分が朝鮮人であることを隠していた。朝鮮人であることの後ろめたさを背負いながら、日本人の顔をして生きていたのである。彼が朝鮮人の自覚を持つようになるのは、上京して大学に入学し「在日本朝鮮留学生同盟」に加入してからである。

留学生だって？　はじめ相俊は「留学生」という言葉に違和感を抱かされた。なぜこのおれが留学生になるのだろう。

朴楚は笑って言ったものだった。

「たしかに日本で生まれ育った俺達にしてみれば、この『留学生』って言葉はピンとこないさ。けど、俺達にゃ帰るべき祖国があるじゃないか。帰るってのはつまり、いまは留学してるってことだよ。だから、俺たちは留学生ってことになる」

その三段論法みたいな言い方に相俊はへんに感心したが、なにか逆立ちして世界をみるような気分だった。（中略）

そんな会話を朴楚とかわしたのは有益であった。相俊はこの数ヶ月のうちに自分の内部でじょじょに芽ぶいてくるものを感じていた。（同前92〜93頁）

在学中の1958年から在日朝鮮人のあいだで帰国運動が始まっていた。帰国とは、朝鮮民主主義人民共和国への帰国を意味していた。この帰国問題は、相俊を抜き差しならぬところに追い込んだ。

帰国運動をすすめている学生活動家は言う。

いま祖国は朝鮮戦争の荒廃から不死鳥《プルサジョ》のように立ち上り、着々と第一次五カ年計画を超過完遂しつつある。自力更生の精神で日々に奇蹟を生み出し、千里馬の勢いで社会主義楽園を築いているのだ。その祖国に帰るのは留学生として最大の栄誉だし、生き甲斐でもある。（同前145〜146頁）

帰国運動は在日学生にも波及し、祖国に対する忠誠心が試されるようになった。申請しない者は愛国心に欠けていると見做された。相俊は、帰国申請をためらう者を日和見と決めつけることに疑問と反発を感じた。本人にとっては帰国できない大切な事情というものがある。

たとえ愛国心が欠けていても祖国感はもっており、その気持に疑いはない。問題はいますぐ帰るかどうかなのだ。そして自分は帰れない。なぜか。おれは伽倻子を日本に置いて帰ることはできない。それが本音なのだ。（同前149頁）

やがて帰国運動が静まると、帰国しないで在日の同胞のために働くことも意義あることだという認識が広がっていった。在日の同胞をいかに救うかという課題は重要であり、相俊は在日朝鮮人として生き延びていく道を見い出していく。このようにして、李恢成は在日としてのアイデンティティを打ち立てていったのである。少年時代から青年への成長過程で、李恢成は日本人→半朝鮮人→朝鮮人へと自己変革の苦闘の道を歩んだのである。彼の思想的基盤となったのは、同時代の日本青年と同じく、戦後の平和と民主主義の理念であった。

僕個人についていえば、日本の戦後民主主義は僕の主体性を準備させる上で貴重な橋渡しをしてくれるものであった。戦後の僕は日本人→半朝鮮人→朝鮮人としての意識の自己変革をともなっているが、その認識を助成し、平和と民主主義についての認識を与えてくれた点では、それはきわめて有能な師であった。ことに戦争にたいする平和、ファシズムに対する民主主義の認識は戦前の小さなファシスト僕にたいするすぐれた教科書であったといえる。(「原点としての八月」『朝日新聞』1972年8月11日夕刊、『北であれ南であれ　わが祖国』101~102頁)

大学卒業後、李恢成は祖国と同胞のために働くため朝鮮総連に就職した。しかし、67年1月に組織から離脱した。なぜ李は、朝鮮総連から離脱したのだろうか。自筆年譜には、次のように記されている。

一九六五年(昭和四〇年)三〇歳
組織内部の矛盾に悩む。ある人物の追放にも衝撃を受ける。極度に精神疲弊し、職場と病院通いが交互する。

一九六七年（昭和四二年）三二歳
一月一日朝、宿直を終え、朝鮮新報社を退社、朝鮮総連を離脱する。広告代理店、経済誌に勤め、夜は日本語による小説を書く。翌年、日本文壇の「群像」にはじめて応募する。（『可能性としての「在日」』376頁）

組織から離れた理由について、李恢成は次のように述べている。

私は一九六七年一月一日に朝鮮総連系の新聞社を辞めているが、その理由は組織内部の分裂に厭気が差したのとある人物を守ろうとしたからであった。かといって私は、組織をやめた知識人・文学者がこんどは正反対の思想と方針をもつ民団組織や中央情報部に急接近していくのを批判的に見つめていた。（中略）
組織をやめた後、私は本名を隠して日本の小さな会社に入って働いたが、一方で寸暇を惜しんで小説を書きはじめた。組織の中にいたときは忙しくて書く余裕はなかった。やめたとたん、私は文学にすべての精力を集中していったのだった。二年後、完成した小説を「群像」新人文学賞に応募したところ首尾よく当選した。（「韓国国籍取得の記」『可能性としての「在日」』72〜73頁）

私が組織をやめた理由は、二つある。一つは、組織の中に官僚主義が吹き荒れていて個人崇拝が高まっていたことである。私は、この危険な傾向に反対しようとし、また同志を守らなくてはいけなかった。もう一つは、小説を書きたかったからである。組織の状況は、それをゆるさなかった。しかし、組織が正常であれば、私は職場をやめなかったであろうし、内部でなんとか書こうと努力していたにちがいない。（「書くしかなかった」『可能性としての「在日」』２２６〜２２７頁）

李恢成が朝鮮総連から離脱したのは、官僚主義、個人崇拝、スターリニズムが組織の体質になってきたからである。また、祖国建設を至上の目的とする組織にあっては、李の「小説を書きたい」というやみがたい欲求は、私的な営みに見られ、それは個人利己主義として認められなかったからである。朝鮮新報社を辞めると、李は組織から脱落した人間と見做された。日本文壇に登場したとき、李は日本人になったと組織のタカ派から攻撃された。当時の組織の状況について、彼は次のように回想している。

思想純化事業は、日日に厳しくなり、「犯罪的行為」とか「敵性分子」という言葉さえでてきた。容疑者は孤立させられる。同じ部屋の活動家が結婚したとき、その配偶者が被批判対象であるために、同僚達が祝いにもいけないという現象もあらわれていた。（『約束の土地』１７７頁）

金日成がそこにいる。しかし、重吉は彼が全知全能ではないと思っていた。いわば、人間としての欠陥を持っている筈であった。金日成伝をよんでいて、重吉は首をかしげる。その宣伝物には、人々に彼の偉業を宣伝するよりは、しばしば逆効果をもたらしているところがある。彼の伝記作家達は、実像よりも偶像を叙述する才能をもっている。個人崇拝を行きすぎたものに変えていく作業がそこにある。（同前224頁）

組織から離脱した彼は、生活のために働きながら本格的に小説を書きはじめた。それはやむにやまれぬものだった。小説を書きたいという気持ちは、「約束の土地」（1973）の中で次のように述べられている。

具体的にはっきりしたテーマがあるわけではない。しかし、在日朝鮮人の生活史を二世の眼で書いてみたいつよい衝動に駆られていた。父親が死んだという出来事も、どこかでその気持を突きあげている。その説明は上手く伝えることのできぬもどかしさをいつも重吉にあたえるものだった。そして、とにかく書きたいのだというきわめて感覚的な叫びが、いちばん真実に近いように思える。（169頁）

最初、李恢成は母国語で小説を書こうとした。だが、自由に使用できる言語ではなかった。日本で育った彼は、日本語でしか書けないと判断せざるを得なかった。

だが小説を書こうとすると、無念にもこの日本語しか活用できないのである。日本語は外国語であるが、私にとってそれが選択の言語ではなく、自分を表現するための不可欠な言語であることに今更のように気づかされたのであった。その意味で私は母国語による創作を断念せざるを得なかったといえる。（「容疑者の言葉」『可能性としての「在日」』１３６頁）

１９７０年の夏、李は内密に母の故郷である慶尚北道を訪れた。そのときの様子は、「約束の土地」に書かれている。この作品は、作者が朝鮮新報社を辞め、作家生活をはじめて五年ほど経過した頃の出来事と心境を描いたものである。朝鮮総連の内部では金日成への個人崇拝が強まり、韓国では朴正熙の軍部独裁政治が続いていた。祖国の統一は絶望的な状況にあったが、主人公は次のように語る。

しかし、朝鮮人は絶望することができない民族なのだ。俺は絶望することができない。たとえ、どんなに肉を切られ、骨をしゃぶられようと、民族がひとつになる日までは、この言葉を口にしてはならないのではないか。（『約束の土地』２６６頁）

１９９４年、「百年の旅人たち」で第47回野間文芸賞を受賞する。「百年」とは、朝鮮が植民地化される１８９４年前後から執筆時の１９９４年までの歴史を指している。１９９８年、金大中大統領が誕生し、韓国国籍を取得する。それまでの李は、北の独裁体制にも南の軍事政権にも批判的であったため、両国政府から異端視されていた。まさに亡命者に近い立場だった。軍事独裁の時代は、入国は拒否された。実際、１９７２年に朝鮮日報社の招待で韓国を訪問して以来、１９９５年に訪韓するまでの23年間に渡って祖国の地を踏むことが出来なかった。

それが変化したのは、南に金泳三政権という文民政権が誕生（１９９３年２月）してからである。そして、金大中大統領が誕生（１９９８年２月）すると、李は韓国籍に切り替えるときがやってきたと確信した。「朝鮮籍」から「韓国籍」になれば、入国は自由になる。内側から民主化運動にかかわるという信念をもって国籍を変更したのだった。「南」の社会が民主化され、祖国の平和的統一のために大きな役割を担う時代が到来した、と判断したからである。これは単なる社会的コミットメントではなく、南の民主化の課題を自己のものとして生きるという姿勢にほかならない。

私は、七二年にソウルを訪れた折、市民と大学生の前で、自分の日頃の考えをのべる機会を得ることが出来ました。そのとき私は、聴衆のみなさんに向って、「北であれ南であれ　わが祖国」であるとのべ、これから民族文学が誕生してくるのを望む心境を吐露しております。その時と今とで、私の見解には何らの変化もありません。その時から二十五年経った現在、もし私が考えていることがあるとすれば、文学者としての責任をいっそう切実に感じているということだけです。（「「韓国文学」の明日と「在日文学」の希望」『可能性としての「在日」』２９９頁）

これは、「'96年文学の年・韓民族世界文学者大会シンポジウム」で李恢成が行った基調報告の一部である。彼の文学者としての基本的な理念が、72年頃までに形成されていたことが分かる一文である。「北であれ南であれ　わが祖国」（『文藝春秋』１９７２年９月号）というエッセイの題名の由来について、彼は次のように述べている。

イギリス人の作家、ジョージ・オーエルの文学的エッセーに「右であれ左であれ　わが祖国」というのがあります。「右であれ左であれ　わが祖国」というタイトルをもつ本を書店で見かけたとき、ぼくはある感動をおぼえました。そのいい方を借りていいますと、「北であれ南であれわが祖国」というのが、ぼくの所感です。ここで自分の祖国観についてのべてみます。ぼくの真の祖国は統一された国家である。このことからいえば、現在の分断された祖国における南北の政権は過渡的な性格を帯びているとみています。分断国家がなくなる日が早ければ早いほど望ましく、統一国家は心から待たれます。（「時代と女性の役割」『可能性としての「在日」』266～267頁）

李恢成は、自らを祖国の統一を希求する民族作家であると規定して次のように述べている。

僕個人は、自分を民族作家として成長させるべきだと思っています。民族的立場をはっきり踏まえながら作品を書いてこそ、統一の日を迎える日々の中で読者をはげますことも、まなぶこともできるはずだ。そのような時代的要求から離れて、たんなる海外僑胞としてのなげきや疎外感をのべたてる文学になってはまずいと考えます。（『可能性としての「在日」』254頁）

他国の言語で書かれた作品であっても、その創作は民族文学である、と李恢成は考えている。

七千万同胞のうち五百万が海外に住んでおり、海外同胞の文学は無視できないとして次のように主張する。

昨今の韓国文学全集をひらいてみると、そこには海外同胞文学者の作品が収録されていないというのが現実です。どうしてなのか？　あえて申し上げれば、こうした現象は、韓国文学にたいする概念がどこか偏狭であることに起因しているのです。言葉をかえれば、汎民族的次元で韓国文学をみる視野が足りないところからくる現象なのです。（同前295頁）

李恢成は、歴史的状況と思想的立場から北にも南にも帰国できず、63歳になってようやく韓国国籍を取得した。彼は、海外に在住する日本語作家であるけれど、あくまで朝鮮民族の文学を担う一員として自らを規定している作家なのである。

実存主義的な内面世界を凝視する作風

金鶴泳（キム・ハギョン　1938〜1985）

金鶴泳は1966年、「凍える口」で文藝賞を受賞し、文壇にデビューした。「在日朝鮮人文学」という呼称が一般的になったのは60年代後半からだと言われているが、金鶴泳は「在日朝鮮人文学」を形成する先達の一人となった。「石の道」（1973）、「夏の亀裂」（1974）、「冬の光」（1976）、「鑿」

（1978）の4作品が芥川賞候補になり、1972年に「砧をうつ女」で第66回芥川賞を受賞した李恢成とともに、在日二世作家のトップランナーになった。

金鶴泳は1938年9月14日、父・金栄好、母・朴庚順の長男として、群馬県多野郡新町に生まれた。本名は、金廣正である。弟2人、妹5人がいる。父は1923年、12歳のとき、祖父母に連れられて渡日した。

1954年、県立高崎高校に入学する。1年浪人して東大理科一類に入学。それまで文学には関心がなかったが、志賀直哉の「暗夜行路」を読み深く感動する。夏目漱石、太宰治、野間宏、ドストエフスキー、サルトルなどに親しむ。

1963年、大学院にすすみ、ポリエステルの研究をテーマにする。同年9月、朴静子と結婚する。

1965年、同人誌『新思潮』（第17次）に参加。筆名を「金鶴泳」とした。

金鶴泳の文学については、民族問題の希薄さがしばしば指摘されてきた。それは、彼の作品の実存主義的な、内面世界を凝視する作風によって、民族性や政治といった外部世界との関係が消極的なものに見えるからである。そもそも彼は、民族とか政治に積極的な関心を持っていない。多くの在日作家たちが、それぞれの政治的立場を鮮明にしていたことを考えると、金鶴泳の存在は独特のものといってよい。彼は非政治的人間なのである。

朝鮮人らしい朝鮮人ともいえず、またコミュニストなどでは決してない自分が、たとえば「南朝鮮の革命」だの、「北朝鮮における社会主義建設」だのといってもむなしい空論でしかなかった。（「夏の亀裂」『金鶴泳作品集』249頁）

金鶴泳は多くの作品のなかで民族問題を扱っているが、それは中心テーマではない。彼にとって「民族問題」は、観念としては理解できても、実感の伴わないものであった。彼は自筆年譜の「昭和三十三年＝一九五八年・二十歳」の項に、「東京大学理科一類に入学。本姓の「金」を使うようになる。私の民族的覚醒はこの年にはじまる」（『新鋭作家叢書　金鶴泳集』212頁）と記しており、それまでは民族意識に乏しかったことを自ら語っている。金鶴泳の文学は、朝鮮人として生まれたことではなく、個人的な事情、ひとつは「吃音」、もうひとつは「父の暴力」という問題を主要なテーマにして成立している。個人的な宿命にこだわる金鶴泳が、日本の私小説のスタイル、とくに志賀直哉に私淑したのは必然的な流れだったといってよい。

「凍える口」の主人公は、大学の研究室で実験の日々を送っている。朝鮮人であることを自覚するために、通学の電車のなかで朝鮮関係の本を読んでいるのだが、なぜか、主人公にとってはひどく「億劫」なことだった。

自分にとってまずどうにかしなければならないのはこの吃音であり、それこそが最も切実に自分を囚えているところの問題であり、それにくらべれば、韓日会談のことは、それにかぎらず、いっさいの政治問題は、いや、さらに、政治問題にかぎらず吃音以外のすべての問題は、ぼくにとってほとんど問題となり得ないのだった。ぼくの叫ぶべきシュプレヒコールは、「対日屈辱外交反対！」ではなく、むしろ、「吃音駆逐！」なのだった。（「凍える口」『金鶴泳作品集成』85頁）

社会から受ける差別、それに起因する疎外、孤立、絶望といった感情は、金鶴泳の場合、「朝鮮人」であることよりも、まず「吃音者」であることによってもたらされた。金鶴泳は、現代社会における人間存在の不安とか孤独を、「吃音者」という人物設定によって表現したのである。そしてそれは彼自身にとって、自己救済の営為でもあったと次のように述べている。

『凍える口』は、私自身の吃音の苦しみを書いたものだが、これを書いたことによって吃音の苦しみが消えてしまったことについては、その三年後の『まなざしの壁』の中で、ちょっと触れたことがある。三十年近くのあいだ、いかようにしても逃れることのできなかった吃音の苦しみ、そこから派生するさまざまな神経症的苦痛が、ただそれをありのままに書いたというだけで消滅してしまったということ、それは私にとって、書くことの意味、文学の持つありがたさについて考えさせられた、象徴的な体験であった。（「一匹の羊」『金鶴泳作品集成』435頁）

「凍える口」を書いて吃音の苦しみから解放された金鶴泳は、次にもうひとつの宿命である「父親の暴力」に向かっていった。「錯迷」（1971）、「冬の光」、「鑿」などの作品には、母を殴り、蹴り、罵倒する凄惨な父の暴力が描かれている。それは地獄の光景だった。金鶴泳にとっての「原体験」

は、「父の暴力」であった。

「原体験」という言葉がある。お前にとって原体験は何かと問われれば、私は即座に夫婦喧嘩、父母の不和と答える。戦争を体験した人間が、戦争を語ることによって人間を語ろうとするごとく、夫婦喧嘩を原体験と感ずる私は、夫婦喧嘩を語ることによって人間を語ろうとしても、許されるであろう。(「錯迷」『金鶴泳作品集成』182頁)

その激しかった父の暴力も、老いとともに衰えていった。「錯迷」の中で、主人公は、母を殴りつける父のところに行き、一方の手で父の腕をつかみ、一方の手で父の襟首をつかんで、ぐいと押す。すると父の身体は、妙に頼りなく、ぐらりとよろめいた。そこにはもはや、かつての強靭な父の面影はなかった。

すでに老いの漂いはじめている父の肉体は、いまや、横暴を極めている無神経な性質にくらべ、いかにも他愛なかった。父は、加害者ではなく、むしろこの父もまた、醜怪な魔物に操られている、被害者ではないのか……。

そう気づいた途端、私は不意に正気に返ったようであった。私は自分のしようとしていることに、ふと気づいた。父の身体をつかんでいる自分の手が、突然、この上もなく罪深いものに思われた。すでに枯れ木の感じを漂わせはじめている父の肉体、私はその腕をつかみながら、そこに父の「歴史」を感じた。その「歴史」は重く、その重さは、それをつかんでいる私のちょこざいな批判などは、いっさい寄せつけないかに見える。（同前217頁）

父の暴力は、父が生きて来た時代と社会によって、すなわち差別され抑圧された人間としてなかば強制されたものであり、暴力というある種の無神経な強靭さを持たなければ、この時代をまともに生き抜くことができなかったに違いないのである。父の「歴史」とは、在日朝鮮人の苦難の歴史にほかならない。父の凄まじい母への暴力は、李恢成や梁石日の自伝的な作品にも繰り返し描かれたものであり、在日家庭の特徴であった。父の無学や蒙昧さを非難する資格が自分にあるのだろうか、と主人公は自問せざるを得なくなる。

夫に虐待されている妻たちを描くことで、金鶴泳は在日家族の家父長制の問題を浮き彫りにしている。「父と子」の葛藤と角逐だけでなく、その「父子関係」の周縁に追いやられた女性たちの疎外というテーマが、金鶴泳の小説の特色になっているのである。

しかし、儒教道徳に呪縛されている母は、「父ちゃんに手向かうのだけはやめておくれ」（同前202頁）と言う。たとえ、子どもの方に理があっても、目上の人、とくに父親に手向かうなどは、非常にいけないことであって、朝鮮ではそういうことに厳しく、そんなことをしたら人さまの信用を失うと言うのである。

同じく「錯迷」では、帰国運動の中で二人の妹（明子、紀子）が北朝鮮へ帰国する。その表向きの理由は「祖国の建設に貢献する」というものだが、本音は父の暴力と暗い家庭から脱出するためであった。ここには、家父長制に対する批判と家族の解体を見ることができる。なお、金鶴泳の妹三人も北朝鮮へ帰国している。1960年に雅代、1964年に静愛、1966年に貞順が次々と帰国していった。彼は後に、三人の妹を「北」に送ってしまったことを深く後悔している。

1983年、金鶴泳は『郷愁は終り、そしてわれらは――』を刊行した。題名の「郷愁は終り」とは、「北」の社会主義神話への郷愁は終わったという作者の政治的立場を表明したものである。この作品は反共政治小説であり、磯貝治良は、「金鶴泳の文学をささえていた凝視のリアリティが完全に崩れ去って」（「統一問題と金鶴泳」『〈在日〉文学論』217頁）しまったと指摘した。川村湊も、「反・北朝鮮のプロパガンダ小説とも見られかねない作品」だとして次のように述べている。

> 金鶴泳は、『郷愁は終り、そしてわれらは――』という小説を書くことによって、明らかに北朝鮮ではなく「韓国」という現実的な政治的立場を選択した。いわば、「韓国」という郷愁を自ら選び取ったのである。（『生まれたらそこがふるさと』180～181頁）

金石範も次のようにこの作品を批判している。

> 全然彼の文学的感性に合わない無理をした政治的な作品です。彼はイデオロギーを書く作家じゃないのに、北に対する批判、イデオロギーが出た。（中略）長い間の作品を書くプロセスがあって、そうなったのではない。突然、彼は韓国側に立った。

それは完全に政治的なものです。（『座談会昭和文学史』第五巻、283～284頁）

金鶴泳は1972年に韓国籍に変えている。1973年からは、韓国側に立つ『統一日報』という民族系新聞のコラムを担当するようになり、以後、数多くのエッセイ、随筆を書いている。『統一日報』の論説委員になって、イデオローグの役割を果たすようになっていった。

1985年1月4日、群馬県の実家でガス自殺。享年46歳だった。彼の自死について、金石範は次のように述べている。

彼の死に賛成するわけじゃないけれど、彼の誠実さは死を選んだことです。ずうずうしく生きたわけじゃない。もともと自殺願望があったにしても大きな壁にぶつかっていた。創作の方法、政治的な問題もあったでしょう。でも『郷愁は終り、そしてわれらは――』を書いた自分自身と、作品との幸福でない関係が大きな原因だと私は見ています。（同前284～285頁）

晩年の金鶴泳は、濃厚な政治的環境の中にあった。反北朝鮮のイデオロギーは、金鶴泳のような柔軟な魂の持主をむしばみ、彼は粗雑な政治小説を書くようになってしまった。誠実で自分をごまかすことのできなかった金鶴泳は、政治の犠牲者になったといってよい。1978年に「鑿」を書いて以後、およそ5年間、金鶴泳は『統一日報』にエッセイ類を発表するだけで、小説らしい小説を書いておらず、1983年に「郷愁は終り、そしてわれらは――」を発表するまで長い空白期間があった。

作家としては、１９７８年の「鑿」でその生命を終えていたのかも知れない。南も北も拒否し、あくまで統一朝鮮を志向した金石範とは対照的な生き方であった。

第三章

70年代に登場した作家たち

「政治の季節」を生きた世代の姿を克明に描いた
高史明（コ・サミョン　1932〜）

高史明（本名・金天三《キムチョンサム》）は1932年1月11日、父・金善辰《キムソンジン》、母・裵景順《ベーキョンスン》の次男として下関市彦島の朝鮮人部落に生まれた。父母とも慶尚南道金海《キムヘ》の出身で、下関の石炭置場の人夫となり、港で重い石炭籠を運ぶ仕事をしていた。母は高史明が3歳のときに死亡し、父と兄の3人暮しであった。

尋常小学校では木下武夫の名で入学したが、高等小学校では金天三と名乗った。民族名を名乗ったため、教師から暴力を受けるようになる。皇国少年だった高史明は、敗戦になると高等小学校を中退した。15歳になると酒を飲み、タバコを吸い、夜遊びをして、見境なくケンカをする悪党になり、「町のダニ」と呼ばれた。暴力行為によって逮捕され、少年刑務所に送られて、16歳のほとんどをそこで過ごした。

1948年晩秋、ムショ帰りの高史明は、朝鮮人学校に入学する。彼は朝鮮語ができないので、授業はさっぱり理解できず、教科書も一字も判読できず、まもなく退学した。再び悪党となる。

1949年秋、荒んだ生活を断ち切り、人生をやり直すため、上京してニコヨンになる。ニコヨンとは、失業対策事業で雇用された労働者の賃金が1日240円だったことから名付けられた呼称である。職安では「仕事よこせ」のデモが連日のように行われ、警察隊と衝突していた。ある日、警察と衝突した高史明は新宿署に連行され、拷問を受けた。警棒で滅多打ちする「踊り」と言われる特高時代の拷問だった。

1950年6月、ニコヨン仲間の勧めで、日本共産党に入党する。まっとうな人間として社会変革の道を生きようとした。当時の日本共産党は、スターリンによる暴力革命路線の押し付けで党が分裂していた。朝鮮戦争が始まっており、スターリンは米軍を背後から脅かすため、日本共産党に武装闘争を持ち込んだのである。徳田書記長らの主流派は、スターリンの介入に追随して武装闘争路線をとったため、1952年10月の総選挙では35人いた衆議院議員が、当選者ゼロという壊滅的打撃を受けた。

1952年3月、地下活動に入っていた高史明は、山村工作隊の隊長として、中核自衛隊（日本共産党の軍事組織）の学生党員たちを連れて小河内村の山中に入った。軍事方針の活動に引き込まれたのは、ごく一部の党員であったが、こうした行動は党に対する国民の信頼を深く傷つけ、党に大損害を与える結果となったことは言うまでもない。やがて高史明は党活動に批判的になっていく。ただし、当時の高史明にとって「離党は朝鮮人を止めることを意味していた」（『ルポ　思想としての朝鮮籍』25頁）ので、党に留まっていた。

1955年、朝鮮人は離党させるとの方針によって、高史明も党から去っていった。なお、その当時、日本共産党の党員であった在日朝鮮人は多く、作家では金達寿、金時鐘、金石範らがいる。

1970年、季刊雑誌『人間として』に、編集同人高橋和巳の推薦で「夜がときの歩みを暗くするとき」を連載する。この小説は、日本共産党の分裂と混迷のときに、高史明が党員として苦悩した体験を描いたものである。

1974年、『生きることの意味　ある少年のおいたち』（筑摩書房）を出版。日本児童文学者協会賞および第15回青丘文化賞を受賞する。41刷のベストセラーになった。

1975年、愛息の岡真史が12歳で自殺する。翌年、遺稿詩集『ぼくは12歳　岡真史詩集』を出版する。

1993年、第27回仏教伝道文化賞を受賞する。

2003年、『現代によみがえる歎異抄』（NHK出版）を出版
2004年、『闇を喰む　Ⅰ海の墓』『闇を喰む　Ⅱ焦土』（角川文庫）を出版

代表作の「夜がときの歩みを暗くするとき」は、日本共産党のいわゆる「50年問題」と呼ばれる時期における、党員たちの苦悩と悲劇を描いた作品である。先述したように「50年問題」とは、スターリンによる暴力革命方針の押し付けにより、党が分裂し、徳田書記長ら主流派が武装闘争をとったため、国民から見放され、壊滅的な打撃を受けたことを言う。多くの真面目な党員たちは、スターリンの介入や党の分裂の真相を知らされないまま、誤った方針と指導のもとに置かれたため、国民との矛盾に苦悩し、組織内では疑心暗鬼が蔓延し、展望を失って絶望し、多くの党員が離党していった。スターリンの残した爪痕が、この日本でも如何に巨大であったかを描いた貴重な小説である。

日本共産党中央委員会発行の『日本共産党の八十年』は、スターリンの介入について次のように述べている。

スターリンは、一九五一年四月、徳田、野坂、西沢ら「北京機関」の幹部をモスクワによびよせて会議をひらいて「四全協」を支持し、党の統一回復を主張するものを「分派」ときめつけました。会議には、中国共産党の代表王稼祥も参加しました。スターリンは、この会議で、みずから筆をいれた「日本共産党の当面の要求――あたらしい綱領」（「五一年文書」）をつくり、「日本の解放と民主的変革を、平和の手段によって達成しうると考えるのはまちがいである」と結論づけました。のちに「五全協」で決定された「軍事方針」も、この会議で準備されたものでした。

（111頁）

以上のような経緯で、徳田書記長らの主流派は1951年10月、「五全協」を開き、中ソの意向に沿って武装闘争の方針を決定したのである。

主要人物・境道夫（23歳）は、広島の原爆で父、母、妹の家族を失い、孤児となった。戦後、上京して共産党と出会い、機関活動家になった。当時、共産党は分裂していた。主流派の組織内に「組織防衛会議」がつくられ、境道夫は「スパイ」と疑われ、査問にかけられる。献身的に党活動をしてきたにもかかわらず、裏切者の烙印を押されたのである。党から断罪された境道夫は、生きる意味を失う。

境道夫のモデルは、高史明といってよい。高史明も、「堕落分子」「裏切者」「野良犬」などと罵倒され、連日の査問で追いつめられ、二回も自殺未遂を起こしている。（『ルポ　思想としての朝鮮籍』26頁）

境道夫は党活動のなかで、津山泉子と出会い、愛し合うようになっていた。津山泉子は既婚者であったが、夫を捨てて、境道夫と人生を歩もうと決心する。津山泉子は、妊娠していることを境道夫に告げ、遠い町へ行き、そこで人生をやり直そうと提案する。津山泉子も、境道夫と深い仲になっていたことで、党から反党分子と見做され、境道夫と別れることと、堕胎することを要求されていた。追いつめられた津山泉子は党を捨て、愛に生きる道を選ぶ。

この道夫と泉子の愛は、高史明の体験が反映されている。高史明は1952年頃、お茶の水女子大の学生党員だった岡百合子と出会い恋に落ちた。当時、反党分子と見做されていた高史明と付き合う岡百合子も批判され、「党の決定」によって、会うことも電話することさえも禁じられた。

道夫と泉子は党から腐敗分子、裏切者と罵られ、深く傷つけられた。二人にとって党は生命そのものであったが、党から見捨てられることで生きる意味を失ってしまう。二人は心中するのだが、境道夫は生き残ってしまい、自殺幇助罪で懲役七年の刑を受ける。

1955年7月、共産党は「六全協」を開催し、極左冒険主義の誤りを認め、党の分裂状態から統一と団結を回復する第一歩を踏み出した。しかし、すでに泉子はこの世になく、道夫は刑に服する身となってしまった。50年代の共産党の分裂と混迷は、心ある若者を深く傷つけただけでなく、人間を狂わせ、人生そのものを壊してしまったのである。「夜がときの歩みを暗くするとき」の救いのなさは、時代の巨大なるつぼに投げ込まれ、自らの状況を客観的に把握することができないで、生きる希望を失い、悶え苦しんだ若者たちの悲劇性であろう。

『闇を喰む　Ⅰ海の墓』と『闇を喰む　Ⅱ焦土』は、自伝的小説である。極貧の生い立ちから始まり、敗戦後、皇国少年だった作者が不良となって少年刑務所に収監されてしまう。人生をやり直そうと上京してニコヨン労働者となり、共産党に出会い入党し、党活動に情熱を傾ける。その中で知り合った岡百合子と1955年に結婚するものの、朝鮮人は離党させるという党の方針により、心の支えであった党から見捨てられ絶望するまでの物語である。作者のおよそ23歳までの記録であり、「政治の季節」を生きた世代の姿が克明に描かれている。

『生きることの意味　ある少年のおいたち』は、在日文学が繰り返し取り上げてきた〈父親〉との葛藤、対立、抗争、和解が重要なテーマになっている。貧困の中で、勤勉な働き者であった父親は、人間としてのやさしさを持っていた。この無名の父は、偉大な思想家や学者が残してくれたものに等しいものを子どもの高史明に与えてくれたのである。この作品も自己形成を描く自伝的小説で、貧しい中で一生懸命に子どもを育てた父と、その父からやさしさを学んだ子の、「父と子の愛の物語」といってよい。

在日朝鮮人の民衆生活史を描き続けた作家
鄭承博（チョン・スンバク　1923～2001）

鄭承博は1923年9月9日、慶尚北道安東郡の農家に、父・鄭潤欽《チヨンユンフム》、母・安東権の長男として生まれた。

1933年、和歌山県田辺市で土木工事の飯場頭をしていた叔父を頼って日本に渡航する。わずか9歳の少年が単身、日本に渡航した目的は何であったか。安宇植《アンウシク》は、当時の時代状況について次のように述べている。

文明開化した日本に国の独立を奪われ、その植民地に転落してしまった朝鮮では、一九一九年三月一日の三・一独立運動の余燼がこの頃までくすぶり続け、新しい学問を身につけなくては侵略者日本に太刀打ちできない、日本に勝たなくては国と民族の独立はありえないという気持ちが若者やその親たちの日本への留学熱を掻き立てたのである。(『鄭承博著作集』第一巻、515頁)

鄭承博が十歳にもならない幼さで、家出して日本に渡航したのは、留学熱という時代状況に敏感に反応したということだ。それだけ上昇志向が強かった。彼は幼い頃から、周囲の状況を正確に把握しようとし、人々への気配りを怠らず、自分を見失うこともなく、荒波の日々をくぐり抜けてきた。郷里での儒教道徳のおかげで、年長者に対して礼節を失わず、農民の子らしく働き者だったので、敵をつくるようなことはなかった。

鄭承博が故郷や父母、兄弟を捨ててまで家出をしたのは、日本の学校で学び立派な人物になるためであったが、飯場の炊事係などをしながら転々とし、ほとんど教育を受ける機会はなかった。

1937年、田辺市出身で水平社運動の指導者・栗須七郎《くりすしちろう》(1882〜1950)と出会う。「このままではお前は人間になれない。勉強して人間になりたかったら、私を訪ねて来い」と言って、名刺を鄭承博に渡した。大阪浪速区の栗須七郎の家に転がり込んだ鄭承博は、約五年間、ここで書生時代を送る。

1942年、東京の日本高等無線学校に入学するが翌年中退する。朝鮮人はスパイになる恐れがあるとして放校処分になったのだ。これ以降敗戦まで、大阪の軍需工場の徴用工、新潟県十日町、名古屋市、福井県丸岡市、和歌山県、淡路島などで工事現場の炊事係や土工、鉄工所の旋盤工として働いた。

1946年、淡路島で知り合った中野小静と駆け落ちした。小静の親からの届け出で警察が洲本の船着場を張っていたので、淡路島北端の岩屋まで35㎞の道をふたりは自転車に乗って逃げた。秋ごろ、小静が妊娠したので出産準備のため淡路島にもどる。

1956年春頃、坂出市の妻の姉夫婦が経営するパチンコ店「桃太郎」で住み込み手伝いをする（58年10月まで）。

1958年11月、洲本市で「バー・ナイト」を開店する。妻の商売上手もあって、生活にゆとりができた。一時は洲本の夜の帝王と呼ばれたくらい夜遊びに耽り、長唄や日本画に励んだりした。やがて川柳を始め、川柳同人会・大阪番傘本社の会員になり（1962年）、「西原ひろし」のペンネームを用いた。彼の代表的な作品をいくつか紹介する。

同じ月桂浜まで来てほめる
阿波踊り阿波の地盤が沈むほど

1971年、『農民文学』11月号に「裸の捕虜」を発表する。この頃、『農民文学』編集長で作家の藤田晋助の指導を受ける。「どう社会の中を泳いできたか、したたかに生きて来たかを書け、いいカッコしなくていい」と言われる。

1972年、「裸の捕虜」が第15回農民文学賞を受賞し、第67回芥川賞の候補になった。李恢成の「砧をうつ女」が第66回芥川賞を受賞していたので、在日作家が連続受賞するのではないかと話題になった。

この大きなチャンスを生かすために苦闘する日々が続いた。ジャーナリズムの流れに乗ることは並大抵のことではなく、ついに胃潰瘍で入院し、胃の三分の二を摘出した。鄭承博は胃癌だと思い込んで死を予想し、退院後は新築した別宅で独居生活をはじめた。

1992年2月、「鄭承博先生の作家活動二十年をたたえる会」(洲本市)に127人が集まり盛大に開催された。

1993年、『鄭承博著作集』の刊行はじまる(全六巻、97年完結)。

2001年1月、77歳で死去。淡路島に住みながら、在日朝鮮人の民衆生活史を描き続けた作家であった。

「松葉売り」(1983)は自伝的長編である。主人公・スンドキ(15歳)の父は、密造酒をつくったということで警察に捕まり、何か月も留置されている。どこの家でも、祭祀に使ったり飲んだりしているドブロクなのに、サーベルを吊った日本人の警官がやってきて、村の男たちを捕まえていったのだ。田畑を担保にして日本人の高利貸しから金を借り、高額な罰金を支払えば放免してくれるのだが、借金を返せず田畑を取り上げられた農民たちは、開拓団となって満州へ移住するしか生きる道はなかった。ちょうど満州国ができた頃（1932年）で、開拓農民が必要とされていた時代である。

スンドキは里山で松葉をかき集め、それを背負って町まで行って売るのだが、一日10銭にしかならない。需要の落ちる夏場になると6銭にまで下がる。ところが、日本行き人夫募集をしている岡野という日本人によれば、スンドキのような少年でさえ日本では日当が50銭も出ると言う。スンドキは、矢も楯もたまらないほど、日本に行きたくなった。

日本人が朝鮮に渡航するときは、旅券も許可証もなしで自由に往来できたが、朝鮮人が渡日する場合は、渡航証明書が必要だった。しかし、岡野によれば、募集であれば、証明書も旅費もなしで渡航できるという。日本語を知っていればいっそう良い。

スンドキにとって日本語は生きていくために必要な言葉だった。「マツバハイリマセンカ、マツバ。ヨクモエルマツバヲカッテクダサイ」（『〈在日〉文学全集』第9巻、330頁）と、日本人町で触れ歩くのである。町外れでは巡査が通行人の検問をしており、スンドキが「ワレワレハ、コウコクシンミンナリ。オクニニ、チュウセイヲチカイマス」（同前318頁）とすら言うと、巡査たちもしつこく取り調べるようなことはしなかった。

「松葉売り」は、植民地とされた朝鮮の農村で、伝統的な生活と文化が壊されるだけでなく、生活基盤そのものが破壊され、貧しい人々が流民になっていく姿が描かれている。

芥川賞候補になった「裸の捕虜」は、戦時下の日本での強制労働を描いた作品である。主人公の承徳（21歳）は、大阪生野区の軍需工場の徴用工だが、実際の仕事は食糧の買い出しであった。郊外の農家や漁村へ行って、闇で食料を買うのである。もちろん、見つかれば統制経済違反で捕まる。会社は、この危険な役割を、朝鮮人である承徳に押し付けたのである。

承徳が現行犯で警察に捕まったとき、会社にはそんな人物はいないと言われ、一か月以上も拘留された。別の鉄工所に就職が決まったとき、憲兵がやって来てまた逮捕された。軍需工場の徴用工なのに、脱走したというのである。

懲役刑となった承徳は汽車に乗せられ、新潟県十日町の山奥に連れて行かれた。軍需工場に送る電力をつくるため、発電用のダムが建設されていた。工事現場の周囲は鉄条網で囲まれ、高い監視所の上からは重機関銃の銃身が現場に向けられていた。麦わら帽子にパンツひとつだけの人夫が汗まみれで働いている。中国共産党八路軍の百余名の捕虜たちだった。食事は、大豆を粗挽きにして、粥に炊いたものであった。

承徳は、つるはし、スコップなどの道具の修理をする鍛冶屋の仕事を与えられた。ある日、大きな野犬が迷い込んできた。これを中国人が料理するために、承徳は包丁を作ってやった。秋になり、現場の境界線を越えて、柿の実を取りに行こうとした捕虜が、機関銃で撃たれて死んだ。

冬になると便所の肥溜めは凍った。便所の汲み取り口は、柵の外側にあって、近くの農家が汲み出せるようになっている。ある夜、脱走を決意した承徳はこっそり便所に入り、肥溜めに降り、汲み取り口から脱出した。始発の汽車に乗って、名古屋まで行った。しかし、もう世の中は変わっていた。

空襲に次ぐ空襲で、人々は戦争の恐怖におののいていた。「裸の捕虜」は戦時中、朝鮮人徴用工がどのような扱いを受けたのか、また、中国人捕虜が強制労働でいかに酷使されたかを描いている点で、稀有な作品といってよい。

鄭承博の文体には、哀愁とか感傷といった類のものはない。淡々とした筆致で、過酷な体験であっても、さほどの辛さや痛みを伴わずに描かれている。心理描写は少なく、題材の重さを忘れさせる文体で、労働者的リアリズムとも呼べるような素朴な生活力を感じさせる。「鄭承博は小柄で元気溌剌、晩年も少年っぽさを残していた。その作品も作者そのままに逞しい」（『〈在日〉文学全集』第9巻、422頁）と林浩治が述べているとおりである。在日作家の多くは日本語と母国語の間で葛藤したが、彼にそのような苦悶は見当たらない。さらに鄭承博の文学の特質を言えば、他の在日作家と違って、政治やイデオロギー、民族運動と離れたところで成り立っていることである。

鄭承博について磯貝治良は、「在日朝鮮人の文学地図の中に置いてみると、特異な位置を占めている」（『〈在日〉文学論』190頁）と述べている。祖国の現実とか、民族の運命とか、凄絶な日本での暮しといった様相が、たとえ政治とは無縁に生きているかに見える人々の個人的な体験を描くにしても、それは政治のるつぼの中の諸相として描かれてきた。鄭承博の作品には、この政治のるつぼがほとんど描かれないのである。政治色のない民衆生活史のような作品を書いたといってよい。とくに、「第一世代の文学として民族運動が描かれないのは、奇異な感をあたえさえする」（同前191頁）と磯貝治良は指摘している。

母なるものへの思慕と、非道な父との葛藤を描いた

金泰生（キム・テセン　１９２４〜１９８６）

金泰生は１９２４年11月27日、済州島で生まれた。両親と生き別れとなった金泰生は１９３０年、５歳のときに親戚に連れられて渡日した。大阪猪飼野の貧しい叔母夫婦に引き取られ育てられた。十代から底辺労働者として働いた。

１９４７年、故郷の済州島で酪農を夢みた金泰生は、農業経済を学ぼうと明治大学に入ったが、肺結核のため挫折した。

１９４８年、肺結核で右肺葉切除、肋骨八本を失い、１９５５年まで8年間入院生活を続けた。退院後は『文藝首都』で修業し、なだいなだ、北杜夫、森禮子らと親交を結んだ。

１９６１年、北朝鮮系の雑誌を発行する統一評論社に勤務する。72年頃に退社するまで、文学活動からは一歩退く。この経緯について金泰生は次のように述べている。

行動の起点は李承晩を打倒した四・一九学生運動でしたが、その一年のちの五月に朴正熙が反統一勢力として権力の座に座る。（略）これはもうのんきに小説など書いとる時代ではないんだという切迫した気持ちがありました。（「日本地図への別の見方」『在日朝鮮人日本語文学論』91頁から転載）

この時期、金泰生は政治的で民族主義的な立場にあったわけだが、その民族的イデオロギーを文学に持ち込むようなことはしなかった。あくまで市井の片隅で生きる名もなき人々の生活を描く作家になった。

１９７２年、「骨片」を発表して文学活動を再開する。これ以降、珠玉の作品を発表していった。この間、埼玉県川口市で、妻の営む焼肉店の主人として生活する。第12回青丘文化賞（85年度）を受賞している。この賞は、在日同胞を対象に文化、学術（人文、社会科学）の分野で、創作研究活動、文化活動に優れた業績を上げ、在日同胞社会の文化水準の向上に貢献した個人・団体を対象にしたものである。

１９８６年12月25日没。享年62歳。

金泰生は目立つような作家ではなかった。寡作な作家で、単行本は、『骨片』（創樹社、１９７７）、『私の日本地図』（未來社、１９７８）、『私の人間地図』（青弓社、１９８５）、『旅人（ナグネ）伝説』（記録社、１９８５）、『紅い花・ある女の生涯』（埼玉文学学校出版部、１９９３）のわずか5冊に過ぎず、しかも絶版状態で入手は困難である。彼の作品を読もうとすれば、『〈在日〉文学全集　第9巻』がよいだろう。金泰生は日本の私小説風の作品を書いたが、過度な抒情に流されることなく、清冽で良質なリアリズムの作風が特徴だ。

「骨片」は、妻子を捨てて日本に渡り、放浪の生涯を送った末、最後は刑務所で肺結核になって衰弱死した男・永河《ヨンハ》の物語である。永河は、妊娠していた妻を捨てて、単身日本に渡った。妻は出産した子を5歳になるまで育てたが、子を残して他家に嫁いで行った。残された子・用民《ヨンミン》は、父の従弟・元《ウォン》基《ギ》に連れられて、大阪へ行く。大阪の元基の家に着くと、そこには用民の父・永河が身を寄せていた。永河は仕事をさぼって家でごろごろしていることが多かった。ある日、永河は元基のタンスにしまっていた銭に手をつけたため、元基の家から追い出された。永河は用民を連れてしばらく道路工事の飯場にいたのだが、永河は銭湯に行くと言ったまま姿を消した。残された用民を引き取りに来たのは、元基の妻・明順《ミョンスン》だった。明順は用民を抱き上げると、永河のことを「あのロクデナシ」と罵った。

ある夜、元基の家に泥棒が入り、タンスの金を盗んで逃げた。明順が野菜の行商をして一年近くかかって貯めた金だった。タンスに金があるのを知っているのは、永河しかいない。元基と明順は激怒したものの、被害を警察に届けることはできなかった。

13歳になった用民は、好俊《ホジュン》（母の従弟）の家に預けられた。用民が好俊の家で暮すようになって二年ほど経った日、父の永河がひょっこり帰ってきた。父親に対してあいさつを拒否した用民に向って、永河は怒って言った。

（前略）お前の読んだ本にはなにか、親を大切にしたら罰でもあたるて書いてあったんか。かりに自分を棄てた親でも、苦労して探し歩く子供の話は書いてなかったんか。おれほどの親ならありがたいと思えよ。おれはおれなりに、お前のためにどれだけ辛い思いをしてきたか、お前にはわからんやろ。（『〈在日〉文学全集』第9巻、60頁）

用民が蓄膿症にかかり手術をすることになった。用民は働いて貯めた30円があったが、入院費用は

70円必要で、父の永河は京都へ金策に出かけた。ところが、永河は用民の30円を持ち逃げして、またもや姿を消してしまった。まさか我が子の手術代にまで手をつけるとは誰も思わなかった。

それ以来、用民は父を親とは思わず、父の存在を拒絶してきた。だが、叔父の好俊が死に際に、「お父さんを……探してみろ、どんな仕打ちをされたところで、子には、子のつとめが、あるはずじゃないか……」「お前が、訪ねて、……いってやれば、永河、従兄《にい》さんも、きっと、よろこぶ。自分が、悪かったと、きっと悔いるよ」（同前48頁）と言った。

永河はよく警察に捕まっていた。用民は、永河がかつて収容されていた京都山科の刑務所に向った。永河は肺結核による全身衰弱ですでに死亡していた。近くの警察病院で遺骨の入った小箱を受取った。粗末なその小箱には、氏名もなければ死亡年月日さえ記されておらず、ちっぽけな骨片がひとつ入っているだけだった。これが、日本に移住してきた無名の朝鮮人の最後の姿であった。それはまさに、妻子を棄てて放浪を続け、刑務所で病死した男にふさわしい待遇であったかも知れない。

永河は、日本に渡って来た底辺労働者である。安定した職はなく、親族や同胞に寄食したり、金をくすねたりしながら放浪の生涯を送った。何の才覚もなく、妻子を養うことさえしなかった人非人のような男であった。確かに、用民は父を心から憎んできたけれど、父の遺骨があまりにも粗末に扱われていることに対して噴き上がるような怒りを覚えたのであった。

用民は骨箱をかたむけてちっぽけな玉子の殻のかけらのような骨片を掌にのせてみた。それは形はあっても、用民の掌のうえではほとんど重味らしい重味を感じさせなかった。それは恰も父

の生のように小さく軽かった。（同前79頁）

「ある女の生涯」の主人公もまた名も無き女性の物語である。主人公の金秋月《キムチユウオル》は1905年、済州島の貧しい農民の家に生まれた。1910年、日本は「韓国併合条約」を押し付け、「土地調査事業」に着手した。金秋月の父のわずかな畑は、申告をしなかったという理由で取り上げられてしまう。18歳になった金秋月は夫とともに、生活の糧を求めて日本に渡った。紡績工場の女工、飯場の炊事婦などを経て、大阪の猪飼野に落ちつき、火葬場で働くようになる。煤塵と高熱の中で行う作業のため、極度に体力を消耗する重労働だった。休日は正月だけだった。

希望といってもそれは将来、故郷にわずかな畑と風雨を凌げるだけの家をもち、何人かの子供を生み、そして育てるというだけのものにすぎなかった。日本での暮しは仮のものであり、真実の生活は故郷に待っているのだ。秋月たちが個人経営の火葬場に入りこんだのも、ひっきょうは彼らの夢を実現するための手段であった。（同前86頁）

彼女は七人の子を産んだが、次々と死んでいった。夫は酒を飲んで現実から自己逃避することができた。そんな夫とのいさかいが絶えることはなかった。働かなければ暮しはたちまち崩壊するしかないのである。

金泰生が5歳で渡日したとき、身を寄せたのが遠縁にあたる叔母の家であった。金秋月のモデルはその叔母である。金秋月は26歳で、少年の「私」をはぐくむ慈母のような存在であった。秋月は陽気で、勝ち気で涙もろく、おしゃべり屋の働き者だった。目には活力があり、身ごなしは機敏だった。

その秋月が結核にかかって、昭和12年（1937）、33歳の短い生涯を猪飼野の裏長屋で終えた。骨だけは故郷の土に埋めてほしいというのが、彼女の最期の言葉だったけれど、大阪の郊外にある墓地に埋葬された。戦争が終り、「私」が墓参に行くと、そこは幹線道路になっていて、彼女の墓地は跡形もなく消えていた。


秋月の生涯は、一見なんの実りもないものに映る。しかし、彼女の生涯がほんとうに無効だったといいきる資格など私にはない。なぜなら、あたえられた生をただひたむきに生きたことによって、彼女の生涯はすでに輝いているはずであるからだ。（同前90頁）

日本に渡って、辛酸な生活をなめ、貧窮のなかで死んでいった秋月のような朝鮮人の生涯を語り伝えることに、金泰生の作家としての真骨頂があった。幼くして母と離れ、父からも捨てられた金泰生は、遠縁の人や、血縁のない人にも助けられて成長した。彼の生い立ちからいって、母なるものへの思慕と、非道な父との葛藤が文学の基調になったことは当然のことと言える。

金泰生は清冽なリアリズムの作家である。人々の生と死を透視する作家のまなざしは、氏の在日朝鮮人としての個人的な境遇によって生成されたものと言ってよい。とくに、肺結核による八年間に渡る闘病生活は、死を見つめ続けた日々であり、「生」を透徹した眼で捉えることを可能にしたものと思われる。

在日女性作家のさきがけ的存在

宗秋月（そう・しゅうげつ、チョン・チュウォル　１９４４〜２０１１）

宗秋月は、在日文学が圧倒的に男性中心の時代だった１９７１年、『宗秋月詩集』を刊行した。彼女は在日女性作家のさきがけ的存在といってよい。

なぜ、在日の女性作家の登場が遅れたのだろうか。その背景としては、儒教の強い影響の下で男尊女卑の思想があったことと、貧困によって教育を受ける機会を奪われていたことが指摘できる。家族の生活を支える労働の担い手であった女性は、文化や芸術からも疎外され、沈黙を余儀なくされてきたのである。

宗秋月は１９４４年8月27日、父・宋寛伯《ソンクァンベク》、母・夫辛生《プシンセン》の次女として佐賀県小城町（現・小城市）に生まれた。本名は宋秋子、通名は松本秋子である。両親は済州島の出身で、１９３４年頃に渡日した。父母とも再婚で、１９４２年頃佐賀県小城町に開拓農民として定住した。

１９６０年、小城中学校を卒業。朝鮮人という出自のため就職できず、トランクひとつさげて大阪の猪飼野に行く。朝鮮人が営む小さな縫製工場の住み込み従業員になった。

中卒者を金の卵と称し、企業が仕立てた集団就職の人買い列車で、東北は東京方面に九州は関西方面にと金の卵を運んでいた。

私もその列車に乗りたくて、就職試験と面接を何度も受けた。しかし、朝鮮人である私はついにその列車に乗ることができなかったのである。

佐賀市内の紡績工場の女工になることさえできず、私は大阪にやってきたのだ。（『サランへ・愛してます』14頁）

大阪・猪飼野は日本一の朝鮮人の密集地であった。九州弁が日本語として認知してもらえず、自閉症のように文字を書くようになった。彼女は便所の中で詩を書いた。便所だけが自由を手にすることが出来る場所だった。汲み取り式の便所で、糞尿の臭いにまみれながら彼女は詩を書いた。人間やねんで。生きとんのやで。朝鮮人やねん。女やねんで、と文字に声を封じ込めていった。彼女はそれを「糞リアリズム」と呼んだ。

1965年、この頃、詩人の金時鐘と出会い、大阪文学学校の存在を知る。ヘップサンダル製造の貼子に転職する。

1966年、貼子を一年ほどで辞め、化粧品や避妊具の訪問販売など様々な職を転々とする。10月、大阪文学学校に入学し、小野十三郎に師事する。当時、事務局にいた日野範之は「毎年の文学集会での宗さんの詩の朗読は、圧倒的でしたよ。チマチョゴリを着て、胸張って、堂々としていました。姐御肌でしたね」と語っている（『宗秋月全集』580頁）。

1970年、近鉄鶴橋駅東口近くの路地裏でお好み焼き屋を開店する。

1971年4月、第一詩集『宗秋月詩集』を出版。磯貝治良は「日本の詩壇は見向きもしなかったけれど、それは日本語詩の閉塞感に衝撃を与えるものだった」（『〈在日〉文学の変容と継承』41頁）と述べている。

今度孕んだら十一人目やで
あと一人でいちだあすやがな
そやけど
ほんまによう頑張りまんなあ
・・・・・・・・・・
十七になる娘の明仙が言いました
母さん
うちらが恥ずかしいやないの
もう生むのん
やめといてえなあ
・・・・・・・・・・
お前は学校に行っとんのに
こんなことも知らんのかい

> ミゼは三億　（米帝）
> イルボンは一億　（日本）
> チュングは七億万人で　（中国）
> チョソンはたったの　（朝鮮）
> 四千万人や
> うちの子供が一人ふえても
> なんでこんなに少ないねんや
>
> （「チェオギおばさん」より抜粋、『宗秋月全集』20頁）

　これは猪飼野に暮す女性のしゃべる言葉をそのまま詩にしたものである。宗秋月の言葉は、大阪弁に「ミゼ」「イルボン」「チュング」などの朝鮮語（済州弁《チェジュマル》）が混じった「イカイノ語」ともいうべきクレオール語である、と指摘した川村湊は次のように述べている。

> 「国語」としての日本語ではなく、マイノリティー言語としての日本語。在日朝鮮人の日本語詩人たちが実証してきたのは、そうした「日本語」の可能性にほかならない。粗野でありながら端正。観念的でありながら肉感的。日本語でありながら非日本語。そうした日本語の多義的、多様な可能性を示したことにおいて、在日詩人たちの「活動」は評価されるべきものなのである。
>
> （『生まれたらそこがふるさと』265〜266頁）

同年、大阪ミナミでスナックを開店する。これ以降十年ほど、食うための生活に追われ、詩を書かなかった。というより、「書けなくなった」と次のように述べている。

身をもむように、手を合わせて祈るがように、たった一日の、その日の、つつがなきを希って我を殺してきた朝鮮の女たち、在日の女たちの前で、文字が、言葉が、いかほどの意味を持とうか。（「文今分オモニのにんご」より、『宗秋月全集』258頁）

1972年、高繁雄（通名・高橋繁雄）と結婚。一男二女をもうける。
1984年、第二詩集『猪飼野・女・愛・うた——宗秋月詩集』を出版する。この中には、62歳で死んだ父への鎮魂歌「マッコリ・どぶろく・にごり酒」がある。次はその一節。

母は糀を作り酒を造った
父は壺を抱き酒を飲んだ

飯茶碗に飯を盛れなくとも
飯粒が浮いたにごり酒を茶碗に汲んだ
女であり母である人は

人間である事を男に　まず　ゆずらねば
一日たりとも　たちゆかぬ　その日の
つつが無きを祈るように身をもみながら
壺の中に手を入れて酒を汲んだ。

（『宗秋月全集』71頁）

宗秋月の父母は佐賀県の小さな町で開拓農民になった。母は父のためにドブロクを作った。朝の起きぬけに父は、壺の中のドブロクを茶碗に汲んで飲んだ。種まき、麦踏み、麦刈り、田植え、除草、稲刈りの仕事は母が主体であり、父は母の横でいつもホロホロと酔っていた。男は、男であるために、人間であり、母は女であるという理由で、人間であることを夫に譲った。

「人間である男」に従順に耐え忍ぶのが妻の美徳であった。封建的で儒教的な因習が在日社会にも根強く存在し続けた。そうした在日の女たちの生きる姿を、ありのままの言葉で書き留めたのが、宗秋月の詩であった。それは貧しさや悲しさを包含しつつも、おおらかで、たくましく生きる女たちを、ときにはユーモラスに描いたものだ。

もちろん、男への従属＝自己犠牲による無償の愛＝母性という姿は、自立を目指す女性像からは程遠いものである。新しい世代に、このような理不尽な男女の在り方は受け入れられないだろうが、宗秋月はそこに民族的アイデンティティを見い出したのである。

１９８６年、散文集『猪飼野タリョン』を出版。宗秋月の営むスナックを訪れ、そのあと『猪飼野タリョン』を読んだ李恢成は、次のように述べている。

この一冊の詩藻集は、たいへんなものだ。解放後の在日朝鮮人文学ははたしてこの一冊の書に匹敵するかどうか。それほど、この書には「在日」の生態が凝縮してある。在日者の、それも最底辺を生きる人々、特に朝鮮の女たちのその生きざまをこれほどまでに客観化し、しかも硬質・濃密な文体であらわした作品がはたしてこれまでにあったかどうか、まじめに疑ってみる必要がある。(『サランへ・愛してます』254頁)

1987年、エッセイ『サランへ・愛してます』を出版
2011年4月23日、急性心不全のため死去

宗秋月は少女時代、朝鮮人であることを隠すために日本人名を名乗り、日本人らしく振舞いながら、15歳までを佐賀県の小さな町で過ごした。雨降る日には、仕事にあぶれた朝鮮の男たちが我が家に集まり昼間から酒盛りがはじまる。国恋いの唄をうたう男、ふんどしひとつになって踊る男、七輪の上で煮えたぎるホルモン鍋の光景に向って、宗秋月は叫んだ。

「やめてくんしゃい。恥ずかしか」

そのとき、一人の日本女が、「なんが恥ずかしか! おどまが国ん歌ちゃろが」と怒鳴り、逃げる宗秋月を執拗に追いかけてきたことがあった。それまで、宗は、朝鮮語を拒絶していたのだった。猪飼野にやってきた宗秋月は、朝鮮女気質とも言うべき無償の愛である母性を発見した。宗秋月も

それと合体し、踏襲して生きる道を選んだ。彼女は、猪飼野の女たちの日々の生活に「美」を発見して感動し、そんな朝鮮女たちを愛してやまなかった。小説「誰がために鉦はなる」には次のような一節がある。

> うちと、五人の子ぉが生きていくための銭なんか、これっぽっちもくれんかったアボヂやったわ。活動やって、思想がどうのこうのゆうて、いっつもええ服着て、家の金、売上金かっさらってばっかりやったわ。そやけどアギアバン、子の父やと思うてな、家の飾りやと思うて、子ぉの結婚式のときにな、双親並んだろ思うて、目ぇつむって生きてきたんや。そやのに、子ぉ結婚もささんと死なれたら、うちの今までの人生なんやったんかいなと思うわ。（「誰がために鉦はなる」より、『宗秋月全集』１６３頁）

鶴見俊輔は『猪飼野・女・愛・うた：宗秋月詩集』の跋文の中で、彼女の詩について、「言葉の制服」を着ていない「ふところの深い日本語」、「くらしの言葉」で書かれていると評した。宗秋月も、自分の詩について次のように述べている。

> 今、多くの詩人達が、詩の為に詩を創る高度な詩と違い、私の詩は、現代詩の「キワモノ」であることを、私自身が認識している。
> 言葉を遊ぶ余裕等、私にはないのだ。

言葉は、私の命であり、詩は、命ぎりぎりの叫びの、おさえなのだ。
（「猪飼野・女・愛・うた」後記より、『宗秋月全集』517頁）

人間の残酷さと生命力の強さを描いた
つかこうへい（1948〜2010）

1948年4月24日、金原峰雄（本名・金峰夫《キムボンウン》）は父・金泰烈、母・黄命妊の三男一女の次男として福岡県嘉穂郡嘉穂町牛隈で生まれた。父はモーテルを経営し、かなり裕福な家庭であった。父はソウルから南へ300kmほどの慶尚北道青松郡の出身である。父は58歳で他界したが、つかこうへいに医者か弁護士になってもらいたいと期待し、それを裏切ったつかを死ぬまで許さなかった。

1968年、慶応大学文学部哲学科に入学。仕送りの授業料を全部芝居に注ぎ込んでいたのが父にばれてしまい、仕送りが途絶え、3年で中退する。

1970年代はじめに登場した劇作家・つかこうへいは、「明日からのレポート1・郵便屋さんちょっと」（1970）、「戦争で死ねなかったお父さんのために」（1971）、「熱海殺人事件」（1973）、「初級革命講座　飛龍伝」（1973）、「ストリッパー物語」（1975）などで当時の若者の間で爆発的な人気を博した。つかこうへいブームが起こったのは1974年で、つかブームは演劇界を超えた社会風俗現象とも言うべきものであった。

演劇界には「つか以前」「つか以後」という言葉があって、つかこうへいの登場によって演劇の世界はがらりと変わった。井上ひさしは、「つかさんは、それまで戦後演劇が様々な実験をやりながらつくり上げてきたものを全部相対化した。言ってみると「馬鹿にする」というか。「コケにする」というか、「おちゃらかす」というか、「からかう」というか（笑）」（『座談会昭和文学史』第二巻、２７４頁）と述べている。扇田昭彦も当時を振り返って次のように書いている。

一九七〇年代は、つかこうへい、山崎哲、竹内銃一郎《じゅういちろう》、岡部耕大、流山児祥《りゅうざんじしょう》など小劇場演劇の第二世代が活躍を始めた時代である。その中で、いち早くトップに躍りだし、新世代の旗手になったのは、つかこうへいだった。当時は「七〇年代の現代演劇＝つかこうへい」という雰囲気さえあった。「つかブーム」を生んだ彼の人気の高さは突出していた。（『こんな舞台を観てきた』16頁）

つかが演劇に関わり始めたのは大学２年のとき、学内劇団「仮面舞台」（71年に解散）に参加した１９６９年からである。70年12月、「明日からのレポート１・郵便屋さんちょっと」を六本木の自由劇場で上演する。71年11月には、同劇場で「戦争で死ねなかったお父さんのために」を上演している。この学生時代に書いた二作品はのちに「つかこうへい事務所」によって繰り返し上演されることになる。

73年からは演劇活動の拠点を早稲田大学の学生劇団「暫《しばらく》」に移した。同年11月、文学座のアトリエの会で「熱海殺人事件」が初演された。大手劇団に取り上げられたこの作品は反響を呼び、翌74年１

月、第18回岸田戯曲賞を最年少の25歳で受賞した。「熱海殺人事件」は76年に紀伊國屋ホールにも進出し、82年までに同ホールだけで約8万7千人もの観客を動員した。

74年、つかは自らの劇団「つかこうへい事務所」を立ち上げた。彼の作品は、稽古の過程で「口立て」によって創られていく。もちろん台本はあるのだが、俳優に台本を見せずに、役者の使った言葉が面白い場合は、それをセリフにしていくやり方である。したがって、役者が変わればセリフも変わり芝居も違うものになる。劇作家兼演出家のつかは、役者の顔、姿、声、雰囲気に合わせながら台詞を創っていくのだ。つかの芝居は、役者に触発されて生み出されるといってよい。彼はあるインタビューで次のように述べている。

『モンテカルロイリュージョン』は、阿部寛という男の存在がなによりもあの作品を書かせてくれたんだよね。劇作家というが、オレたちが書けるのは芝居の四割程度なんだよね。あとの六割は役者に書かせてもらっているんだよ。……あの作品は阿部の作品といっても過言ではない。阿部のリアリティーの中で作り上げた作品なんだ。（『つかこうへいの新世界』89頁）

80年10～11月、紀伊國屋ホールで「いつも心に太陽を」「熱海殺人事件」「蒲田行進曲」の三部作を上演し、翌年、第15回紀伊國屋演劇賞団体賞を受賞する。82年には小説化した「蒲田行進曲」で第86回直木賞を受賞した。この小説は深作欣二監督によって映画化され、最優秀作品賞などを総なめにした。なお、このほかに映画化された作品は、「二代目はクリスチャン」（東宝・角川春樹事務所、1985

年)、「熱海殺人事件」(ジョイパックフィルム、1986年)、「寝取られ宗介」(松竹富士、1992年)、「リング・リング・リング　涙のチャンピオンベルト」(バンダイビジュアル、1993年)がある。

82年9月、「つかこうへい事務所」の解散が報じられた。直木賞をとったつかは、演劇界から去って行った。小説に専念するためである。

純文学作家として尊敬されたいという気持ちがあったんですよ。(中略)僕の作品は軽そうに見えるじゃないですか。それだけに、純文学というものをやりたいと思いました。(『座談会昭和文学史』第二巻、306頁)

つかは高校時代からドストエフスキー、マルクス、カントなどを読みふけり、いずれ自分の作品が世界文学全集に載るだろうと周囲に言いふらしていたから、小説家になるのが彼の生来の夢であった。82年から89年までつかは演劇活動を中断した。

6年後に彼は演劇界にもどってきた。ただし、人気タレントを使い、昔の自作を上演し続けるつかのやり方に、冷ややかな目で見る人もいた。

1990年、「飛龍伝'90殺戮の秋」で第42回読売文学賞を受賞する。この劇は60年代の全共闘運動を徹底的に皮肉った作品である。つかは学生時代の体験を次のように述べている。

ちょうどその頃は、全共闘運動がさかんな時期でした。僕自身は、在日韓国人ですから、選挙権がないのでお芝居の稽古をしていたんですね。そこに全共闘の人たちがきて、「こんな大切な時に、ちゃらちゃらと女と芝居の稽古なんかして恥ずかしくないのか」と怒鳴りつけられまして。僕にも何か引け目があり、ほんと内心恥ずかしかったです（笑）。何か大学に行くのも「まだ恥ずかしくないのか」と言われるんじゃないかと怖くて、僕は大学を卒業していません。でも、僕を怒鳴ったその人たちはちゃんと卒業して、今は銀行とか大企業に入ってるんですけど（笑）。（『座談会昭和文学史』第二巻、２７６〜２７７頁）

２００７年、紫綬褒章を受賞する。

２０１０年７月10日、つかは、肺がんのため62歳でこの世を去った。「つかこうへい」というペンネームの由来について、彼自身は、大学時代によく通ったところに「塚光平」という表札の家があったとか、ひらがなしか読めない母のためだったとか、漫画家のちばてつやにあやかったとか、知り合いの幼稚園の園長の名前だったとか様々に語っており、真相ははっきりしない。評論家の成美子《ソンミジャ》の、「いつかこうへいに」という在日韓国人としての願いを込めたものだという説を広めたのは、扇田昭彦である（『日本の現代演劇』１７４頁）。ただし、この説は成美子の単なる推測に過ぎない。

つかの代表作「熱海殺人事件」は、地方出身のさえない工員が、幼なじみの女子店員を殺した事件を、マスメディアが注目する第一級の殺人事件に仕立てようと、警視庁の部長刑事と田舎から転任してきた刑事と犯人が一体になっていくという筋立てである。熱海海岸のつまらない殺人事件を、マスコミと大衆が飛びついてくるような事件に仕立て上げていくのである。そこには作者の大衆社会に対する冷笑と皮肉が込められている。

「戦争で死ねなかったお父さんのために」は、召集令状が30年遅れて届いたお父さんの話である。戦争中に来るはずだった召集令状が届かなかったために、戦争に行けなかった劣等感を30年間持ちつづけて来た岡山八太郎。戦後30年たって召集令状が配達されると、「いよいよ日本男児として立つ時が来た」と戦争に行った警察署長や郵便局長に戦争体験を聞いて、横須賀港から出征するという設定である。

「広島に原爆を落とす日」（1986）の主人公・犬子恨一郎は、朝鮮王朝の世継ぎでありながら、京都帝国大学を卒業し京都の参謀本部に勤めるエリート軍人である。広島に原爆を投下する際に投下ボタンを押すには相当の精神力の持主でない限り、発狂するか自殺する。アメリカ空軍に適材な人物はいなかった。この任務を引き受けるのが犬子恨一郎である。彼の犬子という姓は、創氏改名のとき、先祖から受け継いだ名を変えるのは犬の子だという屈辱を終生忘れないために付けられたものだ。

「郵便屋さんちょっと」は郵便局員がどうあるべきかを語り、「戦争で死ねなかったお父さんのために」は戦争に参加するために何が足りなかったのかを説き、「熱海殺人事件」は求められる理想の犯人像を説き、「ストリッパー物語」（1975）はヒモのあるべき姿が論じられている。そこには高尚なテーマなどなく、ろくでもない人間が哀れな姿をさらし続けているだけである。つかの芝居は荒唐無稽で面白く、笑いが渦巻く徹底したエンターテインメントである。彼が目指したものは知的で難解な芝居ではない。彼は、万人が楽しめる娯楽作品を提供しようとしたのである。新劇に対して、つかは次のように作品の中で批判している。

とにかく、俳劇は討論が長いからな。演劇論ばっかりで演劇がないんだ。総会ばっかりで、稽《けい》古《こ》する暇がねえんだもんな。話し合ったってしょうがないんだよな。まず舞台出て、ウケてんのかウケてねえのか見てみなきゃ。サルトルと実存もいいけどよ、まずやっておもしろくないだろうが。だろ？　やってる役者がしんどいもんを客が観てておもしろいわけないもんな。（『蒲田行進曲』43頁）

つかは、1980年代の半ばまでは自分の在日体験を作品の中に書かなかった。この点について、彼と親交のあった扇田昭彦は次のように述べている。

「差別されたことがないと言えばウソになる。でも、在日であることを絶対売り物にしたくなかった」と私に語ったことがある。つかと雑誌で対談した作家の故・有吉佐和子も、「ぼくがこれ（在日体験）を逆手に取れば、直木賞でも芥川賞でもとれますよ。（中略）だけど、そういうとり方はぼくのプライドが許さない」というつかの言葉を紹介している（『中央公論』八二年四月号）。

初対面の私にすぐに在日であることを打ち明けたことからも分かる通り、彼は在日であることを隠していたわけではない。ただ、在日体験を武器にするのではなく、日本人の書き手と同じ土俵に立ち、作品自体の力で評価されたい――彼はそう考えたのである。そのもくろみ通り、彼は若くして岸田戯曲賞を獲得し、八年後には直木賞まで手に入れた。（『才能の森』90頁）

とはいえ、つかの戯曲には在日体験が色濃く反映されていると扇田昭彦は指摘している。たとえば、「蒲田行進曲」の中で、映画スターの銀四郎と大部屋俳優ヤスは、主人と奴隷のような関係であり、銀四郎はヤスを虫けら同然の扱いをする。そのヤスが銀四郎の元愛人・小夏を妻にすると、銀四郎と同じようにいじめるのである。小夏のセリフにあるように「こんな時のヤスって、もう銀ちゃんと同じなの。そっくりそのまま」なのである。そこに見えてくるものは、人間にしみついている差別と支配の欲望である。つかは、被差別者の中にひそむ差別意識を鋭くえぐりだしてみせた。

つかの在日作家らしい作品は、長編「広島に原爆を落とす日」であろう。在日二世の主人公が原爆投下のボタンを押すシーンは、私たちに強い衝撃を与えずにはおかない。

つかが在日の存在を初期の作品から取り上げていることを見逃してはならない。「熱海殺人事件」の犯人である大山金太郎の名前は、在日プロレスラーの大木金太郎（本名・金泰植《キムテシク》、1929〜2006）から取っていると思われるし、その大山金太郎は「初級革命講座　飛龍伝」で、挫折した元活動家として再登場する。また、「戦争で死ねなかったお父さんのために」の主人公は、戦争中赤紙が来なくて肩身の狭い思いをした。このエピソードは戦争当時、敗戦の前年まで朝鮮人は徴兵されなかった歴史を物語るものである。

初期の段階から、つかの作品の中には、在日朝鮮人の存在が組み込まれており、作品の核になっていることを見落としてはならないのである。つかは、『娘に語る祖国』の中で、「人間の残酷さと生命力を描くのがパパの役目です」と語っているが、その思想は、差別をバネにして生きて来た彼の在日体験に根差したものといってよいだろう。

秀吉の朝鮮侵略のとき、朝鮮に亡命した武士を描いた
宮本徳蔵（みやもと・とくぞう　１９３０〜２０１１）

宮本徳蔵は１９３０年２月18日、三重県伊勢市中島に生まれた。父の鄭成鶴《チョンソンハク》（宮本新太郎）は、大正の末ごろ（１９２０年代）、慶尚北道の大邱に近い田舎から日本に渡った。

わたくしの父は韓国から二十歳そこそこで流れてきたあと、法隆寺の寺男、瀬戸の窯の薪はこび人足などをつぎつぎつとめ、伊勢に棲みついて土建業者としてようやく安定しかけていた時期だった。（『力士漂白』92頁）

母は呂祚慶《ノソギョン》（慶子）である。父は、三重県伊勢で宮本組という土建業を営んでいた。生後百日ほどですぐ前の日本人家庭に預けられる。

１９３９年（９歳）、泉鏡花や谷崎潤一郎を読み、作家を志す。

１９４２年（12歳）、実家にもどる。朝鮮語や料理などの風俗習慣になかなか慣れない。

１９４３年、旧制宇治山田中学に進学

1945年、空襲で家が焼け、無一物となる。
1950年（20歳）、新制宇治山田高校を首席で卒業し、東大教養学部文科二類に入学
1952年、仏文科に進学
1954年、大学院修士課程に進学
1958年、論文「バルザックの政治思想」で文学修士
1959年、金田静と結婚。父の急逝により帰郷し、弟と共に土建業を引き継ぐ。
1969年、再上京する。
1975年（45歳）、「浮遊」で新潮新人賞
1978年、日本国籍を取得
1987年、『力士漂泊』で読売文学賞（随筆・紀行賞）
1991年、『虎砲記』で柴田錬三郎賞
2011年2月2日（80歳）、肺炎のため死去

宮本徳蔵は多彩な趣味をもっていた。相撲の歴史をまとめた『力士漂泊』や『相撲変幻』の著作があり、美食家としては『たべもの快楽帖』や『文豪の食卓』を書いている。歌舞伎に関しても『河原花妖　歌舞伎のアルケオロジー』があり、浮世絵の収集家でもあった。

「虎砲記」は『新潮』1991年1月号に掲載され、第4回柴田錬三郎賞を受賞した作品である。豊臣秀吉による朝鮮侵略、すなわち、壬辰倭乱（1592～93、日本では「文禄の役」という）と丁酉倭乱

（1597〜98、日本では「慶長の役」という）を題材にした時代小説である。

熊本城主・加藤清正の家来に、無類の本好きで、京、大坂からも書を取り寄せる岡本越後守冴香《さやか》という侍がいた。武芸嫌いで刀槍術の修練をしようとせず、日がな一日書斎にこもり唐本を読みふけっていた。釜山に上陸したとき、合戦よりも、敵の城中の書庫から朝鮮本を収集することに熱心だった。

朝鮮には虎がいる。ある夜、加藤清正の陣中に虎が忍び込み、良馬や側近の小姓を食い殺した。清正は、「動かせるかぎりの兵をくりだして山を取り巻き、虎を探しだせ」と命じた。山の巣穴から虎が現れたら、「わしひとりで仕留める。たとえ危うく見えたとて、よけいな手出しはかたく無用である。もし背けば謀反人とみなす」と加藤清正は言った。太閤から虎を狩って大阪城に献上せよとの触れも届いていた。虎の内臓は、太閤、北政所《きたのまんどころ》、淀の御方らによって不老長寿の薬として服用されるのだ。

加藤清正はひとり岩場に立って、槍を手にしていた。突如、目前に巨大な白虎が現れた。虎は槍を食いちぎり、清正はなすすべもなく、立ちすくんだ。そのとき、鮮烈な音がはじけ、虎がころがった。岡本越後守冴香が鉄砲で白虎を射止めたのである。実は、冴香は堺から稲富流砲術の伝書を取り寄せ、国友鍛冶の打った逸品を秘蔵していた。どこで修練したのか見事な腕前であった。

「よけいな手出しはするな」という清正の命に背いた越後守冴香は、切腹を申し付けられた。冴香は、朝鮮軍の陣地・蔚山《うるさん》にいる慶尚兵馬節度使・朴晋に手紙を書いた。朴晋は、「これほどの漢文を書ける人間を、わたくしは無条件で信じる。委細承知した。部下を連れていつでも来るように」と伝えた。冴香は部下三百人を連れて秘かに清正の陣を抜け出し、朴晋のもとに身を寄せた。

この冴香の行動は、朝鮮に上陸してから温めていた計画で、その機会をうかがっていたのであった。冴香は、朴晋に対して次のように言った。


幼いころより書を読み漁りましたゆえか、自国の風俗に満足できず、いつかは礼と義の本場である中国に行ってみたいと、夢のような希望を抱いておりました。（中略）海を渡って最初に東萊府を見ましたところ、衣冠も文物も唐虞の世もかくやと思わせるほどの立派さです。民の礼儀正しさたるや、夏・殷・周の三王朝と比べても引けをとりますまい。（中略）……そこで、わたくしは考えなおしました。遠い中国までたどり着くことがいかにも無理なら、さしあたってはこの国に足を留めようか、と。（『虎砲記』118頁）

捕虜として投獄か、斬首を覚悟していた越後守冴香は、即刻、兵二千の将軍に任じられた。冴香は銃の製造法を伝授し、朝鮮軍にはじめて鉄砲隊をつくった。四年後、日本軍が再び朝鮮に攻め込んだとき、戦功を立てた冴香に対して、正三品の正憲大夫に任ずるとの勅書が下され、国王から「金忠善」なる由緒ある姓名を賜った。

朝鮮には現在、冴香の十四代目である金在徳が住んでいる。銃は一挺も保存されていないが、冴香が収集した古書のコレクションが残っているという。司馬遼太郎の「故郷忘じがたく候」（1968）は、慶長の役で薩摩藩に捕縛された朝鮮陶工の十四代目が主人公である。司馬遼太郎は日本に連行された朝鮮人陶工の末裔を描いたが、「虎砲記」は礼節の国柄にあこがれたひとりの日本人が、朝鮮に亡命し、定住した物語である。

第四章

80年代に登場した作家たち

底辺に生きる在日朝鮮人の生活を描いた

梁石日（ヤン・ソギル　１９３６〜）

梁石日は１９３６年８月13日、大阪市東成区中道で父・梁俊平、母・李春玉の長男として生まれた。両親とも済州島の出身である。母に溺愛されたが、戦時中の食糧統制下でドブロクや豚肉の闇商売をしていた母は警察に逮捕され、１年の実刑を受けて服役したことがある。敗戦後、父は蒲鉾工場を立ち上げ、わずか３年でひと財産を築いた。

梁石日は中道小学校から上宮《うえのみや》中学校にすすんだ。将来は技術者になりたいと思い、都島工業高校を受験するが失敗し、やむなく府立高津高校定時制に入学する。入学直後に、内灘村基地反対闘争に三泊四日で参加し、マルクスボーイになる。

19歳のとき（１９５５年）、詩人の金時鐘と出会い、在大阪朝鮮詩人集団「ヂンダレ」に参加する。当時、金時鐘は朝鮮総連の関西青年文化部長をしていた。

１９５８年、失業中だった梁石日は、金時鐘ら友人を誘って大阪造兵廠跡のくず鉄を盗掘する「アパッチ族」になる。開高健が、梁石日と金時鐘を取材して「日本三文オペラ」を書いたという話は有名。梁石日が詩に没頭したのは22歳までで、以後20年ほど文学とは無縁の生活だった。

１９６１年（25歳）、夫千恵子と結婚する。母が死亡。翌年、印刷会社をはじめる。しかし、莫大な負債（現在の金額で10億円以上）をかかえて倒産。借金をかかえつつ、酒と女の自堕落な生活を送る。

1970年（34歳）、東京でタクシー運転手になる。東京に出て来たとき、所持金5000円は3日で使い果たし、その後の3日間は水だけで過ごし、新宿地下通路で寝た。以後、10年間タクシー運転手として働く。

1980年、詩集『夢魔の彼方へ』（梨花書房）を刊行。長編作家である梁石日が、詩から出発したことはあまり知られていない。翌年、『狂躁曲』（筑摩書房、後の「タクシー狂躁曲」）を刊行。1984年、『タクシードライバー日誌』が日本ノンフィクション大賞候補になる。

1988年、田所万里子（25歳）と同棲。妻とは前年に離婚した。

1993年、『タクシー狂躁曲』が在日二世の崔洋一監督によって『月はどっちに出ている』というタイトルで映画化され大好評を得る。翌年、『夜を賭けて』（NHK出版）が直木賞候補になる。

1998年、『血と骨』（幻冬舎）が第11回山本周五郎賞を受賞。直木賞候補にもなる。翌年、柳美里の芥川賞受賞作『家族シネマ』が映画化され、父親役で出演する。

2002年、『夜を賭けて』が映画化される。2004年にも崔洋一監督により映画化され日本アカデミー賞などを受賞した。

『タクシードライバー日誌』は、梁石日が東京で実際にタクシー運転手として経験した様々な出来事をつづったノンフィクションといってよい。大富豪から下っ端のヤクザまで後部座席で繰り広げられる人生模様は、まさに現代の縮図である。70年代日本の経済的繁栄と虚飾の裏にある腐った暗黒面を梁石日は描き出したのである。小森陽一は『タクシードライバー日誌』について次のように述べている。

考え方によっては、『タクシードライバー日誌』は、誰も書かなかった日本の一九七〇年代論だといえます。梁石日本人が、タクシードライバーをやっていたのが七〇年代です。八〇年代に入って、大平内閣から中曾根内閣になるころには、実は日本の内部は崩壊していた。そういう時代の「密室の目」として『タクシードライバー日誌』があった。（『座談会昭和文学史』第五巻、304〜305頁）

『夜を賭けて』は、アパッチ族と呼ばれた在日朝鮮人を中心とするくず鉄泥棒の物語である。大阪造兵廠はアジア最大の兵器工場であった。敗戦の前日、8月14日にB29の大爆撃を受け、広大な36万坪の敷地は廃墟のまま放置されていた。夜陰にまぎれてくず鉄を盗掘し、それで生計を立てる在日朝鮮人がでてきた。その神出鬼没で勇猛果敢な戦いぶりによって、彼らはアパッチ族と呼ばれた。その一人、金聖哲は詩人の金時鐘がモデルになっている。張有真（20歳）は、後に東京でタクシードライバーを10年やって作家になったから、梁石日自身をモデルにしている。

たとえ兵器や機械のくず鉄であっても、国有財産であることに違いはないので、警察は窃盗を見逃すわけにいかず、アパッチ族との熾烈なたたかいが繰り広げられた。1958年10月の大量逮捕でアパッチ族は壊滅した（実際は翌年7月に終息したので史実と異なる）。なお、『夜を賭けて』より前にアパッチ族を題材にした作品は、開高健の『日本三文オペラ』（1959）と小松左京の『日本アパッチ族』

（1964）がある。

アパッチ族が壊滅した後、倉庫荒しに転じた金義夫グループは、窃盗で逮捕された。彼らは執行猶予付きの実刑判決を受けたが、金義夫だけが大村収容所に収監された。長崎県にある大村収容所は、密航してきた朝鮮人を韓国に強制送還するため一時的に収容する施設で、千人の収容能力があった。ただし、密航者以外にも多数の刑罰法令違反者も収容されていた。

東洋のアウシュビッツと呼ばれた施設内では人権などなかった。金義夫は収容者たちから集団リンチを受け、4、5日間死線をさまよった。顔は原形をとどめていなかった。警備官からも何度も暴行を受けた。逃亡を図る者、自殺する者が後を絶たなかった。こうした大村収容所の実態を告発した小説は、これまで書かれたことはなかった。収容者たちはハンストなどの抗議行動で処遇改善を求めた。収容所の外でも、小規模ながら収容者の人権を訴える市民のデモ行進があった。この抵抗運動は、後の反入管闘争や指紋押捺拒否闘争へとつながっていく前史なのである。

余談だが、開高健が『日本三文オペラ』を書くきっかけをつくったのは、詩人の長谷川龍生である。開高は「裸の王様」で芥川賞を取ったが、その後、筆がふるわなかった時期があった。そんなある日、長谷川龍生は開高の家を訪問した。

そのとき、テーマの把握に困りきって押し入れにカーテンを吊ってひそんでいる開高に対して、大阪にいる詩人グループ「ジンダレ」の金時鐘（キム・シジョン）と梁石日の二人にすぐに会って取材をするようにすすめた。私はそれ以前に金時鐘と梁石日から、大阪造兵廠あとの鉄屑略奪戦の血わき肉おどるような雑話をじっくり聞いていたので、開高の方にそれをそのまま伝えたのである。（『ユリイカ』２０００年12月号、１７９頁）

梁石日はアパッチ族の一員としての体験があり、朝鮮人集落の「アパッチ部落」の住人でもあったので、アパッチ族の物語の書き手としては最も適格な作家であった。ただ、梁石日が本格的に作家活動をはじめたのは80年代からだったので、開高健や小松左京より遅れてアパッチ族を作品化することになった。この小説を書いた動機について梁石日は次のように述べている。

体験者の私がいまになってなぜアパッチ部落を書いているのかといえば、戦後五十年を経てなおあのアパッチ部落は、すぐれて在日朝鮮・韓国人問題の核心的な意味を持っているからである。アパッチ部落は在日朝鮮・韓国人問題を抜きにして語れないのである。その後の北朝鮮帰国問題や東洋のアウシュビッツとまでいわれた大村収容所の実態とも重なり連動し、今日に至っているのだ。（『修羅を生きる』１４４頁）

『血と骨』の主要人物である金俊平は、梁石日の父親（梁俊平）がモデルになっている。梁石日の父は１８０㎝を超え、１００㎏に近い巨漢で、若いとき蒲鉾職人をしていた。毎日のように大酒を飲み、妻に暴力をふるい、50人以上の女性と同棲した。暴力的で酒と女におぼれる父には、ひとかけらの倫理性もなかった。梁石日の姉は、不幸な家庭に絶望して、服毒自殺を図ったことがある。なお、蒲鉾屋のモデルになったのは、詩人・宗秋月の夫の実家である（『宗秋月全集』575頁）。

主人公の金俊平は、特別にスケールの大きいアウトローで、在日一世のエネルギーの権化のような男である。在日朝鮮人文学で、このような極道を主役にしたハードボイルドな小説はなかった。『血と骨』も日本の私小説、とくに父と子の対立をテーマにしているところは、日本文学の伝統の中にあると言ってよいが、在日の知識人の苦悩を描いてきた李恢成や金鶴泳と違って、梁石日は迫力のある圧倒的な文体で、暴力と犯罪、反社会的で非人間的な世界を余すところなく描いたのである。なお、『血と骨』は、「血は母から、骨は父から」という韓国のことわざから付けた題名である。

金石範は『血と骨』について、在日朝鮮人文学の中の傑作であると述べている。何よりも、暴力に満ちた怪物のような主人公は、誰にでも書けるものではないからだ。

主人公の金俊平も力が強いけれど、金俊平を存在させる小説、その根本は作者にあるんだ。「力」というのは非文学的な言い方みたいだけれど、やはり文学の基本は力ですよ。パッションが大事。（『ユリイカ』2000年12月号、71頁）

さらに金石範は、「日本社会の底辺に生きる在日朝鮮人の生活をこれほどまで書いた小説はなかった」（『血と骨』下、468頁）と言う。同時に、日本の私小説の伝統の影響から離れた小説が出てきた、と次のように述べ高く評価している。

在日朝鮮人文学は大方、日本の純文学――私小説の影響を深く受けてその傘下で、亜流として成長したとすれば、梁石日はそうではない。そこから外れていた。その作品には自分や家族たち、周辺の事柄を取扱いながらも、私小説的な発想や方法が見られない。（『血と骨』下、466頁）

井上ひさしも、「『火山島』と『血と骨』は「在日朝鮮人文学」の双璧です。書こうとしても書けるものではないですね」（『座談会昭和文学史』第五巻、306頁）と絶賛している。

『族譜の果て』（1989）の主人公・高秦人は、印刷業を営む実業家である。事業拡大に失敗して借金をかかえた主人公は、資金繰りのために銀行、政治家、街の金融業者、金融暴力団たちとの駆け引きに走り回る。梁石日は26歳（1962年）のとき、印刷会社を興し、莫大な借金をかかえて倒産しているので、その体験をもとにして書いた作品である。

『夜の河を渡れ』（1990）の舞台は新宿歌舞伎町で、売春、賭博、暴力の世界である。そこで体を張って生きる民族学校出身の若者たちの生活を描いている。彼らが生きる空間は、暴力と金が支配する非情な世界である。即物的な彼らには、民族とか祖国といった理念やイデオロギーは無用だ。彼らは、腐乱し切った資本主義日本の裏社会を生きる戦士として描かれている。

『子宮の中の子守歌』（1992）では、印刷業で失敗した主人公が大阪を出て仙台に行き、義兄の経営する喫茶店で働くようになる。この作品には、ソウルで妓生をしていた父の妾が登場する。彼女は賭け事が好きで、負けがこむと男と関係を持ち金を巻き上げていた。それを知った父は激怒し、彼女の両手両足を縛って天井に吊し、大きな瓶の水に何度もつけた。彼女はひるむことなく、父を罵倒する。父は「きさまの肉を料理して喰ってやる！」と叫んだ。彼女は「喰えるものなら喰ってみな！」と応酬する。ついに激昂した父は、刺身包丁で彼女の臀部の肉を切り取り食べてしまう。野蛮な男の暴力によって、抵抗も空しく虐待される女性と、朝鮮人社会の圧倒的な男性原理が描かれている。朝鮮では、「妻を三日殴らなければ狐になって山に逃げて行く」ということわざがあるように、儒教的な男尊女卑の伝統が根強く存在していた。

梁石日の文学については、次の三つの特徴が指摘できるだろう。

一つは、日本の私小説の影響を受けながらも、その枠を打ち破っていることである。代表作である『タクシードライバー日誌』『夜を賭けて』『血と骨』『族譜の果て』などは、個人的体験を題材にした作品で、その限りでは私小説と言ってよいのだが、その作品世界のアナーキーさや、あふれるバイタリティは、些末な日常雑記のような私小説には見られない異質な世界なのである。

二つ目には、多くの在日二世の作家たちが、民族的アイデンティティに悩む知識人を主要人物にしているのに対して、梁石日が登場させる人物は、その日の糧を求めて生きざるを得ない最下層の人々であり、貧窮にあえぐ在日朝鮮人のリアルな姿とその生活を描いていることである。

三つ目には、在日朝鮮人にはヤクザになる者が比較的多いと言われるが、暴力団のような犯罪者集団の裏社会を描いていることである。梁石日自身も若い頃、様々な職を転々として、ポン引きやヒロポンの売人のようなことをやった経験があった。『夜を賭けて』にはアパッチ族と呼ばれるくず鉄の盗掘グループが暗躍し、『血と骨』には極道のすさまじい暴力が繰り返し描かれ、『夜の河を渡れ』には新宿風俗街の売春組織が描かれている。これまでの在日朝鮮人文学にはあまり描かれてこなかったというか、避けられてきた在日の状況を前面に出した作品になっているのである。

無頼派と呼ばれる流行作家
伊集院静（いじゅういん・しずか　1950〜）

伊集院静は1950年2月9日、山口県防府市の生まれで、6人兄弟姉妹の4番目に生まれた長男である。彼は父母について、「母は田舎では結構な家の生まれ育ちで、韓国では名家だったんだと自慢していた父のほうが、じつは大した家の出ではなかったことは後で知りました」（『無頼のススメ』113頁）と語っている。伊集院は在日二世の中でも戦後生まれの後期に属する世代である。在日二世の父親の多くが暴力的で、父子の対立が文学上のテーマになってきたのだが、不思議なことに伊集院の文学にはそれがない。

私の父は十三歳で単身、朝鮮半島から日本に渡ってきて、教育というものを受けていなかった。しかし、学がないから間違ったことばかり言っていたかというと、そうではありません。身ひとつで商いを興し、家族を養い、六人の子どもを育て上げた父の言ったことのほとんどは当たっていました。若い頃は確執があって父とは疎遠でしたが、今さらながら、大した男だと思います。（同前78頁）

父は、ダンスホールやキャバレー、ジャズ喫茶などを経営しつつ、韓国からの渡航者の仲介業のような仕事もやっていた。

かつて私の父は朝鮮半島から海を越えて日本にやってくる人々のブローカーというか、世話役みたいなことをしていました。朝鮮戦争もあり、かなり忙しい時期もあったようですが、「山口の趙さんのところに行けば、滞在先から行きたい先まで切符もくれて、何から何まで全部面倒を見てくれる」というので評判だったらしい。（同前51頁）

伊集院の生まれた時の名前は趙忠來《チョチュンネ》で、帰化してからは西山忠来となった。防府高校、立教大学では野球部に所属した。二十歳前後のころ、伊集院は横浜港で荷役の仕事をやっていた。

一九七〇年前後のベトナム戦争の頃、私は横浜のドヤ街にいて、ロサンゼルスからやって来る兵器輸送船から爆弾を小舟に積み込む沖仲士《おきなかし》のアルバイトをしていました。（同前17頁）

当時、同じ世代の新左翼やベ平連（ベトナムに平和を─市民連合）のデモを見ていた伊集院は、腹の中でこう思っていたという。

「俺はその日を食べていく金が必要だから、一個何円かでこうして毎日爆弾を運んでいる。それをあなたがたは戦争に加担しているとでも言うのか」
「お前たちが心酔しているイデオロギーや平和主義というのは本当に正義なのか。本当に正義というものがこの世にあるなら、一度でいいから目の前に『これが正義です』と持ってきて俺に見せてくれないか」（同前18頁）

こうした伊集院の言葉から分かるように、彼のスタンスは没政治的であり、脱イデオロギーを旨とする人間である。というより、反政治主義で、イデオロギー嫌い、と言ってよいかも知れない。彼は、イデオロギーは若者の流行病みたいなものだと言う。

結論として言うなら、イデオロギーなど若者が罹りやすい流行病みたいなもの、おたふく風邪とかはしかみたいに一度経験すれば免疫になる、そのぐらいに考えておけばいいものだと思います。（同前23頁）

立教大学文学部日本文学科を卒業して電通に入社する。サラリーマン生活は2年で終え、フリーの企画演出家になる。ＣＭディレクターなどを経て、
１９８１年、「皐月」で作家デビューする。
１９８５年、二人目の妻で女優の夏目雅子（１９５７〜85）と死別する。

私が若い頃、いくつか小説を書いて雑誌に応募したところ、そのうち一作が賞の最終選考に残った。もしかしたら小説を書いて食べていけるかも、と思ったりしましたが、二番目の妻を亡くしてからはほとんど作品にならず、なすこともなく放蕩漬けの日々を送っていました。そんな時、旅先で色川先生が、「少しずつでもいいから、相撲のぶつかり稽古みたいに書いてみてはどうですか」と言われた。

その言葉が、先が見えず悶々としていた私には一つの灯りに見えました。（同前166〜167頁）（筆者注：色川先生とは作家の色川武大である）

1991年、『乳房』で第12回吉川英治文学新人賞
1992年、『受け月』で第107回直木賞
1994年、『機関車先生』で第7回柴田錬三郎賞
1995年、競馬騎手の武豊の仲人になる。

今はもう競馬も、競輪もすっかり本場に出かけることがなくなってしまったが、かつての私の生活はギャンブルを中心にすべてが回っていた。

競馬は武豊騎手の仲人というとんでもないことを引き受けて以来、心身、生活、所帯までを馬券につぎこむことはなくなったが、それでも競輪、麻雀、海外のカジノはずっと打ち続けてき

た。（『大人の男の遊び方』180頁）

2002年、『ごろごろ』で第36回吉川英治文学賞
2014年、『ノボさん　小説正岡子規と夏目漱石』で第18回司馬遼太郎賞
2016年、紫綬褒章を受ける。

伊集院は作詞家としても有名で、伊達歩《あゆむ》のペンネームで活躍してきた。近藤真彦のヒット曲「ギンギラギンにさりげなく」（1981）をはじめ多数の作詞を手掛けている。

伊集院の代表的な小説をいくつか見ておきたい。

「いねむり先生」（2011）の主人公・サブローは、妻を突然の病で亡くし、心の行き場を失って、酒とギャンブルにのめり込んでいく。ついにアルコール依存症になり、心身共にボロボロになってしまう。そんな時に出会ったのが、「先生」とみんなから慕われている人物であった。二人は全国各地の競輪場を回る旅に出る。サブローは「先生」と過ごす中で、魂が救済されていくのを覚える。

主人公のサブローは、言うまでもなく伊集院自身である。二人目の妻の夏目雅子に先立たれ、途方に暮れていた伊集院の30代を描いた作品である。「先生」のモデルは、麻雀小説で有名な作家の色川武大《たけひろ》（1929～89）である。伊集院は、色川武大を人生の師として尊敬していた。現代人が失いつつある人と人との温かなつながりをテーマにした作品である。

「乳房」（初出『小説現代』1990年6月号）は、がんで長期入院中の妻が、夫のセックスレスの生活を

思いやって、「我慢できなかったら、遊んで来ていいんだよ」（62頁）と言い、夫がある夜、酒に酔った勢いで、娼婦と寝てしまうという物語である。夫は自分に対する憤《いきどお》りと、どうしようもない怒りがこみ上げてきて、拳を握りしめて涙を流す。この小説の主人公は、大学時代に野球部に所属し、卒業後に広告代理店に就職しており、現在は芸能プロダクション関係の仕事をしているから、伊集院本人がモデルになっているとみてよい。妻のモデルは、白血病で半年以上入院した夏目雅子であろう。「乳房」は同じタイトルで１９９３年に映画化されている。

山本周五郎賞の候補になった長編「海峡」（１９９１）は、自伝的色彩の濃い作品である。主人公・高木英雄に３人の姉がいることや、舞台が山口県の地方都市であり、父がダンスホール、ジャズ喫茶、キャバレーなどを経営していること、主人公の野球への興味などは、伊集院の少年時代と同じである。父が「海峡」を渡って来た在日一世であることが、何よりも自伝的小説であることを示している。

この作品は、主人公・英雄が９歳から10歳にかけての少年時代の回想である。時代は朝鮮戦争後の１９５５〜56年である。伊集院の「原風景」を語ったものと言ってよいだろう。英雄の屋敷は大きく、多くの使用人が住んでいる。街では人々から有力者の坊っちゃんとして扱われ、在日としての差別や苦難などとは無縁である。これまでの「祖国」「民族」「アイデンティティ」などを重要なモチーフにしてきた在日文学とは、大きな距離と落差がある。非政治的でイデオロギー色のない作風が、彼の特質である。

少年の周囲には、在日朝鮮人の老女（サキ婆）、台湾から来た娼婦、戦争で精神障害となった男、原爆の後遺症で死んでいく少女、ドブから廃品を回収して暮す少年、韓国から密入国してくる貧しい人たちがいる。そうした中で、少年を愛してくれたサキ婆は韓国にもどり、台湾から来たリンさんが死に、仲の良かったヨングや清ちゃんは遠くへ去って行き、少年の愛した少女は死んでいった。「ど、どうして皆いなくなってしまうのか！」（362頁）と少年は耐え難い寂しさと悲しみに包まれる。父親は、そんな英雄に次のように言って生きる勇気を与える。

いいか、人は死んでしもうたらそれでおしまいじゃ。何が何でも生き抜くことじゃ。あの海峡を渡る時は途中でわしも沈みそうになった。（中略）怖しいとかつらいとかで泳ぐことをやめたら人はそれで終わりじゃ。おまえは泳いで泳ぎ抜くしかないんじゃ。（中略）わしも泳ぐ。おまえも泳げ。いいな、英雄（364頁）

この作品には、伊集院の文学の特徴である深い喪失感とともに、男としての生き方が描かれており、その美学は、彼の父親の生き方が原形になっていると言ってよいだろう。伊集院は、父親の姿を回想して次のように述べている。

私が子供の頃、母が父に相談を持ちかけました。確か子供の進路についての相談だったと思います。そのとき父は仕事中だった。父は母を見据えてきつい口調で言いました。「今は仕事中だ。そんな話は後にしろ！」。父は家族を蔑《ないがし》ろにしていたわけではありません。子供の進路に関心がなかったわけでもない。ただ、父は必死になって働いている最中だった。仕事とは何であるか。それが生きていくためにどれほど大切なものか。私は父の一言に教えられた気がします。(『60代からもっと人生を楽しむ人、ムダに生きる人』85〜86頁)

エッセイ「大人の流儀」シリーズは大ベストセラーで、2022年3月には『大人の流儀11　もう一度、歩きだすために』(講談社)を刊行している。『大人の男の遊び方』(2014)を読めば分かるように、上手な酒の飲み方、麻雀のコツや楽しみ方、ゴルファーとしてのマナーなど、サラリーマン人生にとって必要な作法を伝授する指南書のような本もたくさん書いている。伊集院は酒飲みで、ゴルフをたしなむスポーツマンであり、麻雀、競輪、競馬、カジノに造詣が深いギャンブラーでもある。競馬騎手の武豊の結婚式で仲人になった話は有名だ。新聞や週刊誌に小説を連載しつつ、直木賞の選考委員(2011〜)を務めるなど多忙な流行作家である。

私は世間では「無頼派作家」と呼ばれているようです。
辞書で「無頼」を引くと、「正業につかず、無法な行いをする」、「たよるべきところのない」とあるから、確かに当てはまるところもあります。
六十四年の人生を振り返ってみると、酒やギャンブルや放浪、理屈では割り切れない焦燥や孤独もあり、放蕩者と周囲に呆れられるようなことも少なくなかった。(中略)
身体を壊すほど酒を飲むことも、方々に借財を重ねてまでするギャンブルも、締め切りを抱え

ながらの旅も、世間の良識からは歓迎されないだろうと思います。(『無頼のススメ』8〜9頁)

吉川英治文学賞を受賞した「ごろごろ」の主人公は定職をもたず、正妻も持たず、定住もしない放浪の生活を続ける男で、無頼派と呼ばれるにふさわしい小説といえる。このような作風の伊集院静は、それまでの在日朝鮮人文学から見ると大きな距離がある。とはいえ、自伝的長編「海峡」は、在日一世の父と、その周辺の半島出身者たちのたくましく生きる姿を描いており、期せずして「在日」を表現した作品になっている。こうした点から、磯貝治良は「広義」の事実として〈在日〉文学であると次のように述べている。

先年亡くなった立原正秋はじめ飯尾憲士、宮本徳蔵は戦前生まれだが、戦後生まれのつかこうへい、竹田青嗣、伊集院静、鷺沢萠らが日本文壇で活躍し、売れっ子的存在になっている。(中略)

「日本名」作家、ことに戦後生まれ世代の文学をその内質もふくめて在日朝鮮人文学のなかに位置づけられるかどうかは、議論を要するところだろう。(中略)しかし、これらの文学が広義の事実として〈在日〉文学であることにはちがいない。(『〈在日〉文学論』23〜24頁)

ミステリー作家になった元陸軍特別志願兵

麗羅（れいら　1924～2001）

麗羅は1924年12月20日、慶尚南道咸陽郡の山村に生まれた。五男一女の末っ子である。本名は鄭《チョン》埈汶《ジュンムン》、日本名は松本修幸である。高句麗と新羅から一文字ずつ取ってペンネームにしている。在日作家にはめずらしいミステリー推理作家になった。

父は麗羅が4歳のとき単身日本に渡り、その2年後に長兄を呼び寄せ、家族は母と次兄と麗羅との3人だけの貧しい家庭であった。

1934年3月、9歳のとき、父に呼び寄せられ、母や次兄とともに渡日。東京の向島に住んだ。

1943年、中学を卒業したが、進学も就職もしなかった。週に一度は必ず特高警察が来て、軍隊への志願をすすめられた。12月、ソウル郊外の陸軍特別志願兵第一訓練所に入隊する。

1945年8月、日本陸軍の一兵士として、敗戦を咸鏡北道で迎え、ソ連軍に投降した。志願兵だった麗羅はウラジオストクに送られた。シベリアでの重労働刑を免れる一心から、「日本軍に志願した動機を警察に脅迫されたがためと、嘘の身上申告書と反省文を書きとおした」（『体験的朝鮮戦争』58頁）。これを読んだソ連軍将校が、後に北朝鮮の外相になり、休戦会談の首席代表となった南日《ナムイル》だった。南日のはからいで麗羅は朝鮮にもどされ、平安南道の政治訓練所で再教育を受けることになった。

そこで2か月間、マルクス・レーニン主義やソ連共産党の歴史を学んだ麗羅は、故郷に帰って活動するよう命じられる。麗羅は、朝鮮共産党慶尚南道委員会に所属し、昼間は小学校の教師をしながら、夜は共産党の秘密党員として組織拡大に精力を傾けた。だれよりも熱烈な共産党員であった。

1946年11月、共産党、人民党、新民党の3党が合併して南朝鮮労働党（南労党）が発足した。南労党の中央指導部は47年の4月、解放記念日であるその年の8月15日を期して南朝鮮でいっせいに革命戦争に突入するとの秘密指令を下部組織に通達した。麗羅も組織の在り方に疑問を感じながらも、ゲリラ部隊の編成に取りかかった。

1947年8月、麗羅は警察に逮捕された。武装蜂起を画策した者として死刑に処されることは間違いなかった。父が田畑を売り払って金をつくり警察を買収した。警察は麗羅を拷問で死んだことにして、棺桶に入れて家族に引き渡すことになった。拷問を受け、背骨を折られて意識を失った麗羅は、家族に引き取られ九死に一生を得た。

1948年3月、傷を治した麗羅は、密航船で単身日本へ渡る。南労党の党員だった麗羅は日本に渡る以外、生きる道はなかった。釜山から北九州に上陸する。刑事に見つかったが、意外なことに、「東京行きの乗車券と急行券を買うには私の所持金では百円ほど足りない分まで出してくれ、さらにコッペパンを三つ買ってくれた」（同前170頁）ので、東京墨田区の長兄のもとに着くことができた。

1950年6月、府中の米軍基地のクラブでマネージャーをしていたとき、朝鮮戦争がはじまった。初戦は北朝鮮が圧倒して、劣勢の韓国軍は南端に追いつめられた。韓国側を支持する民族団体の呼びかけで641名の在日の韓国人学生青年が義勇軍として戦争に参加した。麗羅も志願し、第4次隊に編入され、焼け野原となった仁川に上陸し、司令部勤務の通訳になった。彼は日本語、英語、朝鮮語ができた。彼は50年9月から翌年11月まで国連軍（アメリカ軍）の一員として従軍した。

１９５１年7月から休戦会談がはじまると、11月に麗羅に除隊命令が出た。日本に戻った麗羅は、自叙伝の口述筆記者、通信社の記者、団体の職員、場外馬券屋、パチンコ店の裏回りなどの職を転々とし、１９５５年頃から兄の不動産業を手伝うようになり、１９６３年に金融業に転業した。十年後の１９７２年、胆道閉鎖症になり入院する。医師から仕事のストレスが原因だと言われ、金融業をやめる決心をした。

麗羅は中学生のときから小説家にあこがれていた。朝鮮戦争から帰って、それまでの体験を小説にして、在日朝鮮人作家の先達である張赫宙に持って行ったことがある。これが、彼の最初の小説「山河哀号」で、１９５２年、28歳のときに書き上げたものである。持参して張赫宙に見せたところ、体験記としては貴重だが小説としては未熟である、という葉書をもらい、その原稿は彼の本棚に眠ったままになった。

入院した彼は、「自分に人生が残されているなら、それを昔からの希望の作家になるために努力してみようと決心した」（同前３１９頁）。１９７３年、「ルパング島の幽霊」が第４回サンデー毎日新人賞（推理小説部門）を受賞する。これがデビュー作となったが、すでに48歳になっており、新人としては高年齢のスタートであった。

１９８３年、『桜子は帰ってきたか』で第1回サントリーミステリー大賞読者賞を受賞する。

戦争中、満州の北端にある金鉱で、関東軍憲兵隊にスパイ容疑で逮捕された30余名の朝鮮人、中国人、ロシア人が使役されていた。1945年8月8日、ソ連が対日宣戦布告をしたとき、彼らは全員処刑されることになった。それを止めようとした金鉱の資材課長・安東は、憲兵将校・平山に斬殺された。妻の桜子がひとり残された。

安東は学生のとき、朝鮮人学生の反日独立運動グループに資金援助をしたことがあった。安東は特高警察に逮捕されたが、恩師の大学教授が手をまわし、起訴は免除された。そのかわりに、しばらく外地に行くことになり、満州にある金鉱の資材課長になったのだった。

この小説の主人公は、慶尚南道生まれのクレ（呉）という朝鮮人男性である。クレは徴兵検査を受け、1944年2月、咸鏡北道にある砲兵連隊に入営したのだが、日本人下士官から暴力を受け、脱走を決意する。咸鏡北道は朝鮮の最北部で、豆満江《とまんこう》を渡れば満州だ。間島省に行けば日本の統治を嫌って移住した同胞が大勢いる。

クレは豆満江右岸の街、会寧《かいねい》までたどり着いたが、そこで刑事に追われた。クレを匿ったのが安東であった。安東は満州の金鉱までクレを連れて行き、いっしょに暮していた。安東が息を引き取るとき、妻の桜子を日本まで無事連れて帰すようクレに頼んだ。クレにとって安東は命の恩人であるので、必ず桜子を日本に帰すことを約束する。

クレと桜子は、満州の北端から北朝鮮まで1000㎞の道を踏破し、日本海側に出て、密航船に乗ろうとした。桜子は乗船できたものの、クレは保安隊に逮捕され、密出国の罪で重労働33年の刑を科せられた。

1981年、刑期を終えたクレが北朝鮮を脱出し、桜子が無事に帰還したことを確認するために日本にやってきた。クレが調べた結果、桜子は戸籍上、戦時死亡となっており、日本に上陸していなかった。桜子は日本海で運悪く難破したのだろうとクレは思った。しかし、真相は、桜子は密航船から海に投げ捨てられたのであった。密航船には男1人、女4人が乗っていた。その中の一組の男女が犯人であった。この男女は、女3人を殺して大金を奪い、日本に上陸したのだ。クレが4人の女の戸籍を調べた結果、一人だけ生存していることが分かった。クレはその女の行方を追いつめていく。

生存していた女は、坂野世津子という美貌の持主だった。彼女はその魅力で密航船の男をそそのかし、他の3人の女性を殺させ、彼女らが持っていた金を奪ったのだ。実は、坂野世津子は、安東を殺した陸軍将校・平山の愛人だった。日本に上陸した後、彼女はその平山と組んで、密航船の男を殺した。これで、彼女は全財産を独占した。元将校・平山は、日本一の信用金庫の理事長になっていく。クレの来日を知り驚いた坂野世津子と平山は、過去の隠ぺい工作に取りかかる。

このミステリーは、朝鮮人が主人公であり、満州、朝鮮、日本という広大な舞台で展開される点で、日本では珍しい作品といってよい。桜子は、日本を象徴する名であることは明らかだが、紋切り型の名前をあえて使用した意味は何であろうか。満州から帰還の途上、非業の死を遂げた日本人女性の象徴なのだろう。

麗羅は1924年、慶尚南道生まれであり、在日の文学世代としては第一世代に属する。磯貝治良は、文学世代としての第一世代を次のように定義している。

文学世代としての第一世代は、その文学の主題、作風、文体など性質にかかわっている。簡略に言えば、日帝時代の体験や解放後の祖国と〈在日〉の状況を題材として、支配者の言語である日本語との緊張関係から生まれた文体を有し、民族のネムセ（におい）をその作風に色濃く表出させている文学と言える。さらに個々の体験や思惟・感情が、民族の受苦や抵抗、祖国の命運と歴史といった〈世界〉と緊密に一体化しているという特徴をもつ。（『〈在日〉文学論』102頁）

この世代の代表的作家としては、金達寿、許南麒、金石範、金泰生《キムテセン》、鄭承博《チョンスンバク》、成允植《ソンユンシク》、金在南《キムジェナム》らがいるが、麗羅もその一人である。彼は9歳で日本に渡り、日本陸軍の志願兵になり、戦後は一転して朝鮮共産党の党員として活動した。逮捕され拷問を受けたが日本への密航に成功し、米軍基地のクラブマネージャーとなる。朝鮮戦争がはじまると義勇兵として再び朝鮮に渡った。約1年後に日本に戻り、様々な職を転々としたのち、ミステリー作家になった。まさに波瀾万丈の人生を体験している。磯貝治良は彼を次のように紹介している。

いくらか〝毛色〟の変わった作家に、麗羅がいる。『桜子は帰ってきたか』『五行道殺人事件』『死者の柩を揺り動かすな』『倒産回路』『わが屍に石を積め』（いずれも集英社）などミステリーで知られるひとであり、その分野では確かな位置を占めている。しかし私は『山河哀号』（同）を代表作として推す。エンターテイナー作品にはちがいないが、日帝期の史実をも再現させて、民族の運命にむける意思はよく読みとれる。（同前109〜110頁）

「山河哀号」の主人公・成文英は、朝鮮から東京に遊学にきた大学生である。彼は祖国の独立を切望しつつも、表向きは皇民らしくふるまっている。1938年に特別志願兵の制度ができると、朝鮮人青年にも勧誘が行われるようになった。それは「志願」と言いながら、日本に対する忠誠を強要するもので、主人公も仕方なく志願兵にならざるを得なかった。解放後の朝鮮は、米ソの対立のもとで南北に分断され、南では主導権をめぐって左右両翼の激しい対立・抗争が起こり、主人公は再び苦難と苦悩の道を歩まねばならなかった。主人公の人生と、民族の歴史がひとつのドラマに重ね合わされ、朝鮮の現代史が描き出されているのである。この長編は麗羅の自伝的小説であるが、「大きな物語」としての歴史小説にもなっているのである。

短歌の世界で在日文学を代表する歌人
李正子（イ・チョンジャ　1947〜）

小説や詩の分野において、〈在日文学〉はすでに長い歴史を築き、高名な作家を多々輩出して、日本文学史に一つの確固たる位置を占めている。短歌の世界で〈在日文学〉を代表する歌人が、李正子である。

李正子は1947年3月3日、三人姉妹の末っ子として三重県上野市（現伊賀市）に生まれた。伊賀上野は松尾芭蕉の生誕地であり、短歌の伝統がある。

父は慶尚南道晋州の生まれで19歳のとき、労働者募集の貼り紙を見て、母親からわずかな旅費をもらって日本に渡った。１９２９年の春であった。父は、飯場を転々とした。

下関より青森までをさすらいし飯場人夫の父と知るのみ（『ふりむけば日本』１０１頁）

父は戦争中、強制連行されて来た朝鮮人たちの副監督をしていた。伊賀上野には海軍航空基地があり、約五百人の連行された人たちが、過酷な労働に明け暮れていた。なぜ父が軍の管轄下にいたのかは不明である。

戦後、父は綿を打つ小さな工場を持ち、わずかだが従業員もいた。李正子が小学校一年のとき、工場は倒産し、借金を抱えて一家は農村（阿山村、現伊賀市）に引っ越した。そこは朝鮮人のいない村だった。

日本で生まれ育った私は日本語でものを考え、表現をしています。生活の周辺には、当然多くの日本人との関りがあります。日本の自然や風土に身体は隅々まで馴染んで、何の違和感も持ちません。

そうでありながら、私は幼児期から韓国人である事実から逃れて生きることができませんでした。山深い農村で私たちの一家だけが農業を営まない韓国人であり、小学校や中学校ではただ一人の韓国人生徒という環境だったからです。（『ナグネタリョン　永遠の旅人』２０１頁）

民族と出会いそめしはチョーセン人とはやされし春六歳なりき（同前39頁）

「チョーセン人チョーセンへ還れ」のはやし唄そびらに聞きて少女期は過ぐ（同前40頁）

中学生になったばかりの頃に出会ったのが短歌であった。国語の時間、先生が歌を読むと胸が苦しくせつなくなり、授業が終わっても余韻があった。胸騒ぎのようなときめきとわけのわからない涙、寄せてはかえる甘美な歌の響きが、李正子の人生に深く関わるものになっていく。

中学や高校の国語の授業で短歌を教わっていて、それがとても私の心を揺さぶっていた。『万葉集』とか、与謝野晶子とか若山牧水の歌である。学校の図書室で本を開いては暗唱し、韻律の美しさに眩暈がしたりした。しかし、それらは私にとってあまりにも遥かなので、歌は偉い人が作るものだと思い、自分に作れるのだとは考えたことがなかった。（『ふりむけば日本』134頁）

高校進学の際、将来は教師になりたいという夢を父に告げた。公務員には「日本国籍を有する者」という国籍条項があることを李正子は知らなかった。父からあきらめろと言われ、少女は夢を捨てた。

あきらめて生きろここは日本どこまでも日本と父は言いいぬ（同前147頁）

韓国籍教師誕生に手いたむまで拍手す吾も夢にみしゆえ（同前147頁）

1965年、県立上野高校卒業。3月3日の誕生日と、「三・一節」（1919年3月1日の独立運動記念日）の式典に出席するため両親からチマチョゴリが贈られた。その民族衣装の美しさに感動した李正子は、チョゴリを着たまま外に飛び出した。

はじめてのチョゴリ姿に未だ見ぬ祖国知りたき唄くちずさむ（同前36頁）

チョゴリを着た李正子は、自分が〈朝鮮〉の子であり、〈朝鮮〉の女なのだ、と誰かれなく告げたくなったのだ。これは二十歳のとき、『朝日新聞』の「朝日歌壇」に投稿し、近藤芳美選でトップ入選した歌である。この頃は、「香山正子」という日本名で歌をつくっていた。

高校卒業後、民族銀行に勤務するが一年で退社する。日本人と恋をするが結婚できず、結局別れることになった。

生真面目で優しく、両親の言葉にはさからえないような人であった。長男という立場もあったのだろう。彼は私が異なる民族であることをどうしても肯定できなかった。「僕はいいけど、君がつらい思いをすることになると思う。親類やみなが納得しないから……。僕は家を継がなくてはならないし」（同前18頁）。

李正子の父も、日本人との結婚を許さなかった。

〈日本のおとこは恋うな〉父の掌にいくたび姉もわれも打たれて（同前１４９頁）

父の視野のがれて恋いきつづまりは背かれてゆくわれと知りつつ（同前１４９頁）

近藤芳美の短歌結社「未来」に所属し、上野市で喫茶「鴛洛」を営む。１９８４年、第一歌集『鳳仙花のうた』（雁書館）を出版する。初版は一か月で売り切れた。近藤芳美は次のような「序」を寄せた。

歌集の一冊とすることをすすめたのはわたしである。それを出し、わたしたち日本人に問い掛けることを、歌人である以上彼女はしなければならないし、そのことは今のような日に必要だとも思ったからである。何を問うのか。日本人と韓国人であるということの運命的な関わりであり、彼女の場合、それは激しい怒りと悲しみとをこめた告発でもなければならなかった。（同前38頁）

１９９１年、第二歌集『ナグネタリョン　永遠の旅人』を出版する。１９９３年、この中の三首が在日朝鮮人としては初めて中学校・高校の国語教科書に採用される。李正子は、教科書検定で不採用になると思っていたが、意外にも合格した。

『ナグネタリョン』には、80年代に高まった「指紋押捺拒否運動」に参加し、挫折していった経験がつづられている。指紋押捺とは、1952年、サンフランシスコ講和条約の発効に伴い制定された外国人登録法に基づいて、旧植民地の台湾・朝鮮人を外国人とみなして義務付けられたものである。押捺を拒否した場合は、一年以下の懲役もしくは禁固、または二十万円以下の罰金に処せられる。犯罪予備軍として指紋を採られるという屈辱感には耐え難いものがあった。拒否運動は、1980年9月、韓宗碩によるたった一人の反乱からはじまった。李正子は権力への恐怖心、経営している喫茶店の維持など、様々な理由から押捺してしまった。彼女は、「私も運動に参加しましたが、結局二年後に押してしまった挫折感から今も解放されないままです」（『ナグネタリョン』203頁）と述懐している。（なお、指紋押捺制度は1993年1月をもって廃止された）

友のゆび子のゆび吾がゆび罪をもたぬゆびがなにゆえ虐げられぬ（同前62頁）

「ナグネ」とは、韓国語で「旅人」という意味である。李正子は、祖国と日本の間で生きる自分を「旅人」として捉えた。日本で生まれたけれど、朝鮮の言葉も文化も身に付けていない「和製の民」なのである。彼女には「ふるさと」と呼べる故郷がない。

〈生まれたらそこがふるさと〉うつくしき語彙にくるしみ閉じゆく絵本（同前109頁）

短歌は日本的な抒情や美を表象する日本独自の文学形式である。その短歌によって李正子は〈在日〉として心情を歌った。在日を生きる者の激しい怒りや悲しみを表現するために、李正子が自然に身につけた文学形式が、短歌であった。

韓国人の私が歌っていると、「なぜ短歌でなくてはならないのか」と質問を受ける。（中略）学生時代から『万葉集』の大らかなロマン性が好きで、啄木のストレートな生活臭が好きだった。図書室に行ってはそれらの歌を書き写してゆくうちに、いつのまにか私も歌っていた。日本に生まれ育った身体には空気を吸うように短歌が入ってくる。（『ふりむけば日本』32～33頁）

第三世代のアイデンティティを追求した作家

李起昇（イ・キスン　1952～2021）

1952年5月30日、下関市に生まれる。
1975年、福岡大学商学部を卒業
1976年、韓国で言葉と歴史を学ぶ。民団山口県本部教育訓練部長（～81年）
1981年、民団中央本部に勤務（～83年）

1985年、「ゼロはん」で群像新人文学賞を受賞、芥川賞候補になる。公認会計士試験に合格
1996年、会計士事務所を開業
2000年、在日韓国人本国投資協会東京事務所長
2021年に没するまでに、「風が走る」（86年）、「きんきらきん」（89年）、「優しさは、海」（『群像』89年11月号）、「沈丁花」（『群像』90年6月号）、「西の街にて」（『群像』93年2月号）、「夏の終わりに」（『群像』95年3月号）などの作品を発表。単行本としては『ゼロはん』（1985）、『胡蝶』（2013）、『チンダルレ』（2018）、『鬼神たちの祝祭』（2019）、『泣く女　全編書き下ろし短編集』（2021）がある。

李起昇は1952年生まれで、在日二世の中では後期の生まれであり、文学世代としては第三世代に属する。「ゼロはん」は、若い在日二世の自分探しの物語である。「ゼロはん」とは、50ccのミニバイクを指す。時代設定は、作品発表と同じ1985年頃である。

朝鮮人であることに強い劣等感を抱いている朴英浩《パギョンホ》は、20歳の暴走族だ。昼間は土木作業員として働き、夜になると暴走族になって暴れている。ナナハン（750ccの大型バイク）で走る朴英浩と、姜慶子をバイクの後部座席に乗せた李正大は、警棒の赤い灯が回されている検問所を見つけると、進行方向をくるりと変えて逃げ出した。免許証のついでに外国人登録証を見られるのが嫌だったからだ。それを見た警官たちがパトカーに乗り込んで追跡をはじめた。カーブで李正大のバイクは転倒し、火花が散った。朴英浩はすぐにバイクを止めたが、後ろからパトカーがランプを点滅させ、サイレンを鳴らしながら接近してくるのを見ると、再び猛スピードで逃げ出した。事故現場に李正大と姜

慶子を置き去りにした罪悪感にひきずられながら、逃げに逃げた。李正大と姜慶子は死んだ。一緒に走っていた朴英浩を警察が見逃すはずはない。生まれてこのかた、朴英浩は逃げてばかりいた。

思えば生まれた時から逃げ回っているような気がしてならなかった。チョウセンと言われないために、変な目で見られないために、酒ぐせの悪い親父から、貧乏から、汚い家から、朝鮮部落から、土方から、キムチから、チマチョゴリから、朝鮮人の触った土から、空気から……。逃げ続けに逃げて来たのだ。（『〈在日〉文学全集』第12巻、29頁）

彼の父親は、人並み外れた能力を持っていたけれど、学校へも行けず、文字も知らぬまま、土方をするしかなかった人間である。朴英浩は、そんな父親に同情し、可哀そうに思っていた。

彼の父親は貧乏を苦にし、貧乏を恥とし、金持ちの朝鮮人を口汚く罵り、自分を尊敬しない家族に悪態をついていた。家庭はいつも争いの場であり、母一人がそれを崩壊から守っていた。（同前28頁）

朴英浩は、東京から下関までバイクで走り、関釜連絡船に乗って、韓国へ逃げた。釜山に着いたとき、朴英浩は涙がこみ上げてきた。

この国が無かったら、この土地がなかったら、「朝鮮」なんてものが無かったら、正大は、死ななかっただろう。慶子だって死ななかっただろう。そして俺だって、死ぬ事を望みながら生き続ける事もない。生まれたことを呪うこともないのだ。仇だ、この土地は仇だ。（同前16頁）

朴英浩は、関釜連絡船の中で同じ船室になった中野佳子といっしょに旅をすることになる。彼女は高校を卒業して相互銀行へ就職した。彼女は在日朝鮮人の恋人（島田在顕）と五年間も付き合ったのだが、双方の親や親族から結婚を反対され、島田在顕は彼女から離れて行った。傷心の彼女は、恋人の祖国を知るために韓国にやってきたのだった。

韓国は美しくて歴史の古い国だ。どうしてこの国の人間であることが重荷なのだろうか。在顕の苦悩。そして日本人とは結婚させないという彼の両親の思考。また、血が穢れると激怒した自分の伯父。佳子には理解できなかった。（同前9頁）

二人がソウルで出会った老人・李江憲《イガンホン》は貧乏だが、金持ちの隠居のような、穏やかで端正な顔立ちをしていた。老人は中学三年まで東京に住んでいた。皇国少年だった老人は、天皇の赤子として、特攻機で米艦に体当たりして死ぬ覚悟でいた。敗戦とともに、親と韓国にもどった。それ以来四十年近く韓国で暮しているが、まだ韓国に染まり切れないのだと言う。韓国を憎悪している朴英浩に対して、李江憲は次のように言う。

どこの国の人間でもいいんです。アメリカでも、日本でも、韓国でも。（中略）国籍がどうであれ、それより前にその人がどうか、ということなんです。確固とした人格がそこにあれば、何人でもいいじゃないですか。（同前65頁）

朴英浩にとって李江憲の話すことは、新鮮なことばかりであり、まさに知りたいことであった。その李江憲は、ある日のこと、街角で妻と大喧嘩をしていた。李江憲は、妻と五人の子を捨てて、気ままに暮している無責任な男であった。「確固とした人格」などと言えるような人物ではなく、朴英浩は李江憲の欺瞞的な生き方を知って驚愕する。しかし、その李江憲と自分とにどんな違いがあると言うのだろうか。

朴英浩は、別に悟りというものでもなかったが、ただ「逃げない」で行こうと決めた。朴英浩は、ひたすら警察から逃げたのではなかった。事故で傷ついた友だちを見捨てて逃げた醜い朝鮮人である自分から逃げようとしてきたのだ。朴英浩は、「まだ一人前じゃねえな」と思い、笑って言った。「ゼロはんだな」（同前74頁）。

ただし、朴英浩は、朝鮮人を嫌悪している自分の意識が、知らぬ間に身に付けた日本人としての差別意識であることにまだ気付いていない。

中野佳子はこの旅で、恋人だった島田在顕を忘れることができた。島田は親を説得すると言っていたのに、結局、親の言いなりになった。佳子は遊ばれただけかも知れない。佳子は、どうしてあんな男に熱を上げたのか不思議に思えてくるのだった。

この小説は、朴英浩の自分探しがテーマである。彼は、「日本にいる俺達は幽霊みたいなもんだ。日本人じゃない。かといって韓国人でもない。実体がないんだ。口先じゃいい事言うさ。祖国がある。民族としての誇りを持て。冗談じゃない。俺達や日本で暮してるんだ」（同前55頁）と、在日としてのコンプレックス、アイデンティティの不安、空疎な意識を表明する。ここに述べられていることは、祖国や民族といったものが、彼らにとっては、大きな意味や価値をもはや持っていないということである。ここに、第三世代のアイデンティティをめぐる位相の特徴がある。そういう意味で「ゼロはん」は、新しい世代のアイデンティティの難問を追求した小説といってよい。

在日の女性作家として初めて日本文壇に登場した李良枝（イ・ヤンジ　１９５５〜１９９２）

在日朝鮮人の女性作家として、初めて日本文壇に登場したのが、李良枝である。女性作家の登場が遅れたのは、在日朝鮮人社会にある儒教的価値観のもとで、男尊女卑の習俗が強く、女性の知的生活の道が閉ざされていたことや、多くの女性が貧困と暮しに追われる生活の中で、教育の機会を奪われ、文化や芸術から疎外されていたからである。

私は山梨県で、二人の兄のあとに長女として生まれた。父は一七歳の時に朝鮮から日本に渡ってきて母と結婚し、裸一貫からようやく並の生活を築きあげつつあったころだった。しかし、私が生まれるほんの少し前までは、唯一の寝ぐらが駅のベンチだったというほど、その生活は貧乏きわまるものだったという。（「わたしは朝鮮人」『李良枝全集』579頁。筆者注：父の最初の渡日は15歳のときで、一旦済州島に帰り、17歳で再び渡日した）

李良枝は1955年3月15日、父・李斗浩《リドゥホ》と母・呉永姫《オヨンヒ》の長女（兄2人、妹2人）として山梨県で生まれた。父は1940年、15歳のとき済州島から渡日し、様々な職業を経て、山梨県の名産物である絹織物の行商をするようになり、その関係で山梨県に住みついたのだった。父（日本名・田中浩）はその後、ホテル、レストラン、ゴルフ場などを経営する資産家になっていくのだが、貧乏だった当時を次のように回想している。

戦後、山梨県富士吉田市に6畳のアパートを借りて、織物の仕事を始めました。織物を担いで、北海道から九州まで行商に行ったものです。そして昭和23年に結婚しました。そのころはもう、韓国人だというだけで、全然だめですからね。信用がないし。なんとか日本の習慣を身に付けて、日本人になりきろうとしました。終戦後も徳川家康や豊臣秀吉、織田信長の映画を見て、礼儀作法や歴史を勉強しました。（田中浩「we'reを支える礎になったこと」『we're』1993年1月号。なお、顧偉良「想像的世界、小説への道――乱舞するナビ・李良枝（前篇）」弘前学院大学・弘前学院短期大学紀要

35号（1999年）から転載）

父は日本社会で生きていくために日本人になり切ろうとした。李良枝が9歳のとき、両親は日本へ帰化し、彼女の本名は田中淑枝となった。

あからさまにいじめられたとか辱められたとかいう、直接の経験もありません。けれども、なぜそうなったのかはっきりしないまま、自分が「朝鮮人」だということを一つの大きな欠点みたいに感じるようになり、否定的なこととして受け止め始めました。これは、「目に見えない差別」と表現するしかないものかもしれません。（「私にとっての母国と日本」『李良枝全集』651頁）

中学生になると、太宰治をはじめ、トルストイ、ドストエフスキー、モーパッサン、ホイットマン、中原中也などを次々と読んでいった。高校生になると、両親の離婚訴訟がはじまった。両親はそれまでの生活体験から、子どもを日本人として育てた。実際、李良枝は藤間流日本舞踊、小原流華道、山田流箏曲を習い、日本舞踊の師匠になることを夢みていた。たまに大阪の親戚の家に行くことがあった。母は大阪の生まれで、大阪市生野区の朝鮮人居住区の長屋に母方の祖父が住んでいた。しかし、そこで感じたのは「文化が遅れている」とか「汚らしい」とか「野蛮だ」という感情であった。李良枝は「朝鮮」なるものを否定し、自分が朝鮮人であることを無意識のうちに拒否していた。県立吉田高校二年のとき、タバコの葉を飲んで自殺しようとしたが未遂に終わる。両親の不和があって家出もした。結局、高三で中退し、京都の旅館で住み込みとして働く。旅館の主人のはからいで京都府立鴨沂高校三年に編入する。そこで出会った日本史の片岡秀計先生から大きな影響を受けた。

日本史の最初の授業時間に、片岡先生は次のようなことをおっしゃいました。「私は歴史を愛する日本史の教師として、この教科書を使って授業をしなければならないことを、たいへん残念に思っている。なぜならば、日本史を論じることは朝鮮史を論じることでもあり、とりわけ日本の近代史は、朝鮮史との関係を抜きにしたら成立すらしないからだ」（同前652頁）

李良枝は大きなショックを受け、個人的に片岡教師を訪ね、自分が朝鮮人であること、それを否定的に考えてきたことを告白した。片岡教師は、彼女をはげまし、たくさんの本を貸し与えた。李良枝は、日本帝国主義による植民地支配の歴史を知るとともに、両国の古代からの深い関係を認識するようになる。知りたいことが次々と出てきて、あきらめていた大学進学を考えるようになった。

1975年、早稲田大学社会科学部（二部）に入学する。この大学を選んだのは、その頃「韓国文化研究会」（韓文研）という在日同胞学生ばかりで構成されたサークルが各大学にあり、そのなかで早大の韓文研の活動が際立って見えたからであった。入学した年に彼女はこう書いている。

日本という日常性の中にどっぷりとくみこまれ、祖国の棄民・愚民化政策と、そして日本の管、理・抑圧政策によって巧みにつくりあげられた同化政策は、在日朝鮮人の民族的自覚と未来への志向を抹殺し、人間本来に保障されるべき生活をも消しさろうとするところに、その明白な意図が存在することを知らなければならない。いったいこれが屈辱以外の何であろうか。

ひらひらとは決して生きまい。何かが見えてくるまで貪欲に生きてやろうと思うのだ。在日朝鮮人の一女性として――。（「わたしは朝鮮人」『李良枝全集』591頁）

ところが、そこには失望と挫折が待ち受けていた。当時、帰化者への冷遇は凄まじいものがあり、「民族反逆者」といったレッテルが貼られることもあった。実際、日本国籍を持っていることへの呵責の念と、同胞から背を向けられた苦悩を遺書にしたためて、1970年、早稲田大学講堂で焼身自殺した山村政明（梁政明、1945～1970）がいた。帰化者は、日本の同化政策に取り込まれた者だと批判されたのである。彼女は一学期で大学を中退した。

あまりにも観念的なうえ、あまりにも政治的傾向の強い討論の連続に、まず疑問を感じないわけにいかなかったし、同時に、私が日本の国籍を持っている事実に対する同胞社会の冷淡な反応が、喩えようもないくらい大きなショックだったと申せましょう。（「私にとっての母国と日本」『李良枝全集』654頁）

大学をやめた李良枝は、荒川区にある朝鮮人居住地域へ転居し、朝鮮人が経営する小さなヘップエ場で働きはじめる。1976年8月、冤罪事件として知られる「丸正事件」を知り、獄中の李得賢の釈放を求めてたった一人で銀座・数寄屋橋公園で一週間のハンガーストライキを行う。民族的な自覚を強めつつも、一方で民俗芸能にも惹かれていくようになる。早稲田大学に入学してすぐに韓国の琴・伽倻琴を知り、その音の魅力にショックを受け、池成子に弟子入りしている。

時間さえあれば伽倻琴の稽古に没頭していたあの頃、私は心底から、どれだけ上手に伽倻琴を弾けるかによって祖先への自分の愛を証明することになり、ひいては民族の一員になる資格となるとまで信じておりました。（同前657頁）

伽倻琴は祖国のイメージの象徴であり、李良枝はその伽倻琴を弾くことで祖先への愛を証明し、民族の一員になる資格を得ようとしたのである。池成子に弟子入りして五年目に、伽倻琴併唱の人間文化財（人間国宝）である朴貴姫《パククイヒ》先生に師事し、パンソリ（語り歌）の弾き語りを習い始める。朴貴姫先生は李良枝の身元保証人になり、あこがれの韓国への留学が実現することになった。

1980年5月、光州事件のさなかに李良枝は初めて母国の土を踏んだ。当時の日本の知識人は全《チヨン》斗煥《ドウホワン》大統領の軍事独裁政権に批判的で、韓国に行かないことを政治的節操と信じ、韓国へ行くことは非民主的な韓国政府を容認することだと断じる雰囲気があった。

その年の暮れ、金淑子《キムスクチヤ》のサルプリ（巫俗舞踊）の踊りを見て衝撃を受け師事する。それは伽倻琴との出会い以上のものであった。サルプリとは、「不運や厄難という意味がふくまれた、生の中で重ねられる恨《ハン》と理解できるでしょう。その〝サル〟を〝プリ〟する。〝プリ〟とは、解く、解きほぐす、解き放つと訳すことができます」（「韓国巫俗伝統舞踊」『李良枝全集』629頁）と、李良枝は述べている。

1982年、在外国民教育院（ソウル大学予備課程）の1年課程を終えた李良枝は、ソウル大学国語国文学科に入学した。韓国語をマスターするためであった。この年、両親の離婚裁判が終わり、正式に離婚している。

留学先で出会ったのが、中上健次であった。李良枝が自分の身の上を話したところ、それは小説になると言われ、『群像』の編集長を紹介されたのが、作家としての出発点となった。「まるで遺書みたいに、これまでの暮らしを整理して一篇の作品を完成させたいという気持ちが湧いて」（「私にとっての母国と日本」『李良枝全集』660頁）書いたのが、処女作「ナビ・タリョン」（嘆きの蝶）であった。1982年、『群像』11月号に掲載され、芥川賞候補になった。

翌1983年、「かずきめ」（『群像』4月号）、「あにごぜ」（『群像』12月号）を発表。その後も、「刻」（1984）、「影絵の向こう」（1985）、「鳶色の午後」（1985）、「来意」（1986）、「青色の風」（1986）を相次いで発表した。「かずきめ」と「刻」も芥川賞候補になった。

1988年、33歳でソウル大学を卒業し、梨花女子大学舞踊学科大学院に研究生として1年間通った。『群像』11月号に発表した「由煕《ユヒ》」が、翌年の第100回芥川賞を受賞した。「ナビ・タリョン」「刻」「由煕」は留学三部作と位置付けられ、母国での生活に馴染めず、違和感をもつ在日朝鮮人が登場している。そこには、日本人でもなく、韓国人でもないありのままの自己を探求する作者の姿が描かれている。

1989年、梨花女子大学舞踊学科大学院修士課程に入学し、91年に単位を取得した。1992年5月、急性心筋炎のため死去。わずか37歳で急死するまでに10編の小説を書き残した。執筆中の「石の聲」が遺作となった。

さて、李良枝が韓国留学を決意したのは、韓国人になり切るためであった。「刻」の中で、主人公イ・スニは、パトロンである医師・藤田に、韓国への留学を訴える。

「先生、伽倻琴も踊りも、きちんと習いたいの。このまま日本でいくら稽古を受けていても、結局趣味で終わってしまうわ。芸はやはり、それが生まれた場所でじかに生活しながら身につけていくものよ。学校はあくまでも韓国語が上手になるように、そのつもりで通うの。韓国人のくせに言葉もろくに喋れないんじゃあ、韓国人とはいえないわ。ねえ、先生、わかって」（『刻』31頁）

「刻」の主人公は、26歳まで日本で暮した在日朝鮮人で、ソウルに留学するのだが、異文化に違和感を覚え、韓国人になり切れない自分に不満を感じる。彼女は、在日朝鮮人たちが韓国の大学に入る前に韓国語や韓国の歴史を学ぶ「在外国民教育院」に通っている。教科書を学生に朗読させ、その日本語的発音を指摘して何度も同じ単語を発音させる教師に向って、主人公は次のように訴える。

「ソンセンニム、私たちは、在日同胞です。日本で生まれ育ち、日本語ばかりにとりかこまれて生きてきた者たちです。日々、同化と風化を強いられる環境の中にいて、私たちは民族的主体性を確立できないまま、悶々としてきました。ここにいる学生たちは、それぞれが、さまざまな動機を持って、母国留学を決意しました。しかし、ただ一点、ウリマル（母国語）を学ばなければならないのだ、という熱い思いは共通してます。ところがどうでしょう。日本では在日朝鮮人であることの劣等意識にさいなまれ、ウリナラ（母国）に来ても、蔑視を受ける。いくら努力しようとしても、発音のおかしさばかりを指摘され、水をかけられる。ただでさえ自分の出自、というものを客観視できず、劣等意識を克服できずにいるのです。結局私たちは……」（『刻』59〜60頁、筆者注：「ソンセンニム」は先生という意味）

主人公が吐露しているように、「刻」は二重の母国をもった主人公の悩める心理と、アイデンティティの定まらない苦悩を描いた作品といえる。

「由熙」は、26歳の在日朝鮮人・由煕が、留学先のソウルでの生活になじめず、大学を中退して日本に帰ってしまう姿を、下宿先の女主人とその姪「私」の目を通して描いたものである。韓国の名門大学に留学している由煕は、8回も下宿を変えており、やっと気に入る下宿を見つけたのだった。それまでは、どこの下宿も由煕にとっては耐え難いものだった。「私」と仲良くなった由煕は、韓国での生活の不満や愚痴を言うようになった。

この国の学生は、食堂の床にも唾を吐き、ゴミをくず入れに棄てようとしない、と由煕は言った。トイレに入っても手を洗わない、教科書を貸すとボールペンでメモを書き入れて、平気で返してくる。この国の人は、外国人だとわかると高く売りつけてくる、タクシーに合乗りしても礼一つ言わない、足を踏んでもぶつかっても何も言わない、すぐ怒鳴る、譲り合うことを知らない……。（「由熙」『李良枝全集』426頁）

由熙は、「私」を「オンニ（お姉さん）」と呼んで親しい関係になっていくのだが、卒業まであと半年というときに、学業を断念して日本に帰る。下宿の女主人は、残念だが仕方がないと次のように言う。

――韓国がどんな国かも知らずに、本人は理想だけを持ってやって来たんだわ。その思いは同胞だから私にももちろんわかるけれど、でも結局、由熙は日本人みたいなものですよ。外国に来たようなものなんだから、苦労するに決まっているわ。お金持ちでどこの国よりも清潔なことで有名な日本からやって来たのだものね。見るもの聞くもの、びっくりしてショックを受けていたのよ。（同前436頁）

由熙は結局のところ、韓国の生活に挫折し、留学に失敗した在日朝鮮人といってよい。これを本国人（韓国人）の目を通して描いたところが、この小説の特徴である。こうした視点で描いた意図について、作者は次のように述べている。

私にとってそれは、単なる小説技法上の問題を越えた重要な分岐点、もしくは転換点を意味していました。

『由熙』の中に登場する、オンニも叔母さんもそして由熙も、すべては私の分身です。私はようやく本国人の気持ちや立場を多少なりとも理解できるようになったのであり、また理解していく道こそが、在日同胞である自分自身の姿を客観化して浮き彫りにできる道であることを悟ったのです。（「私にとっての母国と日本」『李良枝全集』650頁）

李良枝も、数え切れないくらい、留学を断念して二度と母国に来てはならないと思い詰めたことがあった、と述懐しているように、頭の中で思い描いていた母国と、実際の姿は大きな乖離があった。母国を愛し憧れを抱いていた由熙は、理想が崩れ去り、現実をあるがままに受け入れることができなかった。そこには、日本という先進国からやってきたという優越感や傲慢さが、無意識のうちに存在していただろう。おそらく、80年代のほとんど大部分の在日朝鮮人がもっていた心情であった。ただし、李良枝は由熙とは違い、母国にとどまり、学業を続けた。現実がどんなに否定的であるにせよ、その現実を直視し、その中に飛び込んでいく道を選んだのである。

韓国では88年2月に盧泰愚《ノテウ》大統領が就任し、軍事政権が続いていた。文民政権になるのは、李良枝が亡くなった翌年の93年2月に金泳三《キムヨンサム》大統領が就任してからである。「刻」には、軍事政権下の韓国の姿が描かれている。主人公スニは、毎朝授業の初めに愛国歌を歌わされる。全員が起立し、胸に手を当て、スピーカーから流れる愛国歌に合わせて口ずさむ。スニは毎朝、愛国歌を聴いているのに歌詞を覚えられない。かろうじて口の形を合わせているだけだ。

「国民倫理」の教科書をぱらぱらとめくっていくと、「……ソ連……使嗾《しそう》……北傀集団……火薬庫……熱い衷国精神……国民意識……矜持」（『刻』21頁）という文字が目に入ってくる。スニは教科書をほうり投げる。

「国民倫理」の試験は、「一、国家観の形成についてまとめよ。二、第三世界における大韓民国の位置と展望についてまとめよ。三、祖国大韓民国の発展における在日同胞の使命、及び……」（『刻』38頁）といったもので、こうした思想教育をそのまま受け入れることはできなかった。李良枝は、こうした軍事独裁政権に嫌悪と失望を感じたであろう。

林浩治は、新しく登場した李良枝の文学について次のように述べている。

　李良枝がいわゆる純文学作家として「ナビ・タリョン」で登場したとき、そのテーマの新しさには時代を感じさせるものがあった。それまでの在日朝鮮人作家たちは、朝鮮を舞台にしてその社会情勢や革命運動とその周辺を描く（金達寿「玄海灘」「朴達の裁判」、金石範「鴉の死」「火山島」、李恢成「見果てぬ夢」等）か、在日の煩悶と日本社会の不当性を表現したもの（金泰生「骨片」「私の人間地図」、金石範「祭司なき祭り」、金鶴泳「凍える口」等）であった。それが李良枝の場合は、在日朝鮮人二世の若い女性が韓国で受けるカルチャーショックを背景とした初めての小説であったからである。在日朝鮮人二世の韓国での煩悶と葛藤を李良枝は書き続けた。言わば李良枝の描いた煩悶と韓国社会でぶつかった壁は、それまでの在日朝鮮人作家たちが求め続けた「属性」からの圧迫で

あった。（中略）

ところが、李良枝の「由熙」が指し示したものは、在日朝鮮人が朝鮮人としての民族的な特質をすでにかなりの程度まで失っているという前提に立っている。当然「祖国」であるはずの韓国や、母国語であるはずの韓国語からはねつけられる。

由熙が母語でない母国語の氾濫した韓国から逃れ、母語である日本語の世界に浸りたい気分に陥るストーリーは不思議なものではなく、一般的な傾向と言える。（『在日朝鮮人日本語文学論』55～58頁）

李良枝は「由熙」を発表して、しばらく後に「富士山」（『群像』89年7～9月号）というエッセイを書いている。そこには、「由熙」のテーマに対するひとつの解答のようなものがほのめかされている。

韓国を愛している。日本を愛している。二つの国を私は愛している。

そんな独り言を静かに聞き取っている自分自身にも出会っていた。

意味や価値をおかず、どのような判断や先入観も持たずに、事物や対象をそのままの姿で受け取め、対することはできないだろうか。

長く迷いながらも、ずっと求め続けてきたひそかな願いは、ようやく、その一歩が実り始めてきたように思える。（「富士山」『李良枝全集』625頁）

李良枝はソウルに留学したのだが、かえって自分が朝鮮人でないことを感じざるを得なかった。日本で生まれ育った在日二世が、留学して朝鮮社会を異質なものとして感じるのは当然のことであろう。由煕は、朝鮮人としての民族的な特徴をすでに失っている在日朝鮮人なのである。在日朝鮮人にとって、日本か朝鮮かという二者択一の時代は終わりを迎えつつあった。民族性という帰属意識から解放され、自由なアイデンティティの探求の時代に入ったのである。

まず、大義名分として私には、一日も早く韓国人にならなくてはならず、自分の身体に染みついている日本的なあらゆるものを清算して、韓国を理解し韓国語を自在に操れるようにならなければならないという、義務がありました。実を言うと、そうなってこそ留学する当初の目的と動機を満たすことができるのです。（中略）

ところが、そうした大義名分ないし義務感などは、現実と実際の私の生き方によって、裏切られるよりほかはありませんでした。（「私にとっての母国と日本」『李良枝全集』６６３頁）

川村湊はその著のなかで、在日朝鮮人文学の区分として、戦中から戦後にかけて文学活動を行った第一世代（金達寿など）、60、70年代に登場した二世世代（李恢成など）、80年代以降に登場した三世世代というような大まかな分類をしている。（「『在日する者』の文学」『戦後文学を問う』）

川村湊が指摘するように、一世、二世の世代は、朝鮮人としての民族的アイデンティティについて、そのこと自体に揺るぎはなかった。朝鮮の言語や文化をどれだけ身に付けているかは別として、自らの民族性を疑うことはありえなかった。自分が朝鮮人であることは紛れもない事実だった。だが、三世の世代になると、しかも帰化した場合、自分のアイデンティティはもはや自明のものではなくなっていた。

李良枝は自分自身のなかの「朝鮮」なるものを追い求めて、韓国に留学して韓国文学と韓国舞踊を専攻し、朝鮮人になろうとした。しかし、日本語を捨てることが出来ず、韓国の生活にも馴染むことができない自分を発見したのだった。彼女が彷徨の末に到達したのは、日本でも韓国でもない立場である。そういう意味で、第二世代と第三世代の中間に位置する作家が、李良枝であったと言うことができる。

「イカイノ語」と呼ばれる肉体の言葉

元秀一（ウォン・スイル　1950〜）

元秀一は1950年6月1日、香川県善通寺市で父・元明益、母・金景愛の第六子として生まれた在日二世である。生後三か月で大阪の猪飼野に移った。

1971年、大阪府立工業高等専門学校を卒業

1987年、『猪飼野物語：済州島からきた女たち』（草風館）を出版

1990年、『猪飼野物語：済州島からきた女たち』の一篇「李君の憂鬱」を原作とした「李君の

明日」がNHKドラマスペシャルで放映される。
1996年10月、世界各国に在住するコリアンの作家をソウルに招いて開催された「ハン民族文学人大会」に招待され、参加する。
1997年、『AV・オデッセイ』（新幹社）を出版
2004年、『オールナイトブルース』（新幹社）を出版
2016年、『猪飼野打令』（草風館）を出版

猪飼野は日本で最大の朝鮮人集住地域であり、ここで生まれ育ち、またはこの街で暮した経験をもつ作家として、金時鐘、金石範、金泰生、梁石日、玄月、宗秋月、金蒼生らの名前を上げることができる。元秀一もそうした猪飼野をルーツとする一人である。猪飼野という街は、多くの作家を生み出し、小説の舞台にもなり、在日文学の中でとりわけ重要な位置を占めている。「猪飼野文学」とも言うべきひとつのジャンルを形成してきたといってよい。

『猪飼野物語：済州島からきた女たち』は、「運河」「喜楽園」「ムルマジ」「帰郷」「李君の憂鬱」「蛇と蛙」「再生」の七作品を収録した短編集である。猪飼野に暮す在日朝鮮人たちの日常の風景を、独特のコミカルな筆致で描いた作品で、強い民族意識を保持しつつも、第一世代や第二世代の在日作家たちの体質とも言うべき思想性や政治性は見られない。

「運河」の主人公・英和（ヒテカッチャン）は1950年生まれなので、作者・元秀一と同一人物とみてよい。共同炊事場、迷路のような路地、零細なゴム工場やヘップサンダルの工場、ヘドロの運河。

この運河が雨で氾濫すると街は床下浸水になる。１９５０年は朝鮮戦争が始まった年であり、猪飼野においても住民たちは「北」と「南」に分かれ、銭湯や宴席で議論を戦わせ、代理戦争が繰り広げられた。１９５９年冬、英和の友だち・正男は、家族と共に北朝鮮に行くために、ソ連の貨客船トポリスク号が碇泊する新潟港に向けて旅立った。英和の母・善姫《ソンヒ》は、正男一家が故郷の済州島を捨て、北に向かうことに納得がいかず、夫の玉三《オクサム》に疑問を投げかける。玉三は、「思想が故郷を超越したいうことやな」と答える。

「李君の憂鬱」は、日本名「吉本」で塾講師をする李君の物語である。塾に木下昌海という中学生が入校してきた。木下一家は猪飼野で財を築いて、宝塚沿線に引っ越してきたのだった。木下昌海は、公立高校に合格できる学力がないので、この学習塾にきた。昌海は大柄な体格に似合わず小心者で、もじもじしたはにかみと気後れで、学習塾の日本人の生徒仲間から嘲笑される。塾の吉本先生（李君）は、「白豚」「か・ん・こ・く」と馬鹿にされても黙っている昌海を「なんで木下は怒らへんのや」と歯がゆく思っていた。

ある深夜、昌海が塾から帰宅しないので、母親の容潤《ヨンユニ》が学習塾にやってきた。容潤と吉本先生は、ふたりで昌海を探しに出かけるのだが、吉本先生は「ミアナムニダ（すいません）、オモニ」と無意識のうちに韓国語で話してしまう。吉本先生は日本名を名乗っているが、ほんとうは済州島生まれの朝鮮人なのである。

ようやく見つけた昌海に、母の容潤は、「アイゴ、私の腹からなんで女のくさったみたいなんが出てきたや。ハングックサラム（韓国人）がハングックサラム言《ゆ》われてなに恥ずかしがることある」と怒鳴りつける。昌海は泣きながら母に「おれ塾行きたない」と訴え、吉本先生へは「先生にはおれの気持ちなんかわからへん」とつっぱねる。母は、「なに言《ゆ》てる、この兄《に》ちゃんうちらと同じ国の人間やげ」と教える。


意外な事実に昌海は心底驚き、まじまじと李君を見詰めた。

「木下は前猪飼野に住んでたんやろ。わしの家も猪飼野や」

昌海は手品の種を明かされているような表情になり、今度は容潤の顔を窺った。

「お前もこの兄《に》ちゃんみたい一生懸命勉強して大学行きたい思えへんか」

容潤の口調は凪いだ海のように穏やかになっていた。（『〈在日〉文学全集』第12巻、386頁）

吉本先生が、「木下、しっかり生きていこや」と声をかけると、昌海は「うん」と、つきものが取れたように率直にうなずいたのだった。

「蛇と蛙」は、猪飼野でたくましく生きる金山ハルマン（ばぁさん）を描いた作品である。金山ハルマンは、一升瓶を片手にコップ酒をあおり、土方の親方顔負けのすごさで睨みつける男まさりの後家さんである。ばあさんの娘・貞子《チョンジャ》は、女優にしてもおかしくないくらいの美人だった。その貞子と恋仲になった金祥珍《キムサンジン》は、金山ハルマンの家に日参して結婚の承諾を得ようとするが、血筋を証明するものがないので門前払いされる。たとえ猪飼野に住んでいても、金山ハルマンは本貫《ポングワン》の血筋の観念を人倫の根本と固く信じているのだ。しかし、ついに金山ハルマンは、金祥珍の一途な情熱に根負けしてしまう。祥珍は入り婿の形で金山ハルマンの家に転がり込んだ。

金もなく、誠意だけしか持ち合わせていない金祥珍は、ばりばり仕事に励み、「金山皮革製品加工所」という縫製工場を立ち上げ、そこの親方になった。妻・貞子の弟を東京の大学へ進学させ、近所でも評判の娘婿《サオ》になった。金山ハルマンも娘婿を誇らしく思うのだが、年をとっても金山ハルマンは家の実権を握って離さない。義母の隠居暮しを願っている金祥珍に対して、金山ハルマンは言う。


「そやげ、早よ猪飼野一番の娘婿なれ」

「ほんだら、オモニ、わしに家のこと全部まかしてくれまっか」

「なんぼでも、まかしたる。そやけど、お前はまだまだや」

「やっぱし……」

「ああ、やっぱし」（同前401頁）

いつまで経っても金祥珍は、金山ハルマンに頭が上がらないのである。題名の「蛇と蛙」とは、金山ハルマンと金祥珍のことである。

元秀一の文体は、「イカイノ語」と呼ばれる肉体の言葉で成り立っている。日本語であって日本語のようでない在日朝鮮人の言語表現であり、それを川村湊は「クレオールとしての日本語」と言った（『東京新聞』1987年7月15日夕刊）。川村湊は、そのような表現の一例として次の文章を引用している。

「済州島《チェジュド》にチュウォルのピョンシン（智恵おくれ）の息子いてた。イルチェシデ（日帝時代）終わってすぐチュウォル済州島帰った。そやけどチェス（運）ないことに選挙反対や、選挙反対言もんペルゲンイ（赤）や言《ゆ》て、チェジュッサラム（済州島の人間）とユッチサラム（本土の人間）殺しあいした言話お前も知ってるやろ。そのどさくさに出来たピョンシンの息子コモニム（姑母様）に預けてチュウォル日本に逃げてきたやげ」（「ムルマジ」『〈在日〉文学全集』第12巻、343〜344頁）

川村湊は、このような言語を、「貧困や差別に負けず、たくましく生きてきた「在日」の人々の生活感あふれた「母語」ではないか」（『〈在日〉文学論』38頁から転載）と評したのである。

18歳でデビューした天才女子大生作家

鷺沢萠（さぎさわ・めぐむ　1968〜2004）

鷺沢萠（本名・松尾めぐみ）は1968年6月20日、東京都世田谷区で四人姉妹の末っ子として生まれた。東京学芸大学附属世田谷小学校から同附属中学校へすすむ。

1984年、都立雪谷高校に入学。父の経営する出版社が倒産し、「高校の学費を自分で捻出していたため、アホーのようなバイト生活」（『帰れぬ人びと』241頁）に入る。

1987年、父死去。ペンネームの鷺沢萠は、父の筆名鷺澤祥二郎から苗字をもらって作ったものである（『途方もない放課後』202頁）。

同年、上智大学外国語学部ロシア語学科に入学。『文學界』（1987年6月号）の「川べりの道」で第64回文學界新人賞を受賞し、女子大生作家としてデビューする。「文學界新人賞」を史上最年少（18歳）で受賞した天才女子大生作家として、雑誌やテレビのワイドショーで取り上げられた。

「川べりの道」は、女をつくって別居した父親の家に、毎月の生活費をもらいに行く15歳の少年を描いた作品である。川村湊は、鷺沢萠が登場した時のことを、次のように述べている。

十九歳の女子大生作家・鷺沢萠の小説の出発点は、多摩川沿いの川べりを孤独に歩く少年の物語から始まった。（『帰れぬ人びと』234頁）

こんな下町の人情話に似たような小説を書いたのが、二十歳そこそこの女子大生作家であったことが（文學界新人賞を受賞した「川べりの道」を書いた当時は女子高校生だった）、時の文学世界（文壇）を驚かせたことは当然ともいえることだった。それは、普通は老成した、ベテランの中年、長老の小説家たちが描き出すような世界だったからである。（同前229頁）

90年代に入ると、多和田葉子、高村薫、桐野夏生、小川洋子、角田光代、川上弘美など続々と女性作家が登場してくるが、鷺沢萠はその先駆けとなった。また、在日文学が男性中心の状況の中で、鷺沢萠は李良枝（1992年没）に続いて、女性のまなざしで在日を見つめ、描く作家になっていく。

1989年、「帰れぬ人びと」(『文學界』同年5月号)が、第101回芥川賞候補および第12回野間文芸新人賞候補になる。同年、「駆ける少年」を書くために、父のことを調べようと戸籍謄本を取り寄せたところ、父方の祖母がコリアンであることを知る。

1990年、映画監督・利重剛《りじゅうごう》と結婚(翌年離婚)。上智大学除籍。「果実の船を川に流して」(『新潮』1989年12月号)が第3回三島由紀夫賞候補になる。

1991年、「葉桜の日」(『新潮』1990年8月号)が第104回芥川賞候補になる。この間、ほぼ同世代のティーンエージャーの生活と意識を描く小説で人気を博する。

1992年、『駆ける少年』で第20回泉鏡花文学賞を受賞する。「ほんとうの夏」(『新潮』92年4月号)が第5回三島由紀夫賞候補および第107回芥川賞候補になる。

1993年、『ハング・ルース』が第15回野間文芸新人賞候補になる。この年1月から延世大学校語学堂に半年間留学し、父親の「血」を発見する。

あのころの私にとって、父は「謎」でした。会社が潰れて、経済的な理由から家族も離散状態で暮らして、しかもそのうちの一戸は火事になっちゃうわで、もう、めちゃくちゃだったとき、父一人、妙に元気だったんです。(中略)私にしてみれば、青学(筆者注:青山学院高等部)をあきらめて、公立高校へ行って場違いな立場で高校生活をしてるのも、全部、父のせいなわけですよ。「私はこんなにしおれているのに、どうしてパパは元気なのよ!」ってイライラしてたし、何より不思議でならなかった。

（中略）そのころ（筆者注：韓国留学中のころ）でした。生前の父親に対する「謎」が、スッと解けてきたんです。それは「血」ということ―。被差別的な立場にいた人たちの強靭さっていうのかなあ……一概には言えないけど。そして、手元にあるお金は、すべて使っちゃうという気前のよさ。しかも、自分が持っている気前以上の気前を見せようとしてしまうんですね。そう、「韓国人気質」、こうまとめると、私の中ですごく納得がいく。（『婦人公論』２００１年７月号、35～37頁）

１９９６年、祖母が死去。家のことは書かないでと遺言される。「私の話」の中では、次のように述べられている。

とにかく、祖母の危篤を聞いた私たちは、姉妹四人で病院を訪れた。（中略）そうして祖母は、私の手を握ったとき、「がんばるんだよ」と言ったあと、続けてこう言ったのだ。

「おばあちゃんのことは、もうよしとくれね」

頭を鈍器で殴られる感覚、というのはああいうものを言うのだと思う。（『私の話』１３８～１３９頁）

１９９７年、「君はこの国を好きか」（『新潮』１９９７年６月号）が第１１７回芥川賞候補になる。

２００４年４月11日、自死。死因は家族の配慮によって心不全と発表されたが、自殺であった。35

歳だった。パソコンには新作が書きはじめられていて、作家として行き詰っていたとは思われない。２０１７年の時点で、単行本38冊、文庫本36冊、翻訳９冊の著作があり、きわめて多作の小説家であった。

「ほんとうの夏」の主人公は大学生の新井俊之で、在日韓国人である。彼はガールフレンドの日本人・芳佳を車に乗せて走っている途中で追突事故を起こしてしまう。警官がやってくると、俊之は声を荒げて芳佳に現場から立ち去るように命じる。俊之の運転免許証には、朴俊成《パクチュンソン》という本名が記されているからだ。俊之は彼女に自分が在日であることをまだ知らせていなかった。芳佳は涙をどっと流しながら走り去って行った。

俊之は、本で読んだり親から聞かされたような差別を受けたことはなかった。朴俊成の韓国語の読み方さえ知らない在日三世である。しかし、俊之は実際に経験したことのない悪意や差別を、いつも想定して話を組み立てていくクセがあって、架空の敵におびえるみたいに、いつもビクついているところがあった。

運転免許を取るために、わざわざ遠いところの教習所に通ったのも、学校の友人たちに遭遇したくなかったからだ。教習所では戸籍上の名前が必要になるからで、心のどこかで韓国人であることを誰にも知られたくないと思っていたのである。

彼は芳佳との気まずくなった関係を、同い年の友人・崔順子《チェスンジャ》という在日三世に相談する。また、彼より六つ年上の従兄弟で、ニューヨークに留学中のヒロちゃんが、帰省中に会いに来てくれた。順子の後輩で延世大学に留学した信川秀明（ホ・スミョン）は、韓国人でありながら韓国語ができない悔しさから語学留学を決意したのだった。彼らは、在日韓国人であることの悩みを抱えながらも、おおらかにたくましく生きている。俊之はそんな彼らの姿に接するうちに、謝罪と仲直りをしようと芳佳に電話をかける。もし、俊之が在日であることを知って、芳佳が去って行っても、そんな人間ならば別れてもかまわないのだ。

「君はこの国を好きか」の在日三世・李雅美《イアミ》は、留学先のアメリカでハングル文字に魅せられ、韓国へ言語学を学びに行く。しかし、李良枝と同じように、身体感覚として韓国を好きになれず、自分の祖国として受け入れることができない。

韓国に留学した雅美は、「この国の人々のがさつさ、煩《うるさ》さ、図々しさに、慣れなくては慣れなくてはと自分自身に言い聞かせてもやはり慣れることができない」（『君はこの国を好きか』１５４頁）。「日本にいるときは韓国人であることを恥ずかしく思ったことなど一度もない自分が、自国にいてこんなに恥ずかしい思いをするのはどうしてなのか」（同前）と、肩身の狭い思いをしなければならなかった。

しかも、韓国社会の在日韓国人に対する目線はきびしい。それは「現在の韓国社会が一般的に持つ『海外僑胞』への視線は母国への純化を素朴に要求する小中華思想がその基本」（『君はこの国を好きか』崔洋一の解説、２５６頁）にあるからだ。

韓国のがさつな国民性になじめず、拒食症になって体重が激減（52kgから40kgを切る）してしまうのだが、傷心のまま日本にもどってしまう李良枝の「由熙」と違って、雅美は在日同胞の友人たちから励ましを受け、大学院へ進み、修士課程を無事終えて日本に帰ってくるのである。

「私の話」（２００２）は純私小説である。その中で祖母の思い出が語られる。祖母は１９４６年に離婚している。戦後の混乱期、夫に棄てられた祖母は担ぎ屋をしながら女手ひとつで子どもを育てた。「ケナリも花、サクラも花」に書いてあるように、祖母は平安北道の生まれで、ダイナミックで人並み外れたバイタリティーの持主だった。水商売で財を成した大酒飲みでもある。

祖母は自らの出自を隠しとおしてその一生を終えた。（中略）今になってよくよく考えればわずかな片鱗らしきもの——たとえば祖母が読み書きがほとんどできなかったこと、鮨を食べられなかったこと、少女のころの話を一切しなかったこと——の数々は見当たるが（中略）、祖母はその出自をひと滴たりとも匂わせなかった。（『私の話』88頁）

ところが、鷺沢萠は韓国に留学しているあいだに綴った本『ケナリも花、サクラも花』によって、祖母が一生をかけて隠し抜いたことを暴露してしまった。息子である鷺沢の父も知らなかった事実を。そのころの鷺沢はまだ若かったせいで、特に「暴露する」というような意識は持っていなかったのだが、振り返って考えれば、鷺沢は祖母が一生をかけて守ってきたものを、いとも簡単に崩壊させてしまったのだ。

私が犯してしまった罪を、何らかの形できっちり償うことは、きっともう不可能なのだ。もし万一私に「罪を償う方法」が残されているのだとしたら、それはおそらくこの自己嫌悪と罪悪感を一生持ち続けることだけなのだ、と。（『私の話』１４０頁）

鷺沢は川崎市桜本の在日多住地域にある福祉法人から講演の依頼を受ける。その縁があって、その福祉法人が運営する「識字学級」に共同学習者として週一回通うことになった。在日一世の中には、時代のせいで学校に行けず、読み書き（日本語も韓国語も）ができない人が多い。そうした人たちに、読み書きを教えるのが「識字学級」で、ボランティアが共同学習者としてともに勉強している。鷺沢が「識字学級」に通うのは、読み書きができなかった祖母に対して、それを知りながら何もしてあげられなかったからである。また、祖母の秘密を暴露してしまった罪悪感があったからでもある。

作品の最後の場面で、彼女は久しぶりに祖母の墓参りに行く。墓の手入れを終えて、花を添え、線香を立てた。そして、はじめて「ハルモニ……」と韓国語で話しかけた。その部分はハングル文字で書かれていて日本人には意味が分からない。けれどもその内容は、おそらく、祖母に対する心からのお詫びと、許しを請う言葉であろう。鷺沢は墓に語りかけながら、少しだが泣いてしまう。（ハングル文字を訳すると「おばあさん、ごめんなさい。許してくださいなんて、到底言えないけど…私…おばあさんを本当に愛していました。そして…そして、一度でいいから、おばあさんと朝鮮語で話したかった…。ごめんなさい、もう一度……」、筆者注：康潤伊氏の日本語訳を参考にさせてもらった）

鷺沢萠はクウォーターであり、国籍は日本である。在日の集住地域で生まれ育ったわけでもない。差別を受けたこともない。まるまる日本風の家庭で育ち、20歳になるまで自分のことを日本人だと思っていた。

彼女は次のように自分を定義している。

自分のような立場の人間が、いや、ぼかさずにいえば自分自身が「僑胞《キョッポ》」か、「僑胞ではないのか」ということについて、もの凄く考え抜いたことがある。韓国にいるあいだのことだ。

今のわたしの考えは、わたしのことを僑胞だと思う人にとっては僑胞だし、そうではないと思う人にとってはそうではないのだろう、くらいのものである。（『ケナリも花、サクラも花』156頁、筆者注：「僑胞」とは朝鮮半島以外のところに定住している在外朝鮮・韓国人の総称）

そんな彼女がなぜ「ほんとうの夏」「君はこの国を好きか」「葉桜の日」「ケナリも花、サクラも花」「私の話」など一連の在日朝鮮人をテーマにした作品を書くようになったのだろうか。

彼女は言葉としてのハングルに感電し、語学留学を決意した。クウォーターとはいえ、それほど「血が濃い」人だったということができる。彼女は、着々と祖母の祖国・韓国へ近づいていったのだった。さらに言えば、祖母が韓国の血を秘密にせざるを得なかった心の痛みを引き受けようとしたからであろう。

出生地ではなく血を重視する日本では、血＝民族＝国籍という論理がある。そういう意味では、彼女は純粋な日本人とは見做されない。そして現実に、ヘイトスピーチや住居差別があり、投票権が付与されず、外国人登録証制度などに見られる差別制度が存在する日本社会で生きようとする限り、彼女にとって避け難いテーマになったのは当然であろう。つまり、彼女をして在日のテーマを余儀なくさせたのは、日本の血統主義と差別構造だったといってよい。

在日文学は日本への帰化や同質化がすすむにつれ、いずれ消滅するだろうと言われている。しかし、鷺沢萠のたどった軌跡を見れば、日本社会に戦前から継承された差別構造が存続する限り、また、貧困やいわれなき差別による傷跡が残存する限り、在日文学はそう簡単には消えないことを示している。

民族運動との確執と絶望を描く

朴重鎬（パク・チュンホ　1935〜）

1935年、室蘭市で父・朴淳吉と母・金辰の次男として生まれる。
1945年、父が46歳で死亡
1951年、道立室蘭商業高校に入学
1954年、神戸市立外国語大学英文科に入学するが半年で中退
1956年、東京外国語大学イタリア語科に入学。三年生からはほとんどキャンパスに行かず、在日本朝鮮留学生同盟の活動に没頭する。
1960年、朝鮮総連に勤務。後に朝鮮新報社に入社
1963年、朝鮮通信社に入社

1972年、朝鮮通信社を退社。郷里に帰り家業（船舶関係）を手伝う。この頃から小説を書き始める。
1986年、「離別（イビョル）」で北海道新聞文学賞佳作
1987年、李恢成が主宰する在日文芸誌『民涛』の編集委員になる（～90年）。
1988年、『民涛』創刊号に掲載した「回帰」で第22回北海道新聞文学賞。受賞時の職業は「会社社長」
1990年、『澪木』（青弓社）を刊行
1992年、「はるかなるものへ」で平林記念賞（室蘭地方の文化や地方史研究を対象にした賞）
1995年、「埒外」で小谷剛文学賞佳作（全国の同人雑誌に発表された小説のうち、一年間を通じて最もすぐれたものに贈られる賞）。『消えた日々』（青弓社）を刊行
2002年、千葉県舟橋市に転居する。
2003年、『にっぽん村のヨプチョン』（御茶の水書房）を刊行

朴重鎬の代表作「回帰」は、作者が朝鮮総連の報道機関に在職したときの民族運動との確執と、帰国運動で「北」に帰国した者たちの哀れな末路を描いた作品である。時代設定は、1980年代の前半であろう。

主人公・金明秀《ミョンス》は、若い頃に朝鮮総連の組織に身を置いていた。明秀は「北」に対して、「かつては限りない憧憬と愛情を抱き、その国の制度と思想に心から賛同し、その党と政府が打ち出す路線と

政策を日本の地で具現しようと献身的に働いた者」(『〈在日〉文学全集』第12巻、273頁)の一人であった。

やがて組織内部で「思想事業」が精力的に行われるようになった。中央本部や傘下団体の一部の幹部に対して、組織をあげての批判が激しくなったのである。明秀の属する報道部門では、大会や集会を記事にするとき、「敬愛する首領、金日成元帥の肖像画が丁重に飾られていた」との表現が必ず必要とされた。それに異を唱える者は、組織に対する忠誠心を疑われたり、思想的に問題のある者とみなされた。明秀は心臓病にかかり、それを機にして職場を辞めることにした。

あれから約十年、留学生同盟で一緒に活動した仲間たちの大部分は組織を去っていた。何人かは祖国の社会主義建設に自らをささげるべく、勇躍東海《トンヘ》(日本海)を渡った。与えられた任務を日本で果たすためこの地に残った者たちの中で、ある者は「地方主義者」、「家族主義者」との批判に耐え切れず、また、ある者は指導部の官僚主義的体質、盲従的形式主義に愛層をつかしたと言って、他の者は健康を害したりして、組織を辞めていった。(同前281頁)

帰国運動(1959年から67年11月までに約8万8千人が「北」に移住した)が始まったとき、明秀も積極的に運動に取り組んだ。「〈才能と希望に応じて働き学ぶことのできる地上の楽園〉を信じて、明秀と妻は、日本に残って家族みんなで暮したいという義父を強引に説き伏せ、義弟と二人で帰国させた」(同前285頁)のだった。

しかし、「北」は「地上の楽園」ではなかった。帰国者は食うにこと欠くような生活を強いられていた。窮状を訴える帰国者に対して金銭はもちろん、電気製品、薬品、腕時計など様々な物品を送ることが同胞社会に拡がっていた。明秀の妻も、「北」で不足している品物を買い、それを弟に送っていた。

民族組織を辞めた明秀は、ふるさとの室蘭に帰り、家業の船舶清掃の会社を引き継いだ。貨物船の船倉を掃除する重労働の仕事である。海の仕事は辛くて危険だ。いきおい荒くれ者や流れ者が多く集まってくる。達と呼ばれる男もそうした一人だった。彼は妻（李玉順《オクスン》、日本名は藤本順子）を連れて室蘭にやってきて、明秀の会社の日雇い人夫になった。

横浜の朝鮮料理店の娘・玉順は、常連客であった達と知り合い、恋仲になった。達は荷役会社に勤めるまじめな社員で、会社でも人望を集めていた。ちょうどその頃、北朝鮮への帰国運動が始まったのである。虐げられた日本の生活を清算して、「北」で未来を拓こうと、玉順の一家全員も帰国することになった。玉順は、日本人の恋人といっしょに日本に残るなどとは口にできなかった。もしそんなことを話せば、父は烈火のごとく怒り狂うに違いないのである。

別れるしかないと諦めていた玉順だが、達もいっしょに「北」に行きたいと申し出た。二人は玉順の実家で、形ばかりの結婚式を挙げたのだが、玉順の両親も弟たちも、二人の結婚を祝福しているわけではなく、達に対してはよそよそしい態度であった。「北」でも日本人を歓迎するはずがなく、とうとう達は睡眠薬で自殺を図った。入院した達の看病で、玉順は帰国船に乗れず、そのまま日本に残ることになった。達は自殺未遂の後遺症からなかなか立ち直れず、職を転々として、室蘭まで流れてきたのだった。

玉順は、「北」へ行った弟たちに生活の援助をしている。弟たちの手紙には必ずと言っていいくらい、あれ送れこれ送れと書いてあり、この頃では日本円を送れと言ってくるときもある。玉順は、帰国運動で一家が「北」に行ったのは間違いだったと、ふと思ったりする。

玉順と同じように、明秀の妻も「北」へ行った弟に物品を援助しており、明秀は次のように言う。

あまり生活は楽でないようで、あれ送れこれ送れと手紙で言ってくるらしいです。私は知らんぷりしてますが、女房は私に内緒で時々何か送ってるみたいですよ。（同前２７２頁）

これは、北朝鮮の船舶に乗り込んでいる人民委員に対して言った言葉である。室蘭港にはちょくちょく北朝鮮の船舶が入港してくる。船が在港中、乗組員は上陸しない。「敵」からの「挑発」や「誘惑」に対して異常なほど警戒しているからだ。人民委員は、「わが国では、近代的装備を備えた大型貨物船が続々と進水しています」（同前２７０頁）と言うけれど、明秀はどうしても納得ができなかった。

この港に出入りする外国船、特に韓国の造船所で建造された大型貨物船に比べると、大きさや性能においてははるかに見劣りする。南北の造船技術の差を見た者にとっては、コミッサールの言葉は世間知らずの自慢話にしか聞こえない。独りよがりの自己満足は祖国の発展のために決してプ

ラスにならないはずだ。（同前271頁）

詰襟の人民服を着た人民委員は、悠々とした物腰で、溢れる自信と強固な意志を誇示しているように見えるが、船の装備や内部の様子、船員たちの身なりから、かなり遅れた生活水準を推測することができた。

以上のように、「回帰」が描いたものは、民族組織における教条主義や盲従主義であり、帰国運動の悲惨な末路である。そこには、「北」に対する幻滅と絶望がはっきりと示されている。これが、かつて民族組織の熱心な一員であった朴重鎬のたどり着いた結論であった。

姜信子（キョウ・ノブコ　1961〜）

「新たな共同性、命と命のつながり」を目指す

姜信子の父方の祖父・姜斗星《カンドゥソン》は、全羅北道長水郡幡岩面大論里水沢村の出身で、1931年に渡日、東京荒川区の三河島駅前で朝鮮料理店をはじめた。三河島は朝鮮人の多いまちである。

父・姜判権と母・郭寿蘭は1955年、お見合いで結婚した。父は中央大学法学部を卒業し、法曹界を目指していたが、朝鮮人に司法試験の受験資格はなかった。父は、横浜鶴見のパチンコ店と美容院を経営する祖父の手伝いをしていた。

姜信子は1961年6月2日、横浜で生まれた。その頃、パチンコ店は経営不振で撤退を余儀なくされた。姜信子が幼少の頃、父はスカーフを製造する有限会社竹田縫製を立ち上げた。縫製業が軌道に乗ると、父は金融業を始めた。しかし、1980年、金融の会社は億単位の負債を抱えて倒産し、家が差し押さえられた。母と二人の姉は、ほかほか弁当「きやり亭」を始め、父はひとりで縫製業に復帰した。

大学までは「竹田存子《のぶこ》」で通学したが、東大法学部に入学してからは姜信子《きょうのぶこ》を名乗った。朝鮮人としての民族意識からではなく、単に入学手続きで本名を書くことを要求されたからであった。本来の朝鮮語読みでは「カン・シンジャ」であるが、それからずっと「キョウ・ノブコ」で通している。これには理由がある。日本人に対して「キョウ・ノブコ」と名乗るとき、彼女は日本人でも韓国人でもない。どちらでもない在日韓国人としての姜信子を意味しているのだ。

1980年、大学に入学して本名を名乗るようになった彼女は、「在日韓国・朝鮮人問題に正面から取り組まなければいけないという若い使命感がメラメラと燃えあがった」(『ごく普通の在日韓国人』76頁)。弁護士になるつもりで法学部に入学したのだが、大学4年のときに新聞記者になろうと決めた。しかし、新聞業界でも在日朝鮮人の就職の壁は厚かった。結局、彼女は広告会社に就職した。

1985年9月、今村智と結婚し、熊本県に住む。

1987年、自分史『ごく普通の在日韓国人』を出版する。この本を書いたモチーフについて彼女は次のように述べている。

「民族」をよりどころにして闘うほかに、乗り越えの道はないのだろうか？「民族」を意識するようになって以来、そんな疑問が私の心を離れることはなかった。私には「民族」という枠は、ひどく閉鎖的かつ闘争的で息苦しいものに感じられてならなかったのだ。そのころの思いを、私は『ごく普通の在日韓国人』（朝日新聞社）と題した一冊の本にまとめている。それは、日本人でも韓国人でもない新しい存在として、在日韓国人をとらえてみようというものだった。

（『棄郷ノート』２５５頁）

『ごく普通の在日韓国人』は第2回ノンフィクション朝日ジャーナル賞を受賞したのだが、宗秋月からきびしい批判が寄せられた。33年後の２０１９年、姜信子は次のように述べている。

朝鮮の南北分断、大韓民国建国の闇に深く関わる最大の事件、「済州《チェジュ》４・３」（米国の傘の下、アカ狩りの名で繰り広げられた国家権力による島民大虐殺）の歴史も知らず、つまり「在日」の成り立ちの核心を知らず、日本で韓国人として生きることの理不尽に思い悩みながらも、「韓国人」であることの理不尽には思いが至ることのないまま、それゆえ自分のささやかな経験と知識と想像力を疑うことなく「在日韓国人」について語った若者の愚かさ。それを腹の底からまっすぐに叱りつけた宗秋月のその声は、今の私にとっては、在日文学の深みから放たれた、かけがえのない声のひとつにほかなりません。（『韓国・フェミニズム・日本』２０４頁）

1989年5月から1991年3月までの約2年間、夫の勤務先となった韓国の大田で暮す。
1999年、上海や満州へ旅行
2000年、『棄郷ノート』（熊本日日新聞文学賞）
2002年、『追放の高麗人』（地方出版文化功労賞）
2015年、『声　千年先に届くほどに』（第3回鉄犬ヘテロトピア文学賞）
2019年夏、東京から奈良に移住する。

在日韓国人三世として生まれた姜信子は、日本にも韓国にも自らの魂のよりどころを持たずに生きてきた。竹田存子と姜信子という二つの名前、二つのアイデンティティを一つの真なるものに浄化することに納得できず、むしろ一つにすることに違和感を持ったのである。

とにかく、「国家」とか「民族」（含む、「在日」）とか、あるいは教祖様のいる「宗教」とか、強力な求心力で人を括ってゆくすべての共同性から逃れること、二度とクソのような事態にのまれないこと、若き日の私にとっては、それがなにより大事でした。（『忘却の野に春を想う』59頁）

彼女の前の世代は、祖国や民族をよりどころとする生き方が一般的だった。朝鮮人としての誇りと民族意識をもつこと、けっして日本人に同化することなく朝鮮名を名乗って自らのアイデンティティを鮮明にすること、それが正しい在日朝鮮人の生き方だという暗黙のルールのようなものが在日社会にあった。しかし、在日三世の姜信子には、祖国や民族を精神のよりどころにすることは、もはや不可能だった。

日韓の文化的混血児である彼女は、「ともに純血志向の強い日本でも韓国でも不純な異物でしかない存在」（『日韓音楽ノート』10頁）だという自己認識があった。彼女が帰るべき場所は、故郷でも、祖国でも、ユートピアでも、始祖の生誕地でもなかった。そのような自分のことを、姜信子は「真の近代人」であると自己規定した。

私こそは真の近代人である、という自負がある。反骨がある。だって、移民、難民、植民地の民ほどすばらしく近代的な存在はないでしょう？ 風土からすっぽりまるごと切り離されて、社会の底辺にちりじりばらばらにばらまかれて、死ぬほど働いて、這いあがるために懸命に学んで、生き抜くためなら母語の痕跡も必死に消して立派な近代標準語の使い手にもなって、そうしてうっかり我を忘れたりして……、そんな私たちこそが真の近代人である（以下略、『忘却の野に春を想う』58頁）。

姜信子は、どこにも属さずに境界をゆきかう人になった。混血性を保持しつつ、どこかに安住することなく、海を越え、国境を越えて、新しい未来をめざす旅人になったのである。

民族とか国家とか宗教とかイデオロギーとかアイデンティティとか自分を縛るすべてを振りほどきたかった彼女は、日本や朝鮮からひたすら遠く離れる旅に出るようになる。「二〇〇〇年代には、日本や韓国の双子のようなナショナリズムとは異質の何かを求めて、旧ソ連のコリアン・ディアスポラを中央アジアの荒野に訪ね歩い」（同前98頁）たりしている。彼女は旅人となって上海、満州、ウズベキスタン、カザフスタン、ロシア極東、北コーカサス、サハリン、石垣島、台湾、韓国、ハワイへと歩き続けた。

彼女が探し求めたものは、「国家」や「民族」の名で囲い込まれたまやかしの共同性とは別の、「新たな共同性、命と命のつながり」（同前95頁）であった。彼女は旅の中で、２００２年夏、石垣島の三線おばあ、唄者たちと出会い、はじめて土俗のカミとカミの息づく風土を知った。芸能の場にはカミが宿り、「場の数だけカミがいて、それぞれの場にそれぞれの共同性が生まれいずるとすれば、それこそ一元的な権力や、人間をばらばらにする仕組みへの何よりも根源的な抗いとなるではないか……、だんだんとそういうことにも気づいていきました」（同前99頁）。

では、姜信子は具体的に何をはじめたのだろうか。

２０１２年秋、パンソリ（朝鮮の伝統民俗芸能で、歌い手と太鼓の奏者によって演じられる）の安聖民、浪曲の玉川奈々福とともに語りのユニット「かもめ組」を結成した姜信子は、新たな共同性とつながりの場をつくるため、歌と語りと音曲のさすらい芸能集団の一員として活動を開始した。２０２０年10月に書いた文章の中で、彼女は次のように述べている。

ここ数年、山伏と二人、「旅するカタリ」と称して、ささやかな「語りの場」を開く旅をしてきました。〈野生会議〉だの、〈アナーキーｉｎ水俣〉だの、瀬尾＆小森の二人組を招いて〈異人たちの宴〉だの、そのときどきでくるくる変わる看板を掲げては、このままでは断ち切られていくばかりの私たちが互いにつながり合うための「場」を開くことを企んだりもしました。（同前211頁、筆者註：「旅するカタリ」は姜信子と説経浄瑠璃師・渡部八太夫のユニット）

2020年5月からは関西を拠点とする遊芸集団「ピヨピヨ団」を結成して活動を展開している。安倍政権に抗議する意味で黄色いマスクを着用したので、ヒヨコのくちばしのようだったことからこの名称になったそうだ。中心メンバーは、「旅するカタリ」の姜信子と渡部八太夫、「ケセランばさらん音曲パラダイスショー」の太田てじょんと深田純子、「スペースふうら」の畑章夫と滝沢厚子の六名である。

植民地時代の記憶を再生し、後世に伝える

金在南（キム・ジェナム　1932〜）

金在南（本名・姜得遠《カンドグォン》）は1932年1月27日、全羅南道木浦《モクポ》市に父・姜徳仁《カントギン》、母・崔海南《チェヘナム》の三男として生まれた。

1948年、木浦高校に入学

1950年、6月、朝鮮戦争が勃発。金在南はパルチザンに連行され、父が地主だという理由で死

１９５２年、刑宣告を受ける。奇跡的に処刑を免れた金在南は、日本への密航を決心する。

6月、密航船に乗り、佐賀県伊万里近くの海岸に上陸した。慶応大学を卒業した兄が迎えに来てくれた。兄は東京朝鮮中高校の教師をしていたが収入はわずかだったので、医学部への進学を諦め、早稲田大学をめざす。受験には外国人登録証明書が必要であった。兄の知り合いの証明書をもらったが、この男の名前が「金在南」であった。これがペンネームとなった。

１９５３年、早稲田大学第一文学部露文科に入学
１９５７年、大阪朝鮮高校のロシア語、英語担当の教師になる。

１９５９年、在日朝鮮文学芸術家同盟に加盟。以後、朝鮮語で書いた小説を在日日刊新聞『朝鮮新報』などに発表する。

１９６５年、大阪外国語大学朝鮮語科の講師になる（～67年3月）。

１９８０年、在日団体「総連」を離れ、在日朝鮮文学芸術家同盟からも離れる。組織を離れたため発表の場がなくなり、以後、日本語で創作する。

１９９０年、韓国へ行くため「韓国籍」に切り替える。

１９９２年、『鳳仙花のうた』を河出書房新社から出版
１９９５年、京都学園大学の講師になる（～02年3月）。

戦時下の朝鮮を舞台にした「鳳仙花のうた」は、強制連行によって引き裂かれた若い男女の悲恋物

語である。朝鮮半島南西部にある木浦《モクポ》市の中学校に通う容太《ヨンテ》（17歳）が主人公である。夏休みで、木浦市から70㎞離れた故郷の村に帰った容太は、ソウルから引っ越してきたコップニ（17歳）という美しい娘と出会う。二人は恋に落ち、毎日のように逢瀬を重ね、ひと夏はたちまち過ぎ去っていった。美しい多島海を見渡せる海岸が二人の逢瀬の場所だった。きらめく海と、大小無数の島々は、メルヘンの世界を想わせる。

新学期がはじまり、容太は村を去り学校にもどった。11月の末のことだった。村の役人と日本人がやってきて、「女子報国隊」としてコップニを捕まえた。泣き叫ぶ彼女は無理矢理トラックに乗せられ連れて行かれた。「女子報国隊」とは従軍慰安婦のことで、南方の戦線に送られ、毎日20～25人の日本軍兵士の相手をさせられる。

コップニの家はソウル郊外の富農であったのだが、「土地調査事業」（１９１０～18）によって土地を日本人に奪われ、この村まで流れて来たのだった。村には他にも娘がいるのに、なぜコップニだけが連行されたのかと言えば、地元の娘を守るため、流れ者の家の娘が犠牲になったのである。

戦後、医師になった容太には無数の縁談が持ち込まれた。家柄も教養も容姿も申し分ない魅力的な女性ばかりであったが、容太はそのすべてを断ってきた。容太はコップニを忘れることができなかった。コップニは容太に、「いつまでも忘れないで、永遠に。あたしが先に死んでもよ……」と言った。二人の愛は、永遠でなければならなかった。今も容太はマンションで一人暮しを続けている。

二人が出会ってから約40年後、１９８３年1月、容太は空路で沖縄に向っていた。コップニと思われる元従軍慰安婦が、沖縄の具志川に住んでいるという情報を入手したからである。その女性は戦時中はフィリピンにいたそうだが、容太と同じ村の出身である。その女性がコップニであることはほぼ間違いないだろう。

題名の「鳳仙花のうた」は、日帝に抵抗する歌として朝鮮の人々に密かにうたい継がれてきた曲である。戦争中、この歌は禁止されていた。容太とコップニの、最後の逢瀬のとき、コップニは自分の人生を予言するかのように「鳳仙花の歌」を歌ったのだった。

垣根の下に咲く鳳仙花よ
　汝が姿あわれなり
いと長き夏の日に　美しく咲ける頃
　愛しき乙女ら　汝を愛で遊べり
いつしか夏の日過ぎ　秋風さわさわ吹ける頃
　美しき花々　ことごとく踏みにじられ
花びら　りょうりょうと散れり
　汝が姿あわれなり

（『〈在日〉文学全集』第13巻、362頁）

「暗やみの夕顔」（『民涛』7号、1989年6月）は、韓国の被爆者を描いた作品である。

原爆投下は、広島・長崎にいた朝鮮出身の人々にも甚大な被害をもたらした。韓国政府によれば、強制動員などで日本へ渡った朝鮮半島出身者とその家族の7万人が被爆し、そのうち4万人が死亡した。韓国内の彼らは被爆の補償対象とはされず、被爆者への差別も甚だしかった。

この小説は、長崎で被爆した朝鮮人一家のその後の辛苦の生活を描いたものだ。日本に連行された夫は、徴用工として長崎の兵器工場で働いていた。玄界灘を渡って夫に面会に行った妻（25歳）と娘（6歳）は、8月9日被爆した。被爆後、朝鮮に帰った夫は後遺症に苦しみながら15年後に死んだ。幼い娘は長崎で閃光を見てから以後、光に怯えるようになり、暗い押し入れの中に閉じこもって生活するようになった。言葉も忘れ、ものを言えなくなってしまった。その姿は、次のように描写されている。

悪臭ただよう檻のような押し入れ。その暗やみの中で洗熊のように動きまわる娘……。竹片のように痩せ細った手脚。大きく見開いた輝くような黒い瞳。断髪の、あどけない幼女のような表情。けものの鳴き声のような奇妙な声……。（『コレクション戦争と文学19』558頁）

夫の死後、妻は娘を連れて村を出た。食べていくために都会に出て働かねばならなかった。母子はソウル、大田《テジョン》、大邱《テグ》とながれ、釜山へやって来たのだった。被爆後20年が経ち、妻は45歳、娘は26歳になった。長屋に引っ越してきた母子の隣に住んでいたのが、若い新聞記者・趙英植《チョヨンシク》であった。彼は、原爆後遺症に苦しみながら必死に生きている母子の姿を知り、ショックを受ける。彼は、韓国にいる被爆者たちの実態調査と、原爆症に対する世間の理解を広めるためのキャンペーンを上司に提案する。上司は良い企画だと言って初めは賛成したものの、日が経つにつれ、あいまいな態度に変っていった。在韓の被爆者の存在と、その苦しい生活を描いた金在南の「暗やみの夕顔」は、注目すべき貴重な作品と言わねばならない。言うまでもなく、「暗やみの夕顔」とは、暗い押し入れの中で暮す26歳の娘のことである。

第五章

90年代に登場した作家たち

在日朝鮮人文学に新しい歴史小説の分野を開拓した

金重明（キム・チュンミョン　1956～）

金重明（本名）は1956年2月11日、東京に生まれた。以下は主な略歴である。

1974年、都立墨田川高校卒業
1975年、東大文科Ⅲ類に入学
1977年、東大教養課程中退、大阪外国語大学朝鮮語学科入学
1979年、大阪外国語大学除籍
1990年、『幻の大国手』（新幹社）を出版。『ほるもん文化』編集委員になる。
1994年、韓国へ遊学（～96年末）。『済州島四・三事件』の翻訳を行う。
1997年、『算学武芸帳』で第8回朝日新人文学賞
1999年、『戊辰算学戦記』（朝日新聞社）を出版
2000年、『皐の民』（講談社）を出版
2003年、『巨海に出んと欲す』（講談社）を出版
2005年、『抗蒙の丘　三別抄耽羅戦記』で第30回歴史文学賞
2013年、『物語　朝鮮王朝の滅亡』（岩波新書）を出版

２０１４年、『13歳の娘に語るガロアの数学』で２０１４年度日本数学会出版賞
２０１８年、『ガロアの論文を読んでみた』（岩波書店）を出版

金重明は長編『幻の大国手』でデビューした。朝鮮のチャンギ（将棋）と日本の将棋を題材にした小説である。彼の代表作を上げるならば、『皐の民』であろう。この長編は、九世紀前半の東アジア（唐、新羅、日本）を舞台にした壮大な歴史ロマンである。円仁《えんにん》や張保皐《ちょうほこう》など歴史上実在した人物が多数登場する。『三国史記』『三国遺事』『続日本後記』『新唐書』巻二二〇・新羅伝などの歴史書をもとに執筆されている。

最澄の弟子である円仁（７９４～８６４）は、最後の遺唐使として留学（８３８～８４７）した僧で、天台密教を究めるため九年と六か月間、五台山や長安で修養に励んだ。その記録は、『入唐求法巡礼行記』としてまとめられている。８４７年、日本に帰った円仁は、天皇をはじめ貴族、高官から絶大な信頼を得、文字通り日本仏教界の第一人者となった。８５４年、61歳のとき、第三代延暦寺座主に任命されている。円仁の野望は、真言密教を打ち立てた空海（７７４～８３５）を乗り越えることだった。

中国に渡った円仁の修学や通行の便宜を図ってくれたのが、皐民《こうみん》と呼ばれる人々であった。彼らは中国の揚子江から山東半島にかけての沿岸部に住み、海運や交易を業としていた。もともとは朝鮮半島南部の多島海の出身であり、小説の中では次のように説明されている。

百済、高句麗を滅ぼし、朝鮮半島を統一した新羅は、鶏林を都として、華麗なる律令国家を築き上げた。そして新羅王朝は、朝鮮半島南部の海人を、海島人《かいとうじん》と呼んで賤視《せんし》した。海島人の大半は、かつての百済の領民であった。大陸では、これらの海人はいつしか皐民と呼ばれるようになった。『皐』には水際、水辺の地という意味がある。（『皐の民』75頁）

この海島人の力をひとつに結集したのが張保皐（790頃〜841）だった。張保皐は、新羅の西南端にある小島・莞島《かんとう》の生まれである。張保皐は、莞島に商館を築き、そこを青海鎮と名付け、みずから青海鎮大使を名乗った。彼の商船は、唐の広州、山東半島、新羅、日本の博多、能登半島、十三湊《とさみなと》（津軽半島）は言うに及ばず、大食（アラビア）、獅子国（スリランカ）、波斯（ペルシャ）へと海のシルクロードと結んでいた。張保皐は海上交易で巨万の富を築き、それは新羅王朝を凌ぐほどであった。海商だからといって軍事力を持たないわけにはいかない。制海権を保持するために、戦船と兵をもっていた。彼は、東アジアに海の王国を築いたのである。しかし、張保皐は新羅王権をめぐって権謀術数に明け暮れる王族たちの政争に巻き込まれ、裏切った部下に暗殺され、海の王国は忽然とその姿を歴史から消していった。

金重明の本領は、骨太で重厚長大な歴史小説にある。『巨海に出んと欲す』（2003）は、「ヤマト」に対抗する瀬戸内海の海賊・藤原純友と耽羅（済州島）の協力関係に着目した作品である。『抗蒙の丘三別抄耽羅戦記』（2006）は、蒙古襲来を迎え撃った済州島の戦いを描いている。金重明のこれらの長編は、在日朝鮮人文学に新しい歴史小説の分野を開拓したといってよい。

国籍や民族を超えた人間としての普遍的な生き方の探求

深沢夏衣（ふかさわ・かい　１９４３～２０１４）

深沢夏衣（戸籍名は山口文子）は新潟県出雲崎町に、父・山口善吉（裵文甲）、母・吉子（権斗楼）の次女として生まれた。父は釜山の出身で、１９２４年、22歳で渡日。母は慶尚南道の出身で１９２７年、結婚のため17歳で渡日した。

１９５９年、県立柏崎常盤高校に入学。６月、家族は日本国籍を取得した。法政大学社会学部中退。出版社などに勤務したこともあるが、校正などフリーランスの生活が長く、『朝日ジャーナル』で１年半ほど書評を担当したことがある。また、在日問題を扱う雑誌『季刊まだん』（１９７３～75）や『季刊ちゃんそり』（１９７９～81）の編集者の経歴をもつ。在日女性のための文芸誌『地に舟をこげ』（在日女性文芸協会発行、２００６～12）の編集委員であった。

解放後、在日朝鮮人文学は男性作家たちによって形成されてきた。そうした中で宗秋月は『宗秋月詩集』（１９７１）を出版し、女性作家のさきがけとなった。80年代になると鷺沢萠が「川べりの道」（１９８７）で第64回文學界新人賞を受賞し、李良枝が「由熙」（１９８８）で第１００回芥川賞を受賞、ようやく本格的に女性作家が登場するようになった。

日本の文学界では90年代から女性作家が活躍するようになるのだが、これは社会の経済的安定がもたらしたものである。在日社会でも同じように、生活基盤の安定にともなって、女性の教育機会や社会参加が進展し、意識変革もすすんだ。90年代になると姜信子《きょうのぶこ》、柳美里、金真須美《きんますみ》らの女性作家が続々と登場した。深沢夏衣もそうした女性作家のひとりである。

礒貝治良はこれら新しく登場した女性作家たちの特質について、「女性作家・詩人たちは、民族的イデオロギーであれ政治的イデオロギーであれ、イデオロギーや理念から離陸して出発した」（『〈在日〉文学の変容と継承』40頁）と述べている。ではなぜ、女性作家たちはイデオロギーや理念から離陸できたのだろうか、と問うた礒貝治良は続けて次のように述べる。

> さまざまな理由のなかで、女性の文学を支える創造感性、生活感覚、生意識などの特質が考えられる。いずれにしても、在日朝鮮人文学における女性文学は、家族・私・性をめぐる〈自我〉の確認と自己表出によって出発し、成立した、と概括できるだろう。（同前41頁）

深沢夏衣は１９４３年生まれなので、出生世代から言えば在日二世であるが、デビューが92年であり、その文学の特質からも第三世代の作家に属するといってよい。ここで言う第三世代とは、出生時期のことではなく文学世代を指す。礒貝治良は『〈在日〉文学の変容と継承』の中で、１９４５年～60年代前半を第一世代、60年代後半～80年代を第二世代、90年代以降を第三世代の文学と区分している。一方、川村湊は『戦後文学を問う』の中で、戦中から戦後にかけて文学活動を行った者を第一世代、60年代と70年代に登場した者を第二世代、80年代以降を第三世代に分類している。

深沢夏衣は、デビュー作「夜の子供」（『新日本文学』1992年春号）で第23回新日本文学賞特別賞を受賞した。この作品は、「祖国」「民族」といったイデオロギーと、「私」「個人」とをめぐる葛藤を描いて、帰化者としての生き方を追求した作品である。

主人公の葉山明子（28歳独身、朝鮮名ペ・ミョンジャ）は、在日二世で日本国籍を持つ帰化者である。明子は、在日朝鮮人が発行する季刊雑誌〈ぱらむ〉の編集責任者になった。「ぱらむ」は朝鮮語で「風」という意味である。〈ぱらむ〉のモデルは、『季刊まだん』であろう。『季刊まだん』も在日朝鮮人向けに発行された雑誌で、73年から75年まで発行され、6号で終刊している。深沢夏衣はこの季刊誌の編集者をしていた。時代設定は金大中事件（1973年）や民青学連事件（1974年）のあった後の75年頃である。

季刊雑誌〈ぱらむ〉は、南北の不毛なイデオロギー対立を避け、無党派の立場から、在日同胞全体に共通する様々な問題を取り扱う生活総合誌である。南（大韓民国）でも、北（朝鮮民主主義人民共和国）でもなく中立であることを本旨としている。しかし、こうした中間的な立場は、民族にとって重要な問題をあいまいにするものだとして批判される時代であった。そうした批判は初めから覚悟して発行しなければならなかった。

明子の家は彼女が中学二年のとき、家族全員で帰化したのだが、帰化者に対する烙印を彼女は拒否し続けていた。

帰化者が在日朝鮮人社会でどんな扱われ方をしているか知っているために、彼女はどうしても彼らのわかり方で自分を理解されたくなかった。日本にひざまずいた弱い者・民族の背信者・帰化したことを悔やんでいる者・日本人になった者――そんな彼らのなじんだ了解に屈したくなかった。帰化が後悔すべきことであるのかないのか、民族への背信行為であるのかないのか、帰化しても朝鮮人であるのかないのか、帰化後は日本人であるから日本人として生きるべきなのか、それは他者が決めるのではなく私が決めることなのだ、と明子は考えていた。（『夜の子供』35頁）

明子が思い出すのは、帰化者なるが故の苦悩で焼身自殺したＹ・Ｍのことだ。Ｙ・Ｍは早稲田大学の学生・山村政明（梁政明）のことである。彼の両親は子どもの将来、進学や就職、結婚などの不利を免れるために帰化を選択した。Ｙ・Ｍは民族の一員として生きたいと願ったが、在日同胞からは「ウラギリモノ」として拒絶され、１９７０年10月、自殺に追い込まれたのだった。

作中人物のひとりが、帰化者について次のように述べる場面がある。

たとえば俺たちには四等までの身分制度がある。一等は民族的主体性をしっかり持っている主義者で、もちろん朝鮮語のできるやつ、二等は主体性はあるけど朝鮮語ができないやつ、三等はそのどっちも欠落しているが、国籍をちゃんとしているやつ、四等は帰化したやつ、という具合にね。（中略）日本人から見れば、一等も四等もくそもない、みんなただの朝鮮人なのに……（『夜の子供』92～93頁）

つまり、在日社会において帰化者は「四等朝鮮人」であり、民族の背信者として非難される存在なのである。当時、帰化することは、否定的に非道徳的に捉えられていたのである。このように在日社会には分断と対立があり、相互にいがみ合い、傷つけ合っていた。葉山明子は在日朝鮮人としての苦悩のうえに、在日社会内部においても、帰化者としての苦悩という二重の苦しみを背負っていたのである。

浪人生パク・スンジャ（中山順子）も、帰化者として苦しむ在日二世である。彼女は高校二年まで、自分の父母が朝鮮人であることを知らなかった。スンジャは深夜、酒に酔って葉山明子に電話をかけてきた。

「あたしの顔、とても汚いの。見るのも嫌なの。だから別の顔になりたくて、すっごく濃く化粧してね、アイライン狸みたいにつけて口紅真っ赤に塗って鏡に映してみたら、もうひどく醜くて……。

それで、ぺっと鏡のあたしにツバ吐きかけてやったわ。あたし汚いでしょ?」（『夜の子供』68頁）

「汚い」というのは、日本人が持つ朝鮮人に対するイメージで、日本人として生きてきたスンジャが自然に身に付けた感情であり、差別意識であった。そのスンジャは自分が朝鮮人であることを知ると、「汚い」という言葉を、自分自身にたたきつけたのである。スンジャは荒廃した生活から抜け出し、劣等感と屈辱感から脱出するために、大阪の猪飼野へ行き、ヘップ工場で働きながら、同胞たちと苦楽を共にして生きてみようと決める。猪飼野は、貧困と差別に耐えながらもたくましく生きる朝鮮人の街である。

Y・Mの両親は、子どもが不利にならぬよう帰化を選択した。そんな理由で祖国を捨てた両親をY・Mは容認できなかった。スンジャも、子どもにさえ朝鮮人であることを隠し続けた両親を許すことができなかった。しかし、明子は帰化した両親を責めたり、非難することはしない。親を恨むスンジャに対して明子は次のように言う。

親だって帰化したくてしたわけじゃないと思うの。喜んで帰化したわけではないと思うの。どうしようもない事情があったのよ。その事情を誰も責められないわ。たとえ子供であっても、ね。（『夜の子供』72頁）

明子にとって帰化は「仕方のないことだった」（同前71頁）のであり、それが「自分の運命なのだろう」（同前70頁）と思っている。そして、「祖国」とか「民族」とかの政治的なコトバに拒否感を覚える明子は、自己防衛のため日本人からも朝鮮人からも一定の距離を置いて、自閉的な、ある種の「諦念」のような境地で生活を送っている。

実は、明子も学生時代、Y・Mやスンジャと同じように帰化の問題で苦しんだ。自虐と苦痛で衰弱した彼女は三か月の入院生活を余儀なくされたが、彼女の到達した結論は、「自分の決めたとおりに、自分の思うように生きていったらいい」（同前72頁）というものであった。これは、国籍や民族を超えた人間としての普遍的な生き方の探求といってよいだろう。
　この作品は、帰化の問題をめぐって、在日社会における寸断と対立の状況を描いており、そのあり方を批判的に見つめたものといってよい。帰化者の心理と苦しみ、自立した生き方の希求を描いた点で特筆に値する作品である。それまでの在日朝鮮人文学では、「帰化」をテーマにした小説はほとんどなかった。そういう意味で、『夜の子供』は、松本富生の「蛇尾川」（『群像』1989年3月号）と並んで、「帰化」という主題に取り組んだ数少ない作品例である。作者自身は、執筆の動機について次のように述べている。

　私は初めて書いた小説『夜の子供』で、葉山明子という「帰化」した女性を主人公に置いた。それはなにも「帰化」二世の苦悩を描くことが目的ではない。日本社会の傍流である在日社会、その在日社会で信じられている生き方や価値観をほんの少し揺るがしてみたかった。そのためには、在日社会のさらなる傍流である「帰化者」の視点を借りる必要があったからである。（『深沢夏衣作品集』462頁）

　李良枝（1955〜92）も帰化した在日二世であるが、彼女の場合は、韓国に留学し、韓国文学と韓国舞踊を専攻し、民族的アイデンティティを追求した。しかし、深沢夏衣は既成の民族意識を持たず、理念やイデオロギーの優位性も認めようとしなかった。そこが、第三世代の特質といってよい。

「パルチャ打鈴《タリヨン》」（『群像』１９９８年9月号）は、北への帰国運動をテーマにした作品である。「パルチャ」とは運命のことで、「打鈴」とは嘆き語るという意味だ。帰国運動とは、１９５９年から始まった朝鮮民主主義人民共和国への帰国で、日本でのきびしい差別と貧困から逃れようと、１９６７年までに約８万８千人が帰国した。

在日二世の主人公・沢木信子（48歳独身）には、福子という従姉がいる。福子の兄アスオは１９６０年、「地上の楽園」と言われていた北朝鮮に帰国した。彼は炭鉱労働者になってよく働いたが、貧乏暮しのままで、しかも肝臓を悪くしている。彼は、日本に残った妹の福子に金や薬を無心している。送られてきたアスオの写真を見ると、58歳とは思えないほどおそろしく老けており、眼は落ちくぼみ、あまりの変わりように信子は言葉も出なかった。

信子のアパートに突然、アスオの妻から電話があり、50万円送金して欲しいと言われる。新潟港で別れてすでに32年の空白があったにもかかわらず、相手の安否を気遣う言葉もなく、いきなりの無心であった。信子はとりあえず肝臓の薬を購入して送ることにしたが、それ以上の援助をする余裕も気持ちもなかった。一度送金したら、今後、幾度となく要求されるようになるからだ。帰国者の悲惨な生活ぶりを伝え、北朝鮮への帰国運動とは何だったのかを問い直す作品である。

ひっそりと生きる者たちの小さな声

金蒼生（キム・チャンセン　１９５１〜）

金蒼生は１９５１年12月17日、大阪生野区の猪飼野で父・金甲弘、母・成鳳香の十一番目の子として生まれる。作者自身が主人公と思われる「赤い実」（在日文芸誌『民涛』３号、１９８８年）では、自分の出生について次のように書かれている。

両親は子どもをゾロゾロと産んだので、末っ子の自分にはあれこれ字画を数えたり、名まえに親の願いをこめたりするのが面倒だったのだ。私は望まれて産まれた子ではなかった、そう考えると、いつでも眼に涙がうかんだ。（『〈在日〉文学全集』第10巻、３４９頁）

１９６６年（14歳）、父が病気のため65歳で死去。「ピクニック」（『金蒼生作品集　赤い実』所収）では、葬式の日、小学五年の主人公は葬礼用のチマチョゴリを着せられた。

何しろ、お葬式のときのあの姿を見られたのだ。わたしは初恋をあきらめ、目立たず、でしゃばらず、その他大勢でいようと心に決めた。間違っても、六年になったら学級委員に立候補しようなどとは思わないことだ、と言い聞かせた。小学生にも現実はある。『特別』であることは、

いじめの格好の的なのだ。(同前409頁)

1967年(15歳)、中学校卒業後、工場勤務をしながら定時制高校に通うが、体調を崩して退学
1968年(16歳)、大阪朝鮮高等学校に編入し、朝刊配達をしながら通う。
1970年、卒業後、朝鮮総連泉州南支部に派遣され、同胞子弟のための「午後夜間学校」の講師になる。
1972年、給料の遅配が続き、民族組織をやめる。大阪文学学校夜間部に半年ほど通う。
1973年(22歳)、結婚する。
1979年(28歳)、離婚
1981年(30歳)、再婚。母子家庭が一挙に五人家族になる。
1982年、散文集『わたしの猪飼野――在日二世にとっての祖国と異国』(風媒社)を出版
1995年、『金蒼生作品集 赤い実』(行路社)を出版
1999年、『イカイノ発コリアン歌留多』(新幹社)を出版
2005年、済州島四・三事件を主題にした戯曲『孤島の黎明』が劇団「タルオルム」によって舞台化される。
2010年10月、済州島に移住
2017年、『済州島で暮らせば』(新幹社)を出版
2020年、『風の声』(新幹社)を出版

金蒼生の小説には、社会通念に振りまわされることなく、女性として自立を求める生き方が描かれている。そこには、自分に対する妥協のない生き方と、社会に対する対決の姿勢が見られる。そうした生き方をもっとも切実に描いているのが「赤い実」であろう。

「赤い実」の主人公・玉女《オンニョ》は、朝鮮学校一年の娘・真亜《チナ》と賃貸アパートで暮している。一年前に離婚し、喫茶店で働いている。玉女が見合いをしてわずか三か月足らずで結婚式を挙げたのは、双方の肉親たちの強いすすめによるものだった。玉女は20歳、夫の良浩は28歳であった。彼女には年老いた母がいて、自分にできる最後の親孝行は、花嫁姿を母に見てもらうことだと固く信じていた。

玉女は女の子を産んだ。しかし、いつまで待っても次の子が産まれないので、姑は巫女を呼んで神事を執り行った。玉女は夫に隠れて密かにピルを服用していた。

朝鮮の嫁としては、跡継ぎを産むのは当然のことなのかもしれない。けれど、そのまえに玉女は自分がしなければならないことがあるような気がしていた。それが何であるのか、玉女自身にもわかっていなかった。けれど、それが何であるのかを知るために、もう少し自分の時間はそのことに割かれなければならないのはわかっていた。（同前352頁）

そんな玉女の内面を夫は理解しようとしないばかりか、「俺は哲学する女はいらん」「女は最初が肝腎や。最初に一発かましとくんや」「嫁はんの子宮も管理しきらん男が亭主といえるんか」などと言い放つ。封建的で、暴力的な夫との営みで溶け合うことはなかった。満たされない結婚生活が続き、もう何ひとつ産み出すものはない段階に入って行った。

身体が冷えきっていた。玉女はセーターの裾から両手を差し入れて、自分の胸をまさぐった。乳首までも冷たかった。〈熱い掌が欲しい。誰か、その指で、その身体で、私の不安を怖れを鎮めて欲しい。私がここにいることを、私が健康で焼けつくような欲望をもっていることを誰か、私に教えて欲しい。こんなふうに。こんなふうに〉凍てついていた血がゆっくりと溶けはじめた。指の動きにつれ、それは熱い流れとなって全身をめぐった。瞼の裏に朱が走った。ああ、と玉女は呻いた。（同前356頁）

夫の良浩は、母子家庭で育った一人っ子であった。良浩の父は、よそに女をつくって家から出て行った。良浩の母は麦飯《ポリパップ》に味噌《テンジャン》だけで暮し、一生懸命に働いて息子を育てた。七十近い今も工場で働きながら、孫におもちゃや小遣いを与えることを唯一の楽しみにしている。姑の願いは、息子夫婦が仲良く暮すことと、跡継ぎの男児が生まれることだけだった。姑は、孫娘の1歳の誕生日のとき、次のように神に祈った。

……この子が丈夫に育つよう、どうぞ見守って下さいませ。山神さまに七星さま、御先祖さまに竈の神さま、この老いぼれの命と引きかえにどうぞ、この家を守る男の孫をお授け下さいませ

……（同前362頁）

玉女は同じ在日の女性として、辛酸を嘗めてきた姑の人生に、心を寄せずにはいられなかった。姑のためにも結婚生活をやり直そうと考えたときもあった。しかし、玉女は離婚を決め、アルバムから夫と姑の写真をはがして燃やした。在日社会に根強く残存する因習や慣行から訣別し、自立した生と性を希求する、大きな人生の区切りの場面である。

自分を育てた日本という国に母親像を託した
金真須美（きん・ますみ　1961～）

金真須美は1961年、京都市で父・原寛（梁元福）と母・富子（朴玟秀）の長女として生まれた。父母は在日二世である。父の事業が飛躍的に発展し、かなり裕福な環境の中で育った。中学校へは運転手付きのキャデラックで通学した。在日作家の多くは貧困を経験しているが、彼女にそのような体験はない。ノートルダム女学院中学から同高校、ノートルダム女子大学英文科にすすむ。同志社大学の学生劇団に入部し、将来は役者になろうと思い描く。

1987年、上京して出向社員をしながら、小さな劇団「桜会」でシェークスピア演劇を学ぶ。舞

台に立ったこともある。翌年、帰郷
1988年、済州島出身の医師と見合い結婚をする。一男一女をもうける。
1994年、「贋ダイヤを弔う」で第12回大阪女性文芸賞を受賞
1995年、「メソッド」で第32回文藝賞優秀賞を受賞
1997年、「燃える草家」（『新潮』12月号）
2001年、「羅聖の空」（『新潮』3月号）
2006年、藤本義一の心斎橋大学の講師として、小説講座を担当する。自作の朗読コンサートや講演会を続ける。

「メソッド」は、金真須美が上京して劇団に入ったときの経験をもとにした作品である。家出をして役者を目指す金村成人（キム・ソンイン、21歳）と、その姉・未知（25歳）の語りが交互に出てくるパラレルワールドの形式になっている。姉弟は在日三世で、民族の血統を絶対視する父との確執がテーマになっている。時代設定は、阪神・淡路大震災のあった1995年頃である。

弟・成人は、父の経営する会社の後継者として期待されていたが、彼は家出をして、東京の劇団に入り、役者を目指している。成人は日本で生まれ、日本の教育を受け、日本社会の中で育った。言葉も意識も日本人と同じである。

成人は小学生のとき、「やい、カナムラのチョウセン」とクラス仲間たちにからかわれたことがあった。彼らの目と口調は、はっきりと「チョウセン」が恥ずべき、負い目のあることを示していた。

成人は叔父に、「今日、学校でチョウセンて言われた。叔父さん、僕本当にそうなの」と聞いた。叔父は、「砂糖と塩は見ためは同じや、けど砂糖は甘い、塩は辛いな。中身は違う」「成人は塩なんや。塩は砂糖にはなれん。そういうことや。神様は残酷な運命を我らに与えたゆうことやな」(「メソッド」『〈在日〉文学全集』第14巻、205頁)と答えた。成人は、言いようのない恐怖に襲われた。

(前略)絶対に僕達塩は砂糖にはなれないという言葉。僕は、深い、深い恐怖の為に言葉をなくし、大きな穴に、一番親しい人間の手で突き落とされるような痛みを感じた。宇宙の果てに自分一人が追いやられるような感覚を伴った恐怖だった。(同前206頁)

成人は自分の出自を隠し、日本人として生きて行くようになる。韓国式の祭祀や朝鮮の食文化を受け入れることはできない。成人が、口に入れたキムチを吐き出すのは、そのためである。成人は、いつしか「金村成人」という日本人名を脱ぎ捨てることができなくなっていた。

僕達にとって通名は生まれた時から着せられたレインコートのようなものだ。これがあれば便利に雨風がしのげるし、一応はこの国の人間と同じように生活していられるからと親から無言で渡された隠れ蓑。(同前223頁)

劇団の演出家Rは、メソッド演劇の理論で役者を訓練する。日常生活で人間が抑圧している自意識の壁がこの訓練によって解き放たれるのである。役者は、見たくない、知りたくない自分の深層心理に気づくことができる。Rは、へたな精神分析医よりも確かな分析をする能力があった。

成人の演技に愛想を尽かしたRは、二週間の謹慎を命じる。成人はハムレット公演で何の役も与えられず、プロンプター（舞台の陰にいて、俳優がせりふをつかえたりしたときに、小声で教える役）をさせられることになった。

Rは、何の理由で東京に出て来たのか、という内面のテーマを探れと成人に言う。成人は芝居をやりたいのに、封建時代の、旧石器時代の権化のような父親が家を継げと抑圧してきたから、と答えるが、Rはそれはうわっつらの答えだと言った。

成人には二度と思い出したくない体験があった。大学時代、成人にSという親友がいた。Sは付き合っていた恋人が朝鮮人であることを知り、「欺かれたんやな」「なんで、初めから、その名前にしとかへんのかな。看板に偽りありやな」（同前227頁）と言った。成人が結婚しないのかと聞くと、「俺んちはチョンと結婚を許す程落ちぶれてやしないぜ」（同前228頁）と答えた。成人はSの朝鮮人に対する偏見に衝撃を受けるが、そのとき成人は、自分の出自を告白することはできなかった。

成人が東京に出て来たのは、誰も自分のことを知らない町に来たかったからだ。逃避こそ成人の根源にある意識であった。それに気づいた成人は、Rに「キム・ソンイン」という本名を名乗ることを告げる。Rは頷いて言った。「まずあるがままの自分を認める。自分を否定しているような人間はろくな役者になれない。まず自分を受け入れることから始めることだな」（同前229頁）。

「名前を変えてみてあなたはどうなの、何か変わった」と同僚から問われた成人は、「正直なところ、居心地悪いな」と答える。成人にとって、確かにルーツは朝鮮だが、身に付けた言葉や文化から言えば朝鮮人ではないからだ。そこで同僚は、名字は朝鮮式に「キム」とし、名前は日本名の「セイジン」のままにしたらどうかと提案する。

成人は「あいまいだな」と言うが、同僚は「そうかしら、二つの国が生んだ名前と思えばいいじゃないの。ハーフ、ジャナイノヨ、ダブルノ、イミヨ」（同前237頁）と答える。

これまでの在日文学では、通名を捨て本名を名乗ることで民族的主体性を回復するケースや、深沢夏衣のように朝鮮でも日本でもない「個」としての生き方が追求され、「ダブル」として在日を生きるという発想はなかった。在日三世ならではの感覚といってよい。

一方、姉の未知は毎週のように見合いをさせられていた。もちろん、相手はすべて同胞青年である。見合いの席で、彼女は同胞青年と日本人との違いを見つけることができない。

でも、彼らはみんな血の証明なんてしなかった。日本人と同じ言葉で思考し、同じものを食べ、この土壌で培われた私達の血の成分は、もう祖父母達、一世のものとは異なるのよ。彼らと私達の間にもし共通の意識があったとしたら、それは血というより同じ矛盾を抱えて生きてきたという同族意識だわ（同前192頁）

なぜ父は同族結婚しか認めないのだろうか。祖父は強制連行され、日本で鉱夫にされた。父は土木作業員から身を起こし、一代で財を成した。日本でのきびしい抑圧と差別の体験は、日本人に対して激しい憎悪をかきたてた。父は反日感情だけをバネにして生きてきたのだ。その憎悪から父は子どもに同族結婚しか認めない。もし娘が日本人と結婚すれば、相手と娘を殺し、自分も自殺すると言う。それはただの脅し文句ではなかった。4年前、娘が結婚したいと言った日本人青年を父は強打した。相手の両親は告訴すると言ったが、彼が説得してくれたのだった。結局、結婚をあきらめて彼とは別れた。それ以来、父とはほとんど口をきいていない。はじめての恋愛を打ち砕かれた未知は、父を憎悪し、復讐を企てる。

彼女には新しい日本人の恋人がいる。彼女は、その恋人・笠原と結婚するためにある策略を思いつく。恋人を日本に帰化した同胞に仕立て上げて、その彼とお見合いをするのだ。父は、帰化していようがいまいが、同じ民族の血が流れているならば何ら問題はないのである。

未知は、彼女の良き理解者である叔父の協力を得ることができた。叔父は、恋人を帰化同胞と偽って仲人に紹介し、未知と見合いをさせる。同席した父も一目で恋人・笠原を気に入り、結婚話はとんとん拍子にすすんでいった。10月1日には無事、婚約式を終えた。結婚式は三か月後の1995年1月17日と決まった。未知は妊娠二か月になっていたから、結婚式のときは妊娠五か月になっており、万一、笠原の正体が露見しても、堕胎できない日数になっている。すべては未知の計算通りにうまく進んでいった。

ところが、年明けの1月3日、未知は体調をくずして入院する。流産の危険性があるらしい。そこに、父の事業が失敗し、会社のビルが差押えになったという知らせが届く。同胞の男に億単位の金を持ち逃げされたのだ。父との連絡が途絶え、結婚式そのものがあやしくなってきた。

1月17日の未明、神戸で大地震が起こり、未知は病院で家具の下敷きになり、気絶して流産してしまった。父が寄宿していた長田区の家が全焼したという。父が死んで、復讐劇は終了したのだ。もう思い残すことは何もない。未知は12階建ての病院から投身自殺する。

民族の血に固執する父は、結局のところ、娘の未知を自殺に追い込んでしまった。あくまでも民族性を保持しようとする二世と、民族性にこだわらない三世との決定的な対立が、娘の自死という悲劇を生んだのである。

小説の結末で、意外な事実が明らかにされる。25年前、未知の母は、夫の出張中に八か月の女の子を流産した。そのとき病院で同室だった高校生の産んだ私生児をもらい受けた。それが未知である。未知も父も、その出生の秘密を知らないまま死んでいった。22年前、クリスチャンの母は、夫を騙したことを苦にして入水自殺したのだった。

この結末は、何を意味するのだろうか。反日感情をエネルギーにして生きてきた父は、自分の娘が日本人であることを知らずに、我が子と思い込んでずっと愛してきたのだ。血に対する信仰、血の神話が、いかに無意味で、虚構に満ちたものであるかを示している。

もうひとつ、「メソッド」には重要な特徴がある。姉・未知と弟・成人の母は、22年前に自死している。つまり、子どもたちにとって母は不在なのである。抑圧的な父と、母の不在について、成人は次のように述べる。

つまり僕にとって、父は父祖の国の代名詞だ。祖国を知らない僕にとって、父は父祖の国に対してもつ全てのイメージであり、全ての知識だった。父祖の国。そこから僕は事実としての血を受けた。
そして、母。それはメタファーとしての大地だ。母なる大地は僕にとってこの日本という国だ。自らの血肉を養い、精神に栄養を与えてくれた母国。（同前232頁）

金真須美は、自分を育てた日本という国に母親像を託したのである。在日三世の金真須美にとって、日本は母なる大地であり、母国なのである。

日本社会の抱える病理を正面から問う在日の作家
柳美里（ゆう・みり　1968〜）

柳美里は1968年6月22日、茨城県土浦市で、在日朝鮮人一世の父・柳原孝と母・梁栄姫の長女として生まれた。下に弟が二人、妹が一人いる。横浜共立学園高校でイジメに会い一年で中退した。16歳のとき、東由多加《ひがしゆたか》（1945〜2000）の主宰する東京キッドブラザーズの研究生になる。1987年、「青春五月党」という演劇集団を主宰し、演出家、戯曲作家として活躍する。1993年、「魚の祭」で第37回岸田國士戯曲賞を最年少（24歳）で受賞する。1994年、「石に泳ぐ魚」を文芸誌『新潮』に発表し小説家としてデビューし、1996年、「フルハウス」で第24回泉鏡花文学賞と第18回野間文芸新人賞を受賞した。１９９７年、「家族シネマ」で第１１６回芥川賞を受賞する。李恢成、李良枝に続く三人目の在日朝鮮人受賞者となった。１９９９年、「ゴールドラッシュ」で第３回木山捷平文学賞を受賞。「ＪＲ上野駅公園口」（英訳版「Ｔｏｋｙｏ Ｕｅｎｏ Ｓｔａｔｉｏｎ」）が、米タイム誌の２０２０年の必読書１００選に選ばれ、全米図書賞（翻訳文学部門）を受賞した。

柳美里は在日二世である。彼女は父母について次のように語っている。

私は父と母がいつ、どういう理由で海峡を越えたのかよく知らなかった。子どものころに何度となく「どうして韓国から日本にきたの」と訊いたが、父はそのたびに眉を顰めて沈黙し、話題を逸らした。父と母は朝鮮で生まれ、父は二十歳のときに、母は五歳のときに日本に渡ってきたらしいのだが、戸籍上は日本で生まれたことになっている。（『世界のひびわれと魂の空白を』29頁）

父はパチンコ店の釘師で、収入は多かったのだが、金を競馬に注ぎ込んで生活費を母に渡さなかった。柳美里は、幼稚園の頃を次のように回想している。

母は家で漬けたキムチを横浜橋の袂で売って、生計を立てていた。父が給料を競馬に注ぎ込むからだ。そのころから父と母は頻繁に夫婦喧嘩をするようになった。（『水辺のゆりかご』33頁）

その後、母はキャバレーのホステスになった。柳が小学五年のとき、母は恋人（キャバレーの客）をつくって家を出た。母は、柳美里と下の弟を連れて父の家を去り、家庭は崩壊した。父も母も過去のことをいっさい語ろうとしなかった。母方の祖父はマラソン選手として、１９４０年の東京オリンピックに出場するはずだったのだが、なぜ日本に渡りパチンコ店の経営者になったのかも、謎のままであった。

柳美里は、幼稚園のときからイジメにあい、それは小学校、女子中学校、女子高校まで続いた。次の一節は、小学校でのイジメの体験である。

学校での私に対するいじめはエスカレートしていくばかりだった。上履きが焼却炉に棄てられたり、椅子に敷いていた防災頭巾のなかに画鋲が忍ばせてあったりということは日常茶飯事だったが、いちばんこたえたのは給食当番の私がよそったシチューをクラス全員が食べなかったことだ。

「どうして食べないんだ?」担任が皆に訊ねた。

「バイキンがよそったから」と誰かがいうと、皆どっと笑った。クラス委員が手を挙げ、「柳さんは汚いから、給食当番から外してください」といった。(『水辺のゆりかご』62頁)

柳は、「カンコク人は自分の国に帰れ!」などとクラスメイトから言われていたから、在日二世という民族性がイジメの要因になっていたことは間違いない。一般的には、在日朝鮮人はこうしたイジメを体験することで、自己の民族性に覚醒し、民族意識を高めていくのであるが、柳美里の場合は、残酷なイジメにさらされても、朝鮮人としての自覚を強めるということにはならなかった。イジメの原因について、彼女の自己分析は次のようなものだった。

　私がいじめにあったのは理不尽なことではなく、何か原因があったのだ。私は生意気だったし、自分は選ばれた人間だと思っていた。選ばれている、そう確信していた。この意識を説明するのは難しいが、自分のことを特別な存在だと思っていた、というより、もの心ついたころから、私と他者との間には深い溝があって、決して向こう側には行けないと感じていたのである。私は追放された人間だと思うより、選ばれた人間だと信じたかったのだ。クラスの皆からいじめられたとしても仕方ない。（『水辺のゆりかご』45頁）

柳美里は、自分を「選ばれた人間」であると信じることで、イジメに耐えることができたのである。彼女は「選ばれた人間」であり、「特別な存在」だから差別されるのであって、朝鮮人という民族性を差別の一番の原因とは考えなかった。ひどいイジメにあった柳は、十代の頃に何回か自殺しようとした。14歳のとき、海に入り気を失ったけれど、砂浜に打ち上げられて一命をとりとめた。

柳美里という名前を付けたのは、母方の祖父・梁任得《ヤンイントク》である。祖父は、民族差別を受けないように日本語で「やなぎ・みさと」と読める名前を付けた。祖父の生まれは、慶尚南道密陽《キョンサンナムドミリヤン》で、美里の名はその密陽からとっている。

彼女が東京キッドブラザーズに入ったとき、東由多加から「ふたつ名前があるのはよくありません。どちらかに決めなさい。あなたはヤナギなんですか、ユウなんですか」(『水辺のゆりかご』184頁)と問われた。そのとき、柳は数秒考えたあと、「ユウでいきます」と答えたのだった。これは、柳が民族性を自覚して選択したということではない。なぜなら、彼女が芥川賞を受賞したとき、インタビューで次のような発言をしているからだ。

もうひとつ彼らの関心を集めたのは、芥川賞を受賞した日の記者会見で「私は日本人でもないし、韓国人でもないと思っている」と発言したことに対してだった。

韓国のジャーナリストは強いナショナル・アイデンティティを持っているので、糾弾されるに違いないと覚悟を決めて、「私に限らず、作家というものは、アイデンティティを喪失したところから書きはじめるのではないでしょうか。両親が祖国である韓国を離れて日本に渡ったときから、私の流浪の旅ははじまっているのです」と正直な考えを述べた。(『世界のひびわれと魂の空白を』53頁)

柳は出産したとき、赤ん坊を日本国籍にした。韓国籍でなく日本国籍にした理由を、小説『魂』の中で次のように述べている。

しかしわたしがもっとも重要視したのは言葉と文化だ。日本で生まれ育ったわたしは韓国語を話せないし、韓国文化を身につけていないので、我が子に韓国文化を継承させることができない。

母親であるわたしが教えることのできるのは日本語と日本文化しかないのだ。それでもほんとうに良かったのだろうかという疚《やま》しさのような感情がわたしのなかで燻《くすぶ》りつづけている。（『魂』157頁）

「ほんとうに良かったのだろうかという疚《やま》しさのような感情」とは、民族性を捨ててしまったことに対する母国への後ろめたさ、心の痛みであろう。とはいえ、2006年に『〈在日〉文学全集』全18巻が刊行されたとき、自作品の収録を拒否したことから判るように、柳美里は自らを在日朝鮮人作家としては規定していないのである。

柳美里は16歳で高校を中退し、何もしないで家でぶらぶらしていた。ある日突然、東京キッドブラザーズに入団しようと思い立ったときのことを、彼女は次のように回想している。

何をしようか、と天井をぼんやり眺めているときにふっと、私が中1のときにテニス部の高2の先輩たちが交わしていた会話を思い出した。先輩たちは日曜日に皆でミュージカルを観に行ったようで、その役者たちのことを話していたのだ。（『水辺のゆりかご』167頁）

柳美里はオーディションに合格し、東京キッドブラザーズの研究生になった。その理由は何だったのか。当時、東京キッドブラザーズは若者の圧倒的な共感と支持を受けており、小説『声』の中で次のように紹介されている。

全共闘、ベ平連、ウッドストック…若者たちがまだ明日を信じて世の中への怒りを素直に爆発させた1970年代初頭、東京キッドブラザーズはその若者たちの圧倒的な支持を受けた。ニューヨークのオフ・ブロードウェー「ラ・ママ」での「黄金バット」の長期公演が成功して絶頂に立った。作品のテーマは常に「愛と連帯」。（『声』121頁）

東由多加は天才プロデューサーで、劇団の一貫したテーマは、「愛と連帯」であった。おそらく、家庭にも学校にも存在しなかった「愛と連帯」に、柳美里は強く惹かれたのだろう。

東由多加との出会いは、柳美里の生涯を決定するものとなった。俳優をめざした彼女には、残念ながらその素質はなかった。しかし、東由多加は彼女に書く才能を見い出してくれたのだ。

東由多加というひとは、高校を退学処分になって役者を志していた十六歳のわたしに、「ぼく自身には書く才能はないけれど、ひとの才能を見抜く才能だけはある。あなたはぜったいに書ける。役者より作家になったほうがいい」といってくれた作家〈柳美里〉の生みの親なのだ。戯曲十作、小説十一作、すべての作品の第一読者で、ここが書き足りない、ここはこういう方向で書き直したほうがいいと意見をいい、ときにはわずか二行だけ残して五十数枚すべてに赤マジックでバツをつけ、激高したわたしとつかみ合いの喧嘩《けんか》になったこともあり、もう二度と連絡しない、顔も見たくないし声も聞きたくないと百回以上絶交しながらも互いに連絡を絶つことができ

なかった作家〈柳美里〉の育ての親なのだ。（『生』149～150頁）

高校を退学処分になって、役者志望で劇団に入ったわたしに、『あなたの家族のことも、これまでの悲惨な体験も、ひとには知られたくないマイナスのことだったでしょうが、それを書けば、すべてがプラスにひっくり返る。あなたは書ける。あなたには才能がある』といってくれたのは東由多加です。（『生』271～272頁）

劇団の研究生になった柳美里は、日記帳を東由多加に提出することが義務付けられていた。それを読んだ東は、彼女の書く才能を発見したのである。彼女は戯曲を書きはじめ、その第一読者は東であった。1988年、「水の中の友へ」で劇作家としてデビューし、「Ｇｒｅｅｎ Ｂｅｎｃｈ」（1994年）まで10本を書き上げている。彼女は、自分の書いた戯曲について次のように述べている。

その当時、演劇記者の「あなたにとって芝居とは何ですか」という問いに、「お葬式です」と私は答えている。何かを葬るため、あるいは死ねなかった自分を芝居のなかで殺し、弔おうとしたのかもしれない。とにかく私の中には書かずにいられない〈ドラマ〉があったのだ。その〈ドラマ〉を創り出したのは、私を葬ろうとした（と私が感じた）この世の現実――私の過去、有り体にいえば〈学校〉と〈家族〉なのではないかと思う。（『魚が見た夢』219～222頁）

彼女が最年少で岸田戯曲賞を受賞できたのも、中卒の学歴しかない彼女が「家族シネマ」で芥川賞を受賞できたのも、東との出会いを抜きにしては考えられない。まさに東由多加は、作家〈柳美里〉の「生みの親」であり「育ての親」になったのである。

当時、東は妻と別居しており、東と柳美里は同棲をはじめた。柳は17歳で、東は40歳だった。それは十年ほど続いた。東は柳美里以外にも若い愛人をつくり、柳も恋人をつくったので、二人の関係はいつも順調というわけではなかった。たびたび大喧嘩をし、何回も絶交したが、二人の関係は東が55歳で亡くなるまで続いた。

五年前にわたしは東由多加と同居していたマンションを飛び出したが、東とのあいだで解消したのは性的な関係だけで、あとはすべてを継続していた。手をつないで歩くことも、風呂に入ることも、並んで眠ることもすべて――。生活も、住居をべつにしていただけで、一年の大半を山奥の温泉宿や孤島のリゾートホテルでいっしょに過ごしていた。（『声』49頁）

1997年2月、柳の芥川賞受賞を記念するサイン会が、東京と横浜の4書店で予定されていた。各書店に右翼を名乗る男から脅迫電話があり、サイン会は中止となった。芥川賞受賞作「家族シネマ」が、日本人家庭を貶めたという理由であった。「家族シネマ」は家族の崩壊による人間のアトム化を描いた作品であった。右翼の伝統的家族観から見れば、日本の美風である家族の絆を破壊するものとして受け止められたのである。

この事件に関して、ル・モンド、ニューヨーク・タイムズ、BBCワールドなどが、日本で表現の自由が脅かされているとして大きく報じた。柳はこの事件のストレスで、出血性胃炎と十二指腸潰瘍を併発し、大量喀血して入院した。

この事件は、柳美里を政治や社会問題に向かわせるきっかけとなった。

私は『仮面の国』の連載を始める前までは、政治や社会問題に関する質問をされても、敢えて答えを保留し、作家としてそのような問題を思索し、言及するのは無益だとさえ考えていたように思う。しかし、〈神戸市須磨区少年殺人事件〉が起こり、その考えは完全な間違いであったと自覚せざるを得なくなった。人間の内部の奥深くまで侵食している政治や社会を無視して済ませられるものではないからだ。文学は公共なるものと無関係に成立しているのではない。（『仮面の国』２４６～２４７頁）

１９９７年、社会に大きな衝撃を与えた〈神戸市須磨区少年殺人事件〉が起こり、柳はこの事件をモデルにした「ゴールドラッシュ」を書いた。これまで「石に泳ぐ魚」「フルハウス」「家族シネマ」などで自分の家族をモデルにした作品を描いてきた柳は私小説家のように見做されていたのだが、テーマの視野を広げ、作風を転換させていくのである。

「ゴールドラッシュ」の主人公「少年」（14歳）は、パチンコ店を経営する父親を殺したことを、幼なじみの「響子」に告白する。「響子」は、「価値があること」をしたいと願い、それを捜していると言う。それに対して、「生きるってことはゲームじゃないか」と考えている「少年」は、次のように答える。

「そんなもの見つかるわけないじゃん。ゲームだって決めちゃえばいいんだよ。ゲームのやりかたしだいで価値なんてどんどん変わる。みんなしてキリストゲームや仏陀ゲームをやったことあったけど、やめるひとがいっぱい出てきたじゃん。でもそれは価値が失くなったわけじゃなくて、ただつまらなくなったからじゃん。マルクスゲーム、ヒットラーゲーム、はやりすたれがあるんだよ」（『ゴールドラッシュ』２５１頁）

この「少年」は、大人たちが理想とか哲学、思想といった「価値」に基づいて生きているのではなく、単なる欲望に従って生きていると考えている。そんな大人の典型である父親を殺しても、「少年」は倫理的な痛みを感じないのである。柳美里が「ゴールドラッシュ」で問おうとしたのは、このような時代に生きる少年の内面であった。

さらに柳美里は、「女学生の友」（『別冊文藝春秋』１９９９年６月）で、14歳の女子中学生の援助交際を取り上げ、社会の病理の深化と頽廃を描いた。

１９９５年６月に柳美里は東と別れた。しかし、東に末期の食道がんが発見されると、闘病生活を支えるため、１９９９年９月、柳美里は同居生活を再開した。東が食道がんの治療のために渡米したとき、その費用を出したのは柳美里であった。一週間に５００万円というアメリカでの治療費を負担し、東の故郷長崎に彼の墓を建てたのも柳美里であった。柳美里は『命』『魂』『生』『声』四部作の印税収入一億円をすべて東のために使い、そのため彼女は一文無しになった。柳美里にとって東はどんな肉親や恋人よりも大切な人間であり、かけがえのない存在であったのだ。最初に会ったときは師弟の関係であったが、それから親友、恋人、夫婦、父と娘、兄と妹、同志とあらゆる関係を斬り結んだ。

東が死んだ時（２０００年４月20日）、柳美里は死のうとした。しかし、彼女には生後三か月の男の子がいた。赤ん坊の父親は既婚男性で、柳美里はシングルマザーとして子どもを育てていかねばならなかった。もし、赤ん坊がいなかったら、柳美里は自死を選んでいただろう。赤ん坊は丈陽と命名されていた。太陽のように自分の全てで周囲を明るく温かく照らしてほしい、という母親の願いが込められていた。

柳は、東由多加の死後、『命』（２０００年７月）、『魂』（２００１年２月）、『生』（２００１年９月）、『声』（２００２年５月）、『黒』（２００７年７月）と、東由多加のがん闘病の物語を書き続けた。柳はこの膨大な執筆によって、東由多加の死を悼み、弔い、悲しみを乗り越えて生きていく覚悟を固めていったのである。

２００４年８月15日、柳は長編『８月の果て』を刊行した。日本では敗戦の８月15日を境にして戦前／戦後としているが、朝鮮では日本帝国主義の植民地からの解放前／解放後であり、題名の「８月」には植民地時代の過酷で悲惨な歴史が含まれていることは言うまでもない。小説の中で、柳美里の祖父の弟・李雨根《イウグン》が共産主義者として生き埋めにされたのは、１９４８年８月だった。彼は朝鮮民主愛国青年同盟のリーダーで、23歳だった。李雨根に想いを寄せていた13歳の少女・金英姫《キムヨンヒ》が日本人にだまされて従軍慰安婦にされたのも、1943年の8月だった。金英姫は、中国の武漢に送られ、「楽園」という慰安所で「ナミコ」という名で働かされた。戦争が終わって祖国にもどる途中、釜山の沖で入水自殺した。まだ15歳だった。小説の最後で、李雨根と金英姫は死後結婚《サフギョロン》の儀式により夫婦となり、子孫を護る祖先神《チョサンシン》になる。二人の魂は、朝鮮の民俗儀式により救済され、800頁を超える大河小説は閉じられる。

柳美里は「8月の果て」で自分のルーツを探求し、家族のたどった歴史を描いた。彼女は、「おまえはなにものなのか!」（『8月の果て』65頁）という問いに答えねばならなかったし、以前から祖父の人生に強い関心を抱いていた。

わたしは知りたいんです。なぜあなたが走るのをやめたのか、なぜ自分の国と家族を棄ててひとりで日本に渡ったのか、なぜパチンコ屋を経営したのか、なぜ五十八歳になってふたたび走りはじめたのか、なぜふたたびすべてを棄ててひとりで帰国したのか、なぜひとりぼっちで死ななければならなかったのか……。（同前17頁）

小説の中で祖父は、李雨哲《イウチョル》という名で登場する。祖父は1943年に徴兵から逃れるために日本へ逃亡して大阪に潜伏していた。日本が敗戦した年に帰国して共産主義者になった。1950年、朝鮮戦争の最中、密告されて収容所に収監され、処刑される寸前で、脱出に成功して再び日本へ逃亡した。

祖父の一生をたどることは、植民地時代から解放後の混乱期までの朝鮮の歴史を描くことであった。その時代を生き、死んでいった祖先たちの声を、柳美里は「8月の果て」で書き留めたのである。

なお、「8月の果て」は2002年4月17日から『朝日新聞』夕刊に連載されていたが、2004年3月16日で打ち切られた。従軍慰安婦を主要人物として作品に登場させたことが、打ち切りの原因であった。

2011年3月11日、東日本大震災と津波、原発事故が起き、その4月から柳は福島県南相馬に通い始める。東京電力福島第一発電所の原発事故が起きたとき、南相馬周辺に避難指示が出された。警戒区域が解除された後、柳美里は15年間暮した鎌倉の自宅を売り払い、2015年4月に南相馬市原町区へ移住した。柳美里が、南相馬市に移住したのは、なぜだろうか。

転居の一番大きい理由は、二〇一二年三月十六日の放送から、「南相馬ひばりエフエム」で「ふたりとひとり」と三十分番組のパーソナリティを毎週務めていることです。(『南相馬メドレー』17頁。なお放送局は2018年3月23日で閉局)

柳は臨時災害放送局の番組でおよそ600人にインタビューをした。番組を通じて出会った地元の人々と親しくなり、家族ぐるみのつき合いをするようになった。朝鮮戦争時に、難民として日本に密入国した祖父が、パチンコ店を営んでいたのが、南相馬市原町であったという奇縁もあったのだが、被災地の人々と暮しを共にしなければ、その苦楽を知ることはできないと考えたのである。柳が南相馬へ移住することを公表すると、「放射能汚染がたいしたことないとアピールするための子連れ移住。国や東電から分厚い金一封をもらっているに違いない」などというデマが流された。

２０１８年４月、柳は南相馬市小高区にブックカフェ「フルハウス」を開業した。災害に遭遇した人々の住む町で、誰でも気軽に立ち寄れる場所をつくり、お茶を飲みながら交流できるスペースを提供しようとした。


わたしは、現実の中にはどこにも居場所がなかった子どもの時代、本にしがみついて生きていました。

本の中の登場人物と手を取り合って生きて来たのです。

この世に誰一人味方がいなくても、本があれば孤独ではない、と――。

現実の中に身の置き場がなく、悲しみや苦しみで窒息しそうな人にとって、本はこの世に残された最後の避難所なのです。（『南相馬メドレー』１６３頁）

振り返って見れば、柳美里を絶望から救い出したのは東由多加であった。柳美里は、原発被災地で東由多加のような仕事をしようとしたのだ。南相馬市では、津波で財産を失い、避難指示で故郷を追われ、人生に絶望して自殺する人が続出した。柳美里はそんな苦境にある人々に寄り添う生活を選んだのである。

２０２０年、『ＪＲ上野駅公園口』（２０１４）が全米図書賞（翻訳文学部門）を受賞した。主人公は、昭和８年（１９３３）に福島県相馬郡八沢村に生まれた男である。柳美里が福島県に通い続けた中から生まれた作品といってよい。主人公は12歳で敗戦を迎え、父母を支え七人の弟妹を養うために出稼ぎの人生をはじめる。23歳で結婚し、昭和35年2月23日、皇太子浩宮と同じ日に長男が生まれた。二年後に長女も生まれた。ただし、長男は東京のアパートで死んだ。享年21歳。主人公は60歳で出稼ぎをやめ郷里に戻った。父母が相次いで死に、妻も65歳で他界した。長女の娘が、一人暮しになった主人公の世話を兼ねて同居するようになったが、21歳の孫娘を自分に縛るわけにはいかないと考え、家を出た。68歳だった。以後五年間、上野恩賜公園でホームレスとして暮してきた。そこのホームレスたちは、天皇家の方々が博物館や美術館を観覧する前に行われる特別清掃「山狩り」の度に、テントを畳まされ、公園の外へ追い出される。

２００６年11月20日、主人公は天皇陛下の御料車を目の前で見た。主人公と同じ昭和８年生まれの天皇とは、一本のロープで仕切られている。主人公は遠ざかる御料車に手を振った。その直後、主人公はＪＲ上野駅公園口の改札を通り、２番線のホームから線路に飛び込み轢死する。彼の死後、２０１１年３月11日、故郷の村は巨大な津波に襲われ、孫娘は引き浪にもって行かれ海中に沈んだ。主人公は、戦後の日本経済を底辺で支えて来た人物であり、国民の頂点に立つ天皇と鮮やかな対比となっている。

柳美里が描いたのは、ホームレスになった男の一生であり、その男がたどった日本の戦後史である。東北の貧しい農村に生まれた男が、小学校を出てから60歳まで、出稼ぎ労働者として働き、最後はホームレスとなり自死せねばならない日本という国は、いったいどのような国家なのか、と読者に問いかけているのである。

一般的に、在日二世になると民族意識が後退する一方で、日本社会への同質化がすすみ、出自や在日に制約されない多様な作品が書かれるようになったと言われる。柳美里もそうした傾向をもつ作家の一人であるが、彼女の場合は、日本社会の抱える病理（家族の解体、援助交際、少年殺人、ホームレスなど）を題材にして、それを正面から問う在日の作家になった、と言ってよいだろう。こうした柳美里の文学について、磯貝治良は次のように述べている。

たとえば、皆さんよくご存じの柳美里の場合はどうか。〈在日〉文学とは呼びにくい作品も多いです。事実、私と黒古一夫が編纂して二〇〇六年に『〈在日〉文学全集』全十八巻（勉誠出版）を刊行したとき、彼女は収録を断りました。たしかに、自分の文学をなにかのカテゴリーに閉じ込めるのは好まないでしょう。しかし、彼女の長編小説『8月の果て』、『ゴールドラッシュ』、紀行『ピョンヤンの夏休み』などは性格上、〈在日〉文学と呼んで構わないと思います。（『〈在日〉文学の変容と継承』95頁）

在日としての遺伝子を継承する作家

玄月（げんげつ　1965〜）

玄月は1965年、大阪市生野区猪飼野東九丁目で、三男二女の末っ子として生まれた。本名は、玄《ヒョン》峰《ボン》豪《ホ》。8歳のとき（1973年2月1日）、住居表示変更があり、「猪飼野東九丁目」は「田島一丁目」に変わり、現在は、猪飼野という地名はバス停と交差点名でしか公式には残っていない。

何ていうのかな、下町の中でも在日が多い街というのは、街自体が汚いですし、いろんな臭いがします。子供等は柄悪いし、夜は危険やしね。暴走族は多いし、そういう意味ではいい街とは言えない。すごく騒がしい街でした。とにかくぼくはそういうところで生まれ育って、今も住んでいる。（『小説の生まれる場所』246頁）

玄月にとって猪飼野は原風景であり、創作の源泉となっている。両親は在日一世で、二人とも戦争の前後に済州島から渡って来た。

親父はつい二、三年前、七十歳を過ぎるまで、ずっと小さな町工場の仕事をしていました。昔は人を使って派手にやっていたようですが、五十年もやっていると、いろんな時期がありますよね。母親の方は、ぼくが幼稚園の頃から、七、八年前まで焼肉屋をやっていました。ぼくはいつも、そこに行って晩飯を食べていました。（同前２６０頁）

玄月は大阪市立南高等学校を卒業後、総連系の在日が経営する金融会社（高利貸し）に就職し、四年間在職した。「このころ、将来の夢はなかった」（『〈在日〉文学全集』第10巻、４２８頁）と振り返っている。退職後、ヨーロッパを二か月間ひとり旅する。帰国後は、トラック運転手、内装業（クロス張り）をする。

１９８９年（24歳）、イギリスで足繁く通ったパブのような店をしたくなり、大手ビール会社系列のビアレストランに修行のつもりで就職する。在職した5年の間に、結婚、長男長女の誕生、調理師免許の取得などがあった。

そうこうしている間にも小説はずっと読んできましたから、読む喜びは知っていたんです。その読む喜びが「自分もこんなのが書きたい」という希望……というか、欲望に変っていくわけですよ。またその頃うちの姉が小説を書いていたんです。彼女は文学少女でしたから、姉が大阪文学学校というのに通っているというのも聞いたことがあってね。で、「よし、俺もちょっと小説を書いてみるか」と思ったんです。（『越境する在日コリアン』１１８頁）

94年10月から二年間、大阪文学学校夜間部・小説クラスに在籍した。この年いっぱいでビアレストランを辞め、父の経営する婦人靴加工の町工場で働く。

1997年、大阪文学学校の仲間で立ち上げた同人誌の創刊号に「異境の落とし児」を発表する。これが、『文學界』の同人雑誌評でベスト5に選ばれ、98年神戸ナビール文学賞を受賞する。「舞台役者の孤独」が『文學界』98年下半期同人雑誌優秀作および99年小谷剛文学賞を受賞する。「おっぱい」が99年上半期芥川賞候補となり、「蔭の棲みか」で99年下半期芥川賞を受賞した。

「蔭の棲みか」の舞台は、大阪市東部に設定された架空の下町で、70年前にできた朝鮮人集落である。主に済州島出身者でつくられた街である。その貧困なコミュニティは、作品の中で次のように描かれている。


ソバンは振り返った。いま出てきたばかりの民家に挟まれた路地が、トタン屋根の庇の下で狭く行き詰った洞窟に見えるのが新鮮だった。ここからでは、洞窟の奥に二千五百坪の土地が拡がり、血管のように張めぐらされた路地が、がっしり組んだ角材に板を打ちつけた二百ものバラックに通じているとは想像もできない。ソバンの父らが、湿地帯だったこの辺りに最初の小屋を掛けたのが約七十年前、ほぼいまの規模になってからでも五十年、以来ほとんど姿を変えず、民家が立て込む大阪市東部の下町に抱きかかえられるようにひっそり存在している。（『蔭の棲みか』10頁）

主人公のソバンは、一人暮しの75歳の老人である。ソバンは、朝鮮人集落が誕生して以来の住人であり、「生きた化石」と呼ばれている。彼は戦争末期、日本軍兵士になり、呉で米軍の機銃掃射を受け、右手首を失った。元日本軍の朝鮮人が、戦傷者の障害年金を請求する裁判を起こしたという記述が作品中にあるので、「蔭の棲みか」の現在時点は1999年である。逆算すると、ソバンは1924年（大正13）生まれで、右手首を失ったのは21歳のときになる。

28年前に妻が工場の裁断機に挟まれて死亡してから、ソバンは一人暮しになった。一人息子がいたが、高校三年のとき、父が元日本軍兵士だったことを知ると、激しく父を非難して家から出て行った。それは1968年のことで、息子は東大受験のため上京したものの、大学紛争で翌年の入試は中止となった。それから半年後、息子は過激派の内ゲバに巻き込まれ撲殺死体で発見された。

この小説に登場するのはほとんど朝鮮人で、日本人は警察官と、開業医の妻でボランティアの佐伯さんくらいだ。つまり、このコミュニティは日本人を寄せ付けない「蔭の棲みか」なのである。この地域の地主が、日本に帰化した永山という男である。三つの靴工場と二つのパチンコ店の経営者であり、地域住民の雇用主でもある。永山は何をしても許される別格の存在だ。最近は、不法就労の中国人や朝鮮人を雇い、バラックに居住させている。工場で死んだソバンの妻への補償として、毎日の食事と月二万円の小遣いをソバンに支給している。

一人暮しのソバンは、無為の日々を送っているが、決して孤独ではない。地域の在日三世たちでつくった草野球チームがあり、日曜日には試合を見物しに行き、打ち上げの料理屋ではいつも指定席が与えられ若者たちと談笑する。野球審判員の高本は、ソバンの死んだ息子の同級生で、地域の診療所で医師をしているのだが、いつもソバンの健康を気遣い、ソバンも高本を自分の息子のように頼りにしている。全体として作品世界は暗いけれど、こうしたコミュニティの親和性を感じさせる人間関係がさりげなく描かれているところが玄月の小説の本質的な特徴といってよいだろう。

もちろん、在日文学の伝統である父子の対立（ソバンと息子）、女性に対する暴力（佐伯さんをレイプする永山）も描かれている。とくに印象的なのは、スッチャ婆に対する集団による私刑だろう。27年前の冬、頼母子講の親だったスッチャは、金を持ち逃げしようとして集落の者たちから集団で私刑を受けた。竹刀で背中、肩、頭を叩かれて悶絶すると冷たい井戸水を頭から浴びせられた。いま、スッチャ婆は乳母車で段ボールを集めて日銭を稼いでいる。

この集落にはかつて800人の朝鮮人が住んでいたが、今は100人に満たないほどになった。しかも、朝鮮人と中国人が半々くらいになっている。多くの朝鮮人がこの集落から去って行ったが、永山の靴工場で働く中国人がニューカマーとしてやってきたのだ。その中国人たちは彼らの「地下銀行」から金をくすねた3人の仲間を私刑する。ペンチで尻の肉をひねり千切るのである。手足を縛られ、テープで口を塞がれて横たわる3人の男の周りには、無数の赤い肉片が散らばっている。27年前のスッチャ婆に対する集団暴力が、中国人によって再現されているのだ。

朴一は、玄月の文学について次のように述べている。

――例えば、玄月さんが芥川賞を取った後に、金城一紀さんが直木賞を取りましたよね。お二人の作品を比べてみると非常に対照的だと思うんです。玄月さんの作品は非常に重いテーマを硬質なタッチで描いている。ところが金城一紀さんの方は、非常に軽い。言ってみればサブカルチャー的なタッチで描いていますよね。今の時流に乗っているというか。で、私は、玄月さんに関してはやっぱり金石範さんたちからの流れの延長にいるという印象があるんですね。非常にしんどいテーマに向き合っているというか。（『越境する在日コリアン』122頁）

しかし、玄月は在日作家という意識はないと、次のように述べている。

たとえば、芥川賞作家でだいぶ前に亡くなられた李良枝さんとか、李恢成さんとか、金石範先生もそうですけれども、在日であることから書くことを出発している人たちがいる。彼らにとっては、在日でなくして書くことはありえないわけです。

ぼく自身はどうかというと、在日である自分が小説を書いていると意識したことがない。ぼくぐらいの年代になると、それだけ在日の問題に対する危機感も薄れてきているということでしょうね。（『小説の生まれる場所』251頁）

玄月は、在日であることに特別なこだわりを持ちたくない、とも述べている。

小学校に行くと友だちの半分くらいは在日ですし、もちろん自分が在日であることも早くからわかっていました。社会に出てからは、在日であることのしんどさとか苦しみを、一般の在日の方と同じように味わってきましたけれど、今さらこの年になって、自分は何者かとか、日本人でも韓国人でもない、というようなことを声高に言うことが、何か恥ずかしくなってしまうんです。そういうのは、もう、いややんと思う。（同前２５１〜２５２頁）

朴一との対談の中で、在日朝鮮人文学の流れを継承していきたいか、との問いに玄月は次のように答えている。

――継承するとか、破る、といった考えはないんですよ。自分が思っている小説世界を描いていきたいというだけで。僕はノンポリですから。世代的にも政治と関わっていないんですよ。金石範さん、李恢成さんは政治から離れられない部分があったと思うんですね、世代的にも政治抜きには語れないというか。そういう部分で僕は政治とは関わりのないところで育ってきているから、意識が全く違うんですね。（『越境する在日コリアン』１２１〜１２２頁）

玄月は金石範との対談「幸福な時代の在日作家」の中でも、金石範らの世代とは「断絶」があると述べ、自らの文学を次のように語っている。

僕の世代でも過去の苦難の歴史を書かなければいけないという使命感に囚われているひとがいると思います。僕はそういうところからは本当に自由だと思っているんです。在日のことを一行も書かない小説も僕は書けるはずなんです。実際に書くかどうかは別にして。僕個人は在日としての意識も強く、日韓近現代史にも興味があります。しかし、創作者としての僕は完全に在日から解き放たれています。（『文學界』２０００年3月号、24頁）

そもそも、玄月は在日作家たちが共有してきた「恨《ハン》」というものを持っていない、と述べている。「恨」とは、個人的な憤りというよりも、民族としての感情といってよい。

僕個人にはなんの「恨」もない。李良枝さんや柳美里さんの「恨」を目のあたりにしたら、ちょっと太刀打ちできないと思うんです。彼女たちには迫力があって個人的に凄い存在なんです。僕個人は、トラウマもなしに何となく大きくなった。その辺にいくらでもいる野郎ですから。（『文學界』２０００年3月号、21〜22頁）

「蔭の棲みか」には、元日本軍人であった朝鮮人戦傷者の障害年金請求裁判という政治的な問題が取り入れられている。ソバンは高本医師からその訴訟に加わって補償金を受け取るべきだと勧められる。だが、ソバンが米軍機の機銃掃射で右手首を失ったのは、同胞の朝鮮人労働者が軍事物資を船に積み込む作業を監視していたときであり、しかも、その物資は上官による横流しであったため、恥ずかしくて忘れようと努めている記憶だった。ソバンは補償金を受け取る資格がないと思っているのだ。それに対して高本医師は、自分は医師になり金も名誉も手に入れて弛緩し切っているけれど、ソバン爺には裁判で戦って、この国へのけじめをつけてもらいたいのだ、と言う。

作者は、こうした政治的な問題を作品中に取り入れているが、作者の見解は差しはさまない。あくまで世代間の考え方の相違を示すひとつの例として、政治的問題を取り上げているに過ぎない。ただ、こうした政治的な問題を題材にするところは、玄月に「在日としての遺伝子が歴史的に形成されている」（同前28頁）からだと金石範は指摘している。主人公の名前・ソバンは、金石範の「看守朴書《パクソ》房《バン》」にヒントを得たものであり、そういう点でも、確かに在日としての遺伝子を継承しているといってよいであろう。

磯貝治良も、玄月の登場に「〈在日〉文学の〈蘇り現象〉を見る」（『〈在日〉文学論』223頁）としたうえで、彼の作品には「様相を変えた〈正統〉の〈蘇り〉を予感させる」（同前）ものがあると述べている。

「蔭の棲みか」の最後の場面で、警察が不法就労の中国人たちを捜索に来たとき、ソバンは警官の足に飛びかかって、ふくらはぎに噛みつき、警棒で連打されながらも、食いついた肉を噛みちぎった。いつもは無気力の老人ソバンが、自分の集落とそこに住む仲間たちを守るため、とんでもない力を発揮するのである。緊迫した政治的対決で終幕するこの小説は、磯貝治良が指摘した「〈在日〉文学の〈蘇り現象〉」そのものが表われているといってよいであろう。

第六章　２０００年代に登場した作家たち

従来の在日文学のイメージを大きく変えた
金城一紀（かねしろ・かずき　1968〜）

金城一紀は、1968年10月29日、埼玉県川口市に生まれた。父は元プロボクサーである。小・中学校は民族学校で過ごした。在日に対する日常的な差別によって、「自分がコリアン・ジャパニーズだってバレちゃうんじゃないかと思って、昔はちょっと怖かった」（『オール讀物』2000年9月号、104頁）と述べている。「GO」の中の次の場面は、作者が実際に経験したことである。

僕が小学二年生だったある日、僕と友達数人が下校していると、後ろからミニパトが走ってきた。友達の何人かが車道のほうにはみ出して歩いているのを、婦人警官は見逃さず、ミニパトに搭載されているトランジスタ・メガホンを使って、こんな風に注意した。「あんたらみたいな社会のクズは道のハシを歩きなさいっ！」

なんてひどいことを言うんだろう、と僕たちは思わなかった。僕たちの学校にはよく右翼の街宣車が来ていて、もっとひどいことを連呼したりしていたので、僕たちは慣れていたのだ。（『GO』54〜55頁）

朝鮮籍から韓国籍への変更を機に日本の私立高校へ進学を決心する。国籍の変更は、父が故郷である済州島へ墓参するためであった。民族学校の教師からは「民族反逆者」「売国奴」と糾弾された。進学した高校では朝鮮学校出身であることを隠さなかったため、よくケンカを売られ、ケンカ三昧の日々を送った。

１９８５年３月（16歳）、祖父母の墓参りで初めて訪韓する。「何にも感じなかったんですよ。祖国に来たなんていう感慨はないし、逆に嫌悪感みたいなものを感じた」（『オール讀物』２０００年９月号、１０３頁）と述べている。

二年浪人して慶応大学法学部に入学するも、授業にはほとんど出席しなかった。大学1年のとき、小説家になる決意をし、国内外の小説をひたすら濫読する。卒業後は就職もアルバイトもせず、一日に本二冊、ビデオで映画二本のノルマをこなし、年に1、2回、新人賞に応募するという生活を送る。１９９８年４月、「レヴォリーション№３」で小説現代新人賞を受賞し、小説家としてデビューを果たした。

２０００年、半自伝小説「ＧＯ」で第１２３回直木賞を受賞する。この作品は翌年に映画化された。金城は、これまでとは違う「在日文学」を書きたかったと次のように述べている。

文章を書くことを生業にしようと決めたのは、大学一年の時でした。それからは勉強のつもりでジャンルは問わず手当たり次第に古今東西の小説を読み漁りましたね。一日に最低一冊のノルマを決めたりして。プロとしてデヴューをしたら、「今までに書かれたことのないものを書きたい」っていう壮大な目標があったんで（笑）。すでに何が書かれていて、まだ何が書かれていないか、ということを濫読して確認したかったんです。その結果、「全部書かれているよ。新しいものを書くには、自分で文字を発明して書くしかないな」って思って、ある意味、失望を感じましたね。それで、かなり目標を小さくして（笑）、これまでになかったような〝在日文学〟を書こうと思い、長編のデヴュー作に『GO』を書くことにしたんです。（『作家の読書道』141～142頁）

「GO」は在日三世の男子高校生と、一流サラリーマン家庭の女子高生との青春恋愛小説である。落ちこぼれ男子校の杉原は在日韓国人であることを隠して、有名女子高に通う桜井と付き合い、互いに愛し合うようになっていく。だが、杉原が在日であることを告白すると、桜井は彼から去って行った。桜井の「桜」は、日本を象徴するといってよい。だが、聡明な彼女は迷信、偏見、無知を乗り越えて、杉原との関係を取り戻していく。女子高生・桜井の変化と成長は、作者の日本社会への希望を示しているといってよい。

金城は、「GO」の主人公は「自分の生の姿だった」ので、2週間くらいで一気に書けたと述べている。

『GO』は、ほぼ僕自身をモデルにした作品です。電車が入ってくる線路を全速力で走るシーンがありますけど、あれも僕、実際やってました。高校のときは、毎日ケンカ。朝鮮学校出身というだけで、ケンカ売りにくるんですよ。やらなきゃやられる、ハード・バイオレンスな日々で

した。（『自分だけのソファの探し方』50頁）

作者は小説の最初の第1章で、外国人登録法や指紋押捺、民族学校などの問題を取り上げ、わかりやすく、かつ、面白い説明で、読者に在日朝鮮人問題を解説している。これまでの在日文学では、読者が在日の問題を知っていることを前提にしていた。その閉鎖性に不満を感じていた作者は、在日の問題を知らない人々にも読んでもらえるように、日本社会における在日の様々な問題をわかりやすく説明し、幅広い層の読者を獲得しようとしたのである。金城の文学戦略は、次のようなものである。

在日文学というものを、僕がパイオニアになって、解体していきたいですね。在日の問題ってやっぱり微妙ですから、みんな神棚の上に上げて、頭のいい人しか扱っちゃいけないという感じになるんですけど、僕はそれを引きずり下ろしたかった。そうじゃないと、差別はなくなりません。普通の人たちにこの問題を口にさせるには、やっぱりユーモアとかコメディがないとダメだと思ったんで、『GO』ではバランスのいいものを狙ったんです。旧来の在日文学は、頭か体力のどっちかに偏りすぎていて、読んでも僕は、救われなかった。そういう思いを次世代の人にさせたくないと思うし、僕の作品を読んで、在日の人だけじゃなくコンプレックスとか虐げられていると感じている人が、外に出て行くきっかけになればと思ってるんですけど。（『自分だけのソファの探し方』51頁）

直木賞をとった直後の『オール讀物』2000年9月号に、作者の「〈自伝エッセイ〉年譜（もしくは極私的ブックガイド）」と、花村萬月との「記念対談」が掲載された。その中でも金城は、「僕、パイオニアになりたいんです。僕から、コリアン・ジャパニーズの小説が変わったと言われたいと思ってます」（111頁）と述べている。

これまでの在日文学に暗くて重いというイメージがあったことは否めない。それは民族差別や政治問題などがあって、そうしたややこしい問題を避けて通れないからである。しかし、「GO」は従来の在日文学のイメージを大きく変えたといってよい。たいへん読みやすく、コミカルで、豊かなエンターテインメント性がある。これまでの在日文学に比べても、語り口は軽快で、テンポがいい。

磯貝治良は、この小説の登場を面白く新鮮に感じたが、「特に驚きはしなかった」（『〈在日〉文学論』238頁）と述べている。それは次のような理由からである。

『GO』にみられる〈在日〉新世代の感覚あるいはスタンスは、現実の場ではすでに一九八〇年代後半から中高生あたりの年代にはあたりまえの風景になっていた。それがようやく文学の世界で表現されたのだ。（同前）

「GO」は、著者名が日本人名であり、題名も英語で表記し、装丁はジャズのCDジャケット風にデザインしているため、一見して在日文学とは分からない。多くの人々がこの本を手にしたのは、こうした著者の配慮と戦略が功を奏したためであろう。ただし、カバー裏表紙には、「金城一紀

1968年生まれ。コリアン・ジャパニーズ」とあり、在日朝鮮人作家であることを隠しているわけではない。

コリアン・ジャパニーズ（朝鮮系日本人）という呼称は、1977年に坂中英徳（東京入国管理局長）によって在日の帰化を奨励するコンテキストの中で用いられたものである。これに対して多くの在日知識人が、日本への同化を促すものとして異論を唱えたが、金城一紀は自らをコリアン・ジャパニーズと呼んでいる。多民族国家の米国では、アフリカ系アメリカ人といった〇〇系アメリカ人という呼称が一般化しているが、日本では「〇〇系日本人」という表現は定着していない。今もなお日本で重視されるのは、日本民族の血統であり、それが日本人であるか非日本人であるかの基準になっているからである。

国籍や民族にこだわらず、それを越えようとする金城の姿勢は、「GO」の主人公・杉原が恋人に向って次のように叫ぶ場面で如実に示されている。

言っとくけどな、俺は《在日》でも、韓国人でも、朝鮮人でも、モンゴロイドでもねえんだ。俺を狭いところに押し込めるのはやめてくれ。俺は俺なんだ。いや、俺は俺であることも嫌なんだよ。俺は俺であることからも解放されたいんだ。（『GO』234頁）

ここには新しい世代の感覚とスタンスが表明されている。在日一世・二世の作家たちが問い続けて来た「自分は何者なのか？　どこから来て、どこに行けばよいのか？」というアイデンティティの問題は、三世の時代になると、コスモポリタンな感覚で表現されているといってよいだろう。

そもそも、「在日」という言葉は「在日本」の省略形で、1945年に創設された「在日本朝鮮人連盟」（朝連）の頃から在日朝鮮人自身によって使われ始めた言葉である。金城一紀が在日という言葉を拒否し、コリアン・ジャパニーズという呼称を選択したのは、それまでの在日文学を解体したいという彼の意思を表したものであると同時に、新しい世代の民族意識を表明したものだろう。

なお、磯貝治良は『〈在日〉文学論』の中で、金城一紀がコリアン・ジャパニーズと自称するのは一種の知的ゲームであって、「それは日本社会における少数民族化にすぎず、あらたなパラダイムにすぎない」（242頁）と指摘している。

金城一紀ら第三文学世代の作家たちの登場について、磯貝治良は次のように述べている。


一九八〇年代から九〇年代には〈在日〉の価値観も多様化します。同時に、第三文学世代が登場します。元秀一、李起昇ら二世作家と柳美里、玄月、金城一紀ら三世世代の人たちです。彼／彼女らは〈在日〉体験を意識しながら、そこから離陸するための題材や手法を駆使して、第二文学世代とは異なる文学的アイデンティティ（正体性）を構築しているように見えます。（『〈在日〉文学の変容と継承』97〜98頁）

磯貝治良と黒古一夫が2006年に『〈在日〉文学全集』（全18巻、勉誠出版）を企画したとき、金城一紀は柳美里とともに全集収録を断った。ここにも、従来の在日文学の中に、自分の文学を閉じ込めたくない彼の意思を見ることができる。先述したように、金城は「在日」という言葉を忌避している。「GO」の中で、主人公に次のように語らせている。

俺はおまえら日本人のことを、時々どいつもこいつもぶっ殺してやりたくなるよ。おまえら、どうしてなんの疑問もなく俺のことを《在日》だなんて呼びやがるんだ？　俺はこの国で生まれてこの国で育ってるんだぞ。（中略）《在日》って呼ぶってことは、おまえら、俺がいつかこの国から出てくよそ者って言ってるようなもんなんだぞ。分かってんのかよ。そんなこと一度でも考えたことあんのかよ（『GO』２３３〜２３４頁）

福岡安則は『在日韓国・朝鮮人』（中公新書、１９９３年）の中で、在日若者世代について、二重の要素によって自己が形成されているとする。一つの要素は、日本社会の中で、いわば自然過程として、ものの考え方、感じ方、価値観、生活様式などで日本人に「同化された自己」である。もう一つの要素は、日本社会の中で育ってきたとはいえ、なにがしか民族的なものを引き継いでいるという側面である。それは在日の集住地域で生まれ育った場合や、民族学校へ通った場合とかで、個人差があるにしても、周囲の日本人とはちがう「異化された自己」である。そして、福岡安則は在日の若者について次のように述べる。

日本社会には、まだまだ、在日韓国・朝鮮人にたいする蔑視、忌避、差別の感情が渦巻いている。成長していく過程で、「在日」の若者たちの多くが、日本人の抱く韓国・朝鮮人にたいするマイナスのイメージを内面化させられる。韓国・朝鮮人にたいするマイナスのイメージが、いわば〝強力な磁場〟として存在するがゆえに、「同化された自己」と「異化された自己」を併せ持つ「在日」の若者たちの内面で、「同化志向」と「異化志向」が錯綜する。彼ら／彼女らのアイデンティティ葛藤をうみだす基盤が、ここにある。（『在日韓国・朝鮮人』81頁）

このような在日若者世代である金城は、従来の在日文学を読んでも救われなかった。金城から見れば、これまでの在日文学は一般の人々に開放されたものでなく、「知識人用」であった。彼は、そうした閉鎖的なジャンルの在日文学を打ち破りたいと次のように語っている。これが、金城一紀の目指すコリアン・ジャパニーズ文学といってよいだろう。

本能で響き合って、その瞬間には国籍とか民族を飛び越えてる、そういう小説がこれまでの在日文学にはなかったと思うんです。逆に過剰な暴力や過剰なセックスに走ってしまって。だから普通のものを初めに書いて、在日一世の世代のイメージを徹底的に崩したかった。（『オール讀物』2000年9月号、104頁）

ヘイトスピーチなど今日的な在日のテーマに取り組む

深沢潮（ふかざわ・うしお　１９６６〜）

深沢潮は１９６６年東京生まれ。両親は在日韓国人で、深沢潮はペンネームである。１９８９年、上智大学文学部を卒業。学生時代は村上春樹に夢中になったという。卒業後、外資系会社勤務を経て日本語講師になる。在日男性と結婚後、日本国籍を取得。一男一女がいる。若い頃は出自を隠し、自己肯定感が持てず苦しんだ。離婚して40歳を超えてから執筆を始めた。２０１２年、「金江のおばさん」で第11回「女による女のためのR―18文学賞」大賞を受賞した。この賞は、新潮社が主宰する公募型新人文学賞である。彼女には二系統の作品があり、在日コリアンをテーマにした「ひとかどの父へ」（２０１５）、「緑と赤」（２０１５）、「海を抱いて月に眠る」（２０１８）、「翡翠色の海へうたう」（２０２０）などと、現代女性の生きづらさをテーマにした「伴侶の偏差値」（２０１４）、「あいまいな生活」（２０１７）、「乳房のくにで」（２０２０）などがある。

「金江のおばさん」の主人公は、金江福《かねえふく》（李福先）という老人である。彼女はこれまでに二百組以上の同族結婚をまとめた「お見合いおばさん」として有名である。30年前ほどから、朝鮮総連の婦人会での人脈を生かして、縁談の仕事を始め、その紹介料や成功報酬で生計を立てるようになった。彼女の家の床の間には、釣書と写真が山のように積まれている。釣書の山は、男と女のふたつあって、上にあるものほど学歴や収入、家柄、社会的地位が高くなっている。

金江福には娘・恵子と息子・光一がいるのだが、どちらも順調で幸福な人生を歩んでいるわけではない。恵子は同族ではなく、日本人と結婚した。相手の親は朝鮮人との結婚に猛反対し、息子を勘当した。息子は父親の経営する会社に勤めていたが、そこもクビにされた。娘夫婦は経済的に安定することなく、金江福の援助で何とかやっている。

息子の光一は１９７２年、18歳のとき、北朝鮮に渡り、妻と子が一人いる。暮しは貧しいようで、金江福は時々送金してきた。もう40年経過したが、最近は電話も途切れて、生きているのかどうかさえ分からない（３１６頁の註を参照）。他人の縁をつなぐ「お見合いおばさん」と呼ばれているけれど、自分の娘と息子の境遇は恵まれたものとは言えない。

「海を抱いて月に眠る」は、李相周《イーサンジュ》という在日一世の物語である。解放後、半島ではデモやストライキが頻発した。警察が鎮圧にあたったが、逮捕される者もいれば、なぶり殺される者もいた。当時、旧制中学生の16歳だった李相周は、アカ狩りから逃れるため、同級生たちと密航船に乗り日本へ逃げた。

東京にたどり着いた李相周たちは、日雇い人夫などをしながら大学へ行くために金を稼いだ。李相周は法政大学の夜間部に合格したものの、きつい仕事と学業の両立ができず、やむなく中退せざるを得なかった。李相周は祖国の民主化と統一のために、在日韓国青年同盟の熱心な活動家になっていった。

やがて李相周は要注意人物として、ＫＣＩＡ（韓国中央情報局）に尾行されるようになる。母が危篤と知らされたとき、帰国する資格を得るため、李相周はすべての活動から身を引く条件で、大使館からパスポートを付与された。民団（在日本大韓民国居留民団）からもパチンコ店を持つための資金融資を受けることができた。しかし、民主化運動から離れ、仲間を裏切った後ろめたさは生涯にわたって消えることはなかった。深沢潮の父も在日一世で、日本へ密航し、在日韓国青年同盟に入って民主化運動をしたので、父の体験をベースにした小説といってよい。

「ひとかどの父へ」は、主人公・浜田朋美の父探しの物語である。解放後、16歳だった父は勉強したくて日本に密航し、東京の大学に通った。そして、祖国の統一と民主化に情熱を傾けるようになった。父は、美容師・浜田清子と知り合って、愛し合うようになり、朋美が生まれた。父は密航者なので、婚姻の届け出をすることができず、朋美は母の私生児として届けられた。

朋美が8歳のとき、１９７４年8月15日に朴正熙大統領暗殺未遂事件が起こり、大統領夫人が犠牲になった。犯人は大阪生野出身の文世光で、北朝鮮の工作員として凶行に及んだとされている。父はテロに反対だったが、文世光と知り合いの関係にあったため、公安警察とＫＣＩＡからの追及は必至で、それから逃れるために、偽名を使い、変装して大阪生野に身を隠した。妻や娘まで事件に巻き込みたくなかった。忽然と父は姿を消し、それ以来、父は行方不明のままだった。大阪生野で別人となった父は、50代後半でこの世を去った。

主人公・朋美は１９６６年生まれで、作者・深沢潮と同年齢の設定である。また、16歳で日本に密航した父は、「海を抱いて月に眠る」の主人公・李相周となって再び登場することになる。「海を抱いて月に眠る」と「ひとかどの父へ」は、祖国の民主化に情熱を燃やした在日一世の青年が、困難や障害にぶつかり、不本意にも挫折していった物語である。

「翡翠色の海へうたう」の初出は、『カドブンノベル』2020年1月、4月、9月〜12月号である。全10章で構成されるこの小説は、奇数章が派遣社員・河合葉奈の語りで、偶数章が慰安婦・ハルコの語りとなっている。河合葉奈は、小説家志望の30歳過ぎの独身女性である。新人賞を取るために選んだテーマは、沖縄の朝鮮人慰安婦であった。選考委員をあっと言わせるような作品にするためには、ありきたりのテーマではだめだと考えた。

彼女はさっそく取材のため沖縄に飛んだのだが、慰安婦をテーマにした作品を書くことに対する懸念や否定的な意見にぶつかる。高校の同級生・薫は、「葉奈、そういう無鉄砲なこと、やめときなよ。慎重になった方がいいよ。私、葉奈がバッシングされて傷つくの、見たくないもん」（『翡翠色の海へうたう』93頁）と忠告してきた。沖縄の戦争体験者から聞き取りをしている平良《たいら》さんという60代の女性からは、「気の毒っていう気持ちで、物語を作ってしまうのは、傲慢《ごうまん》なんじゃないですか。しかも、ご自分がプロになるために」（同前153頁）とぴしゃりと言われた。編集者の深瀬真紀からも、「たいへん失礼なことをお伝えする形にはなってしまいますが、このテーマは今の河合さんに本当に描き切ることができるものなのでしょうか」（同前216頁）と難色を示された。

確かに、慰安婦を書くことは重いものがあり、自分は軽薄で傲慢なのかも知れない、と葉奈は思う。もっと時間をかけて調べ、じっくりと構想をあたためてから書いた方がよいのだろう。しかし、考えてみれば自分も、取るに足らない非正規雇用としてモノ扱いされている。人間としての尊厳を奪われ、社会からはじかれている。自分もかわいそうな女性のひとりなのだ。葉奈は誰に何を言われようと書こうと決めた。ちゃんとした覚悟と責任感があれば書けるはずだ。

従軍慰安婦・ハルコの本名は、チョン・ミョンソである。17歳のとき、よい働き口があると騙されて慰安婦にされた。最初は中国戦線の駐屯部隊に送られ、一日に20人以上の兵隊の相手をさせられた。それから南方の小さな島（阿嘉島）に送られ、将校と下士官の相手をさせられた。米軍が近づくと、沖縄本島に移動して、日本軍とともに行動した。壕から壕へと南部に撤退していった。壕の中で米軍の火炎放射を受け、火傷で顔がお化けのようになってしまった。身も心も汚されて、故郷には帰れないと諦めるほかなかった。

戦後の5年間は、キンジョー（金城）という50歳の男が養ってくれた。キンジョーが死んでからは、戦災孤児となった女の子を育てたという。最後は、海の見える峠に行き、アリランの歌を口ずさみながら息を引き取った。

「緑と赤」（2015）は、在日四世の主人公・金知英《キムジヨン》（通名・金田知英《かねだちえ》）が、コリアンタウンの新大久保でヘイトスピーチの現場を目撃するところからはじまる。

「朝鮮人」「韓国人」という単語がはっきりと聞こえる。
「ぶっ殺せ」
「絞め殺せ」
「ソウルの街を焼き討ちにするぞ」
「新大久保にガス室を作るぞ」

耳を塞ぎたくなるような言葉が繰り返され、知英の胸は締め付けられるように苦しくなってく

る。（『緑と赤』16〜17頁）

舞台は2013年から2014年にかけての東京である。題名の「緑と赤」とは、パスポートの色のことで、日本人のパスポートは赤だが、在日韓国人には韓国政府が発行する緑のパスポートが交付される。

登場する人物は大学生の金知英のほかに4人いる。知英の友人・梓は、韓国人留学生のジュンミンと知り合い、恋に落ちる。しかし、ジュンミンの父親は、祖父母が日本でひどい差別を受けたことから、日本人女性との交際を認めず、留学を止めさせてしまう。ジュンミンは梓と別れるほかなかった。裏切られた梓は、それまで韓国人に対して特に偏見は持っていなかったのだが、韓国や朝鮮人に対して不信感を抱くようになる。

K-POPファンの良美は、梓のスマートフォンに保存されているヘイトデモの動画を見て驚く。こんなひどいことが許されてよいのだろうか。以前は政治や社会問題に関心のなかった良美だが、勉強会やシンポジウムに参加するようになり、次第に政治的な自覚を高めていく。そして、少しでも差別をなくすために、ヘイトデモに抗議するカウンターの行動に加わるようになる。

金田龍平は大学院生で、就職や結婚のことを考えて日本に帰化したものの、今は韓国のことが気になり、ハングル語を学ぼうとソウルに留学している。龍平はソウルで知英と出会い愛し合うようになるのだが、知英が日本人のふりをして出自を隠していたことに怒り、連絡を断つ。知英は泣いて詫びたが許してもらえなかった。

5人の登場人物が、ふたつの民族と国家のあいだで翻弄される姿が痛々しく描かれている。知英は心の病で休学に追い込まれる。それを知った梓が、在日韓国人の痛みや辛さに寄り添うことの大切さに気づく。龍平も、自分が帰化したことを棚に上げて、知英に対して怒ったことを反省し、彼女との関係を取り戻そうとする。

この「緑と赤」の特徴は、在日四世が主人公になっていることである。在日四世ともなれば、生活文化も意識も日本人とほとんど変わらなくなる。このような在日社会の変化を背景として、「在日文学も消滅するのではないか」という見方があった。これに対して磯貝治良は次のように反論したことがある（２０１２年11月10日開催の建国大学校日語教育科／大学院日本文化・言語学科の主催による第９回学術シンポジウム「日・韓両国の視座から読む「在日文学」」における基調講演草稿）。

たしかに〈在日〉社会もその文学も世代を追って変化して、十年後、二十年後には大きく変容するでしょう。しかし、変容しながら存在していくはずです。なぜなら、歴史をつないで継承されたルーツと、それをめぐる民族／集団の記憶は消えないからです。たとえ国籍は日本籍となり、個々人が同質化を進めたとしても、「民族の記憶」は残るでしょう。（『〈在日〉文学の変容と継承』１０１頁）

磯貝治良がいみじくも予見したように、深沢潮は「民族の記憶」として、「金江のおばさん」「ひとかどの父へ」「海を抱いて月に眠る」「翡翠色の海へうたう」などを書き続けている。ただし、深沢は

「民族の記憶」だけではなく、「嫌韓」という現代日本の世情を題材にして「緑と赤」を書き、今日的な在日のテーマに取り組んでいると言える。

『緑と赤』の刊行後、『週刊ポスト』が、「韓国なんて要らない」という特集を組んだのは、2019年9月13日号であった。書店に行けば店頭に嫌韓本が積まれ、ヘイトスピーチも引き続き行われている。民族差別が公然とまかり通る世情に対して、民族や国籍に関係なく、誰もが生きやすい社会を希求して書いたのが「緑と赤」と言ってよい。ただ、深沢はその後に書いた『乳房のくにで』（2020年）の中で、一人の若者に「この国は滅びると思う。いやもう滅びかけてるけど」（207頁）と言わせているので、かなり悲観的な見通しを持っているようである。

（註）1959年、日本と北朝鮮の赤十字が在日朝鮮人帰還協定を結び、新潟港から出港する帰還船に乗って、1967年までに155回、88、611人の在日朝鮮人が帰国した。ただし、帰国者の大多数は南朝鮮の出身者で、北が故郷である人は少なかった。また、帰国後の生活の困窮が伝えられ、帰国者は減少し、67年にいったん打ち切られた。71年に再開されたが、84年までに4、728人にとどまり、その後は立ち消えとなった。帰国者の再来日はいまだ実現されていない。

民族差別と性暴力被害の苦しみからの回復と再生を描く

崔実（チェ・シル　1985〜）

崔実は、１９８５年９月６日生まれの在日韓国人三世である。日本の小学校を卒業後、朝鮮学校に進学した。アメリカに５年間留学している。群像新人賞受賞時の職業は、販売員となっている。

崔実のデビュー作「ジニのパズル」（２０１６）は、第59回群像新人文学賞、第33回織田作之助賞、第67回芸術選奨文部科学大臣新人賞を受賞し、第１５５回芥川賞にもノミネートされ、高い評価を受けて評判になった作品である。

主人公は、オレゴン州にホームステイ中の女子高校生パク・ジニである。在日韓国人三世のジニは日本の小学校を卒業して、１９９８年４月、北朝鮮系の朝鮮学校に入学した。教室の正面には金日成《キムイルソン》と金正日《キムジョンイル》の肖像画が飾られており、それはジニにとって異様なものに見えた。北朝鮮に帰国した母方のハラボジ（祖父）からの手紙が三通紹介される。一通目には「北朝鮮は、とても住み心地が良い国だ」と書かれていた。二通目では「もう此処《ここ》からは出られそうにない」とあり、三通目は祖父の娘からの手紙で、「先生に診《み》てもらい、薬を頂くこと」もなく祖父が病気で死んだことが書かれてあった。三通の手紙によって、読者は北朝鮮が暗黒社会になったことを知らされる。

北朝鮮のミサイル「テポドン」が発射された翌日のことである。その日は北朝鮮のミサイル発射報道一色になっていた。制服のチマチョゴリを着て通学するジニへの視線は非常に冷たいもので、罵倒されても、殴られてもおかしくない雰囲気であった。

ジニは池袋の街で、黒いスーツを着た中年の三人の男につかまった。ジニは殴られ、胸をつかまれ、陰部を触られ、地面に突き飛ばされた。「首を絞められただけなら警察に行ったかもしれない。だけど、そうじゃない。そうじゃなかった。だから、私は警察どころか、家族にも、友人にも、これから先、誰にも何も言わないだろう」（『ジニのパズル』126頁）。次の日からジニは、不登校になった。そして三週間後に、ある結論に達した。

我々は、金政権と共にはないと世界に示さなければならない。金政権は遅かれ早かれ必ず崩壊する、しなければならない。（中略）大人たちは、組織の言いなりである。ならば学校中の肖像画は我々の手で外してあげようじゃないか！（同前142〜143頁）

ジニは、学校の教室に飾ってある金日成と金正日の肖像画を取り外し、叩き落として割った後で、ベランダから投げ捨てた。それは彼女のたった一人だけの「革命」だった。しかし、彼女の行動を理解したり、共鳴する者はいなかった。

問題児のジニは学校から追放され、精神病棟に入れられた。彼女は東京からハワイの高校へ転校したものの、そこも追い出され、オレゴン州の高校にやってきた。その高校も退学になろうとしている。何かをやらかしたのではなく、何もしようとしないからである。

ジニのホームステイ先は、絵本作家・ステファニーおばさんの家である。ジニはステファニーと話していると不思議にとても心が落ち着いた。ジニの精神的な回復には、遠い外国の地に身を置く必要があったのだろう。ステファニーは良きカウンセラーとなって、ジニの精神的リハビリの伴走者となる。

ステファニーは、両腕で包み込むように私を抱きしめてくれた。その腕の中に身を任せるようにもたれ掛かると、どこまでも続く終りの見えなかった長旅を終え、やっと家に辿り着いたような、そんな気分になった。（同前185頁）

2000年以降、朝鮮学校を取り巻く状況は一変し、政府による差別政策や生徒への暴言、暴行事件が起きるようになった。日弁連会長の「在日コリアンの子ども達に対する嫌がらせ等に関する声明」が出されたのは2002年12月19日であった。2009年には、「在日特権を許さない市民の会」（在特会）などが、京都朝鮮第一初級学校襲撃事件を起こしている。「ジニのパズル」がこうした排外主義の高まりの中で書かれたことを見逃してはならない。

「pray human」（2020）は、三島由紀夫賞候補、野間文芸新人賞候補になった作品で、中心テーマは性暴力被害者の苦しみからの回復と再生である。性犯罪被害者たちがSNS上で自らの経験を共有する#MeToo運動をはじめたのは2018年頃からであるが、この小説はその運動の中で生まれた作品といってよい。語り手の「わたし」は十年前、十七歳のときに精神病院に入院していた。そこで仲良くなった「君」に向って、思い出を語る回想録のような形の物語である。

「わたし」は、小学校6年のとき、通っていた学習塾で塾講師から性的虐待を受けていた。目隠しをされ、手首を縛られ、身体を触られ、下着を下ろされた。「話したら殺す」と言われたので、誰にも話さなかった。「わたし」にとって、一生かかっても消せないトラウマになった。十数年も経つのに、その悪夢が消えたことはない。

それ以来、痴漢にも頻繁にあうようになった。満員電車の中で、痴漢は「わたし」の内腿に手を伸ばし、パンツの中にまで忍び込ませてきた。「わたし」は小児性愛者のえじきになった。電車の中で痴漢を止めてくれる人はいなかった。誰も助けようとしてくれないのである。
「わたし」は少女から女性に成長しつつあり、その身体は男たちから狙われている。電車で週刊誌の中吊り広告を見て、「わたし」は不快感を抱く。女性の身体が商品になって、不特定多数の男たちに媚態をまき散らしているグラビアに強い嫌悪感を示す。

電車にさ、あの卑猥な広告がぶら下がっているでしょ？　美乳女優の夜事情がなんちゃら、グラビアアイドルが語るあそこのＧスポットだとかさ。あの汚い広告（『ｐｒａｙ　ｈｕｍａｎ』１５９頁）

「わたし」は、情欲的で刺激的な情報に満ちている大人社会に反抗した。

十一歳のとき、近所のコンビニエンス・ストアの週刊誌売り場を滅茶苦茶にしたんだ。シャツを捲り上げて笑顔で下乳を出しているような雑誌に生卵を投げつけてね。巨乳がなんたら、女のあそこの秘密がなんたらいうさ（同前１２２頁）

傷ついた者の語りは、時系列が前後したり、ぷつりと切れたり、大切なところをぼかしたり、迂回したりして混乱している。小説のストーリーの混乱は、語り手の混乱を再現したものだ。ひどい目にあった体験は、ストレートには話せないものである。精神的外傷の症状は、おぞましい過去の記憶が、小出しに、反復してよみがえることである。「わたし」は精神病院に2年間入院していた。

精神病院では、よく担当医に過去をほじくり返されたね。連中はそれが正しいことだと習った法に従い、頑固にわたしたちに押し付けた。だからってわけじゃないかもしれないけど、わたしは同じことを自分にやっていたんだ。頭の中で過去二十七年間を百回以上は生きた。さすがにへとへとだ。（同前8～9頁）

崔実は精神科へ通院したことがあり、その経験が生かされている。「わたし」が語りかける人は、5歳上の親友「君」である。「君」の心は女で、性同一性障害と診断され、精神病院で「わたし」と出会った。同じような哀しい過去をもつ「君」は、信頼できる聞き手であり、「わたし」は封印してきたことを語ることによって、人間性を回復していく。病院で「わたし」を救ってくれたのは、担当医ではなく「君」だった。「君」には母親のような、絶対的な愛というものがあったからだ。傷ついた過去を清算し、現実世界に復帰するためには、口にできなかった数々の言葉を誰かに話すことが必要であり、それによって回復と再生がもたらされる。崔実にとっては、小説を書くことが精神の回復のために必要な作業であった。

ただし、この小説を書くことで崔実が救済されたかと言うと、そうではなかった。

この小説を書き終えたころにはトラウマは克服しているし、すごく強い人間になっているし、何もかも全てが報われるから進めて大丈夫、と。それだけを信じて書いてきたんだけれど、最後にたどりつく頃には、毎晩いろんな悪夢を見るし、まともに寝られないし、書き始めたときより精神的にひどい状態だった。（『群像』２０２０年10月号、２８１頁）

崔実が受けた性暴力は、実際は、回復不能なほど深刻なものであったことが分かる。

あとがき

在日朝鮮人の日本語文学は、日本が帝国主義国として朝鮮を植民地支配したことに起因して生まれた。「土地調査事業」によって土地を奪われた多くの農民たちが、食うために玄界灘を越えて日本に渡った。戦争中は、徴用工として強制連行された者も多かった。敗戦直後、日本に二百万人以上いた朝鮮人の多くは帰還したが、諸般の事情により、少なくとも六十万前後の人々は日本に残ることになった。

戦後（解放後）、植民地支配は終わったものの、日本国内では朝鮮人に対する差別の構造と意識は撤廃されなかった。この間、弁護士資格の国籍条項撤廃（76年）、国民年金法の適用（81年）、指紋押捺制度の廃止（93年）など粘り強い運動で大きな前進があったとはいえ、いまだに参政権は与えられず、近年では、書店の店頭に嫌韓本がうず高く積まれたり、白昼公然とヘイトスピーチが行われるという新たな事態も生まれた。こうした排外主義の高まりに対して、不安と危惧を抱いている人々は多いだろう。

在日世代も四世、五世の時代が到来して、いっそう日本社会への同質化がすすみ、日本国籍取得者が増加するなかで、やがて在日コリアンの文学も消滅して行く運命にあるのではないか、と予測する人もいる。しかし、日本が多民族国家として、平等な共生社会を実現しない限り、民族としての権利獲得の運動は続くだろう。そもそも日本に帰化する理由は、昔も今も日本社会の差別から逃れようとするためである。人間と社会のあらゆる問題をテーマにする文学が、こうした「在日」を生きざるを得ない人々の生活や人生をこれからも描き続けることは間違いないだろう。

本書の第一義的な目的は、各時代を代表する在日コリアン作家とその作品を紹介することであった。この分野では、磯貝治良、川村湊らのすぐれた研究があり、その土台がなければ本書の執筆は不可能だった。残念ながら、紙幅の関係から取り上げられなかった作家、作品は少なくないが、この機会に在日コリアンの文学的伝統に触れ、作家や作品に関心を持っていただければ、望外の幸せである。執筆に際しては、ボーダーインクの新城和博氏に大変お世話になった。記して厚くお礼を申し上げたい。

２０２３年６月30日　　落合貞夫

〈引用・参考文献〉

秋元康編著『自分だけのソファの探し方』ニッポン放送プロジェクト、2003
安宇植『金史良』岩波新書、1972
安宇植『評伝　金史良』草風館、1983
飯尾憲士『自決―森近衛師団長斬殺事件―』集英社、1982
飯尾憲士『隻眼の人』文藝春秋、1984
飯尾憲士『ソウルの位牌』集英社文庫、1988
飯尾憲士『怨望　日本人の忘れもの』蝸牛社、1993
飯尾憲士『毒笑　遺稿集』集英社、2004
猪飼野の歴史と文化を考える会『ニッポン猪飼野ものがたり』批評社、2011
伊集院静『乳房』講談社、1990
伊集院静『海峡』新潮社、1991
伊集院静『受け月』文春文庫、1995
伊集院静『ごろごろ』講談社、2001
伊集院静『ノボさん　小説正岡子規と夏目漱石』講談社、2013
伊集院静『大人の男の遊び方』双葉社、2014

伊集院静『無頼のススメ』新潮新書、2015
磯貝治良『〈在日〉文学論』新幹社、2004
磯貝治良『〈在日〉文学の変容と継承』新幹社、2015
磯貝治良・黒古一夫編『〈在日〉文学全集』全18巻、勉誠出版、2006
李正子『ナグネタリョン　永遠の旅人』河出書房新社、1991
李正子『ふりむけば日本』河出書房新社、1994
李正子『葉桜　李正子歌集』河出書房新社、1997
李正子『鳳仙花のうた』影書房、2003
井上ひさし・小森陽一編『座談会昭和文学史』第二巻、集英社、2003
井上ひさし・小森陽一編『座談会昭和文学史』第五巻、集英社、2004
李恢成『約束の土地』講談社、1973
李恢成『北であれ南であれ　わが祖国』河出書房新社、1974
李恢成『伽倻子のために』新潮文庫、1975
李恢成『またふたたびの道・砧をうつ女』講談社文芸文庫、1991
李恢成『われら青春の途上にて・青丘の宿』講談社文芸文庫、1994
李恢成『百年の旅人たち』新潮文庫、1997
李恢成『可能性としての「在日」』講談社文芸文庫、2002
任展慧『日本における朝鮮人の文学の歴史――一九四五年まで』法政大学出版局、1994

李良枝『李良枝全集』講談社、1993
李良枝『刻』講談社文芸文庫、2010
大江志乃夫『岩波講座　近代日本と植民地6』岩波書店、1993
大村益夫・布袋敏博『近代朝鮮文学日本語作品集（1901〜1938）創作篇1』緑蔭書房、2004
金城一紀『GO』講談社、2000
金城一紀『レヴォリューションNo.3』講談社、2001
金城一紀『フライ、ダディ、フライ』講談社、2003
金城一紀『SPEED』角川書店、2005
川村湊『戦後文学を問う　その体験と理念』岩波新書、1995
川村湊『生まれたらそこがふるさと　在日朝鮮人文学論』平凡社選書、1999
金史良『金史良全集』全4巻、河出書房新社、1973〜1974
金史良『光の中に　金史良作品集』講談社文芸文庫、1999
金時鐘『「在日」のはざまで』立風書房、1986
金時鐘『猪飼野詩集』岩波現代文庫、2013
金時鐘『朝鮮と日本に生きる――済州島から猪飼野へ』岩波新書、2015
金時鐘・佐高信『「在日」を生きる　ある詩人の闘争史』集英社新書、2018
金石範『火山島』全七巻、文藝春秋、1983〜1997

金石範『万徳幽霊奇譚・詐欺師』講談社文芸文庫、1991
金石範『新編「在日」の思想』講談社文芸文庫、2001
金石範・金時鐘『増補　なぜ書きつづけてきたか　なぜ沈黙してきたか』平凡社、2015
金達寿『玄海灘』講談社文庫、1975
金達寿『わがアリランの歌』中公新書、1977
金達寿『金達寿小説全集』全7巻、筑摩書房、1980
金達寿『行基の時代』朝日新聞社、1982
金達寿『日本古代史と朝鮮』講談社学術文庫、1985
金達寿『古代朝鮮と日本文化』講談社学術文庫、1986
金達寿『わが文学と生活』青丘文化社、1998
金達寿『金達寿小説集』講談社文芸文庫、2014
金賛汀『異邦人は君ケ代丸に乗って―朝鮮人街猪飼野の形成史』岩波新書、1985
金重明『皐の民』講談社、2000
金重明『抗蒙の丘　三別抄耽羅戦記』新人物往来社、2006
金重明『物語　朝鮮王朝の滅亡』岩波新書、2013
金鶴泳『新鋭作家叢書　金鶴泳集』河出書房新社、1972
金鶴泳『金鶴泳作品集成』作品社、1986
金鶴泳『金鶴泳作品集』クレイン、2004

金壎我『在日朝鮮人女性文学論』作品社、2004
金允植『傷痕と克服　韓国の文学者と日本』大村益夫訳、朝日新聞社、1975
姜信子『ごく普通の在日韓国人』朝日新聞社、1987
姜信子『日韓音楽ノート　〈越境〉する旅人の歌を追って』岩波新書、1998
姜信子『棄郷ノート』作品社、2000
姜信子『声　千年先に届くほどに』ぷねうま舎、2015
姜信子・山内明美『忘却の野に春を想う』白水社、2022
金真須美『メソッド』河出書房新社、1996
桑原武夫編『文学理論の研究』岩波書店、1967
玄月『蔭の棲みか』文春文庫、2003
玄月『寂夜』講談社、2003
玄月『異物』講談社、2005
高史明『生きることの意味　ある少年のおいたち』ちくま文庫、1986
高史明『闇を喰む　Ⅰ海の墓』角川文庫、2004
高史明『闇を喰む　Ⅱ焦土』角川文庫、2004
高史明『世の中安穏なれ　『歎異抄』いま再び』平凡社、2006
河野多恵子ほか『小説の生まれる場所——大阪文学学校講演集』編集工房ノア、2004
『コレクション戦争と文学1　朝鮮戦争』集英社、2012

『コレクション戦争と文学10　オキュパイドジャパン』集英社、2012
『コレクション戦争と文学17　帝国日本と朝鮮・樺太』集英社、2012
『コレクション戦争と文学19　ヒロシマ・ナガサキ』集英社、2011
斎藤真理子編『完全版　韓国・フェミニズム・日本』河出書房新社、2019
鷺沢萠『葉桜の日』新潮文庫、1993
鷺沢萠『ケナリも花、サクラも花』新潮文庫、1997
鷺沢萠『君はこの国を好きか』新潮文庫、2000
鷺沢萠『途方もない放課後』新潮文庫、2001
鷺沢萠『私の話』河出書房新社、2002
鷺沢萠『帰れぬ人びと』講談社文芸文庫、2018
司馬遼太郎・上田正昭・金達寿『日本の朝鮮文化　座談会』中公文庫、1982
白川豊『朝鮮近代の知日派作家、苦闘の軌跡　廉想渉、張赫宙とその文学』勉誠出版、2008
『新潮日本文学アルバム55立原正秋』新潮社、1994
扇田昭彦『日本の現代演劇』岩波新書、1995
扇田昭彦『才能の森　現代演劇の創り手たち』朝日新聞社、2005
扇田昭彦『こんな舞台を観てきた――扇田昭彦の日本現代演劇五〇年史』河出書房新社、2015
宗秋月『サランへ・愛してます』影書房、1987
宗秋月『宗秋月全集―在日女性詩人のさきがけ』土曜美術社出版販売、2016

宋恵媛『「在日朝鮮人文学史」のために　声なき声のポリフォニー』岩波書店、２０１４
高井有一『立原正秋』新潮文庫、１９９４
武田勝彦『作家の生き死』角川書店、１９９７
竹田青嗣『身閑ならんと欲すれど風熄まず　立原正秋伝』ＫＳＳ出版、１９９８
竹田青嗣『〈在日〉という根拠――李恢成・金石範・金鶴泳』国文社、１９８３
立原正秋『立原正秋全集』全24巻、角川書店、１９８２〜１９８４
田中宏『在日外国人　第三版―法の壁、心の溝』岩波新書、２０１３
田辺聖子編著『男と女は、ぼちぼち』朝日新書、２０１３
崔実『ジニのパズル』講談社、２０１６
崔実『ｐｒａｙ　ｈｕｍａｎ』講談社、２０２０
崔孝先『海峡に立つ人　金達寿の文学と生涯』批評社、１９９８
張赫宙『張赫宙日本語作品選』勉誠出版、２００３（南富鎮・白川豊 編集）
『朝鮮を知る事典』平凡社、１９８６
鄭承博『鄭承博著作集』全六巻、新幹社、１９９３〜１９９７
つかこうへい『熱海殺人事件』新潮社、１９７５
つかこうへい『戦争で死ねなかったお父さんのために』新潮社、１９７６
つかこうへい『蒲田行進曲』角川書店、１９８１
つかこうへい『ストリッパー物語』角川書店、１９８４

つかこうへい『広島に原爆を落とす日』角川書店、1986
つかこうへい『娘に語る祖国』光文社、1990
つかこうへい『つかこうへいの新世界』メディアート出版、2005
永岡杜人『柳美里〈柳美里〉という物語』勉誠出版、2009
中村一成『ルポ　思想としての朝鮮籍』岩波書店、2017
『日本共産党の八十年』日本共産党中央委員会出版局、2003
朴一『越境する在日コリアン――日韓の狭間で生きる人々』明石書店、2014
朴鐘鳴編『在日朝鮮人の歴史と文化』明石書店、2006
林浩治『在日朝鮮人日本語文学論』新幹社、1991
林浩治『戦後非日文学論』新幹社、1997
林浩治『在日朝鮮人文学　反定立の文学を越えて』新幹社、2019
『PHP』編集部編『60代からもっと人生を楽しむ人、ムダに生きる人』PHP研究所、2016
深沢潮『ハンサラン　愛する人びと』新潮社、2013
深沢潮『ひとかどの父へ』朝日新聞出版、2015
深沢潮『緑と赤』実業之日本社、2015
深沢潮『海を抱いて月に眠る』文藝春秋、2018
深沢潮『乳房のくにで』双葉社、2020
深沢潮『翡翠色の海へうたう』KADOKAWA、2021

深沢夏衣『夜の子供』講談社、1992
深沢夏衣『深沢夏衣作品集』新幹社、2015
福岡安則『在日韓国・朝鮮人　若い世代のアイデンティティ』中公新書、1993
保高みさ子『花実の森』上・下　埼玉福祉会、1999
許南麒『許南麒の詩』同成社、1980
本の雑誌編集部『作家の読書道』本の雑誌社、2005
宮島喬『「移民国家」としての日本―共生への展望』岩波新書、2022
宮本徳蔵『虎砲記』新潮社、1991
宮本徳蔵『潤一郎ごのみ』文藝春秋、1999
宮本徳蔵『力士漂白　相撲のアルケオロジー』講談社文芸文庫、2009
梁石日『タクシードライバー日誌』ちくま文庫、1986
梁石日『タクシー狂躁曲』ちくま文庫、1987
梁石日『族譜の果て』立風書房、1989
梁石日『夜を賭けて』NHK出版、1994
梁石日『修羅を生きる　「恨」をのりこえて』講談社現代新書、1995
梁石日『血と骨』上・下、幻冬舎文庫、2001
梁石日『夜の河を渡れ』新潮文庫、2009
柳美里『家族シネマ』講談社、1997

柳美里『水辺のゆりかご』角川書店、1997
柳美里『仮面の国』新潮文庫、2000
柳美里『魚が見た夢』新潮社、2000
柳美里『世界のひびわれと魂の空白を』新潮社、2001
柳美里『ゴールドラッシュ』新潮文庫、2001
柳美里『命』『魂』『生』『声』いずれも新潮文庫、2004
柳美里『8月の果て』新潮社、2004
柳美里『JR上野駅公園口』河出書房新社、2014
柳美里『南相馬メドレー』第三文明社、2020
尹健次『きみたちと朝鮮』岩波ジュニア新書、1991
麗羅『倒産回路』集英社、1978
麗羅『山河哀号』徳間文庫、1986
麗羅『体験的朝鮮戦争　戦禍に飛び込んだ在日作家の従軍記』晩聲社、2002
麗羅『桜子は帰ってきたか』文春文庫、2016

〔雑誌・論文〕
『朝日ジャーナル』1969年4月20日号
任展慧「張赫宙論」『文学』1965年11月号

弘前学院大学・弘前学院短期大学紀要35号（1999年）
『オール讀物』2000年9月号
『群像』2020年7月号、10月号
在日朝鮮人研究会『コリアン・マイノリティ研究第4号』新幹社、2000
『新日本文学』2003年5・6月合併号「〈在日〉作家の全貌—94人全紹介」
張紋碩「金史良とドイツ文学」一橋大学大学院言語社会研究科紀要論文、2020／3／31
『中央公論』八二年四月号
『東京新聞』1945年10月22日付
『東京新聞』1987年7月15日夕刊
『婦人公論』2001年7月号
『文學界』2000年3月号
『文藝春秋』1959年3月号
保高徳蔵「日本で活躍した二人の作家」『民主朝鮮』1946年7月号
『ユリイカ』2000年12月号

〈年表〉—文学史—および—政治・社会—

1910 「韓国併合ニ関スル条約」と宣言で、日本が大韓帝国を植民地支配する。
1919 三・一独立運動
1923 鄭然圭「血戦の前夜」
1932 張赫宙「餓鬼道」（『改造』懸賞小説入選）
1939 金史良「光の中に」（第10回芥川賞候補）
1940 金史良「天馬」
創氏改名の実施
1943 張赫宙「岩本志願兵」
1945 米ソによる南北分割占領
1946 北朝鮮労働党結成
1948 1月18日、在日本朝鮮文学会が結成される。
4月、阪神教育事件
済州島で四・三事件起こる。
8月に大韓民国が、9月に朝鮮民主主義人民共和国が成立する。
李承晩が韓国初代大統領に就任

1950 許南麒が長編叙事詩「火縄銃のうた」を発表
6月25日、朝鮮戦争はじまる。
1952 外国人登録法施行（指紋押捺強制はじまる）
1953 朝鮮戦争休戦協定調印
1954 金達寿『玄海灘』
1955 在日本朝鮮人総連合会（総連）の結成
1957 金石範「鴉の死」
1961 朴正煕ら軍事クーデター
1963 朴正煕が大統領に就任
1965 日韓基本条約調印
1966 立原正秋「白い罌粟」で第55回直木賞
1969 李恢成「またふたたびの道」（第12回群像新人文学賞）
1971 李恢成「砧をうつ女」（第66回芥川賞）
宗秋月『宗秋月詩集』
1972 鄭承博「裸の捕虜」で第15回農民文学賞
1973 8月、金大中拉致事件が起こる。
つかこうへい「熱海殺人事件」で第18回岸田戯曲賞
1974 高史明『生きることの意味　ある少年のおいたち』（日本児童文学者協会賞）

1975 『季刊三千里』創刊
1976 宮本徳蔵「浮遊」（第7回新潮新人賞）
金石範「火山島」の連載はじまる。
1977 金達寿『わがアリランの歌』
1979 朴正煕大統領射殺。全斗煥らクーデター
1980 全斗煥が大統領に就任
光州事件
1982 つかこうへい『蒲田行進曲』で第86直木賞
李良枝「ナビ・タリョン」
1983 竹田青嗣『〈在日〉という根拠』
1984 梁石日『タクシードライバー日誌』
飯沼二郎「在日朝鮮人文学の系譜」
金石範『火山島』で第11回大佛次郎賞
1985 李起昇「ゼロはん」（第28回群像新人文学賞）
宮本徳蔵『力士漂泊』（第38回読売文学賞）
1986 松本富生「野薔薇の道」（第63回文學界新人賞）
金時鐘『「在日」のはざまで』で第40回毎日出版文化賞
1987 姜信子『ごく普通の在日韓国人』（第2回ノンフィクション朝日ジャーナル賞）

1988 鷺沢萠「川べりの道」（第64回文學界新人賞）
李良枝「由熙」（第100回芥川賞）
ソウル・オリンピック
盧泰愚が大統領に就任
1990 つかこうへい「飛龍伝'90殺戮の秋」で第42回読売文学賞
1991 林浩治『在日朝鮮人日本語文学論』
南北朝鮮の国連同時加盟
伊集院静『乳房』で第12回吉川英治文学新人賞
伊集院静『海峡』
高井有一『立原正秋』
宮本徳蔵『虎砲記』（第4回柴田錬三郎賞）
1992 伊集院静『受け月』で第107回直木賞
金在南『鳳仙花のうた』
鷺沢萠「駆ける少年」（第20回泉鏡花文学賞）
1993 外国人登録法改正（永住者の指紋押捺義務を廃止）
金泳三大統領就任（文民政権誕生）
柳美里「魚の祭」で第37回岸田國士戯曲賞
1994 任展慧『日本における朝鮮人の文学の歴史』

伊集院静『機関車先生』で第7回柴田錬三郎賞
金日成主席死去
梁石日『夜を賭けて』
李恢成「百年の旅人たち」（第47回野間文芸賞）

1995 徐京植『子どもの涙　ある在日朝鮮人の読書遍歴』（第43回日本エッセイストクラブ賞）
金真須美『メソッド』（第32回文藝賞優秀賞）

1996 柳美里「フルハウス」（第24回泉鏡花文学賞、第18回野間文芸新人賞）

1997 柳美里「家族シネマ」（第116回芥川賞）
金重明『算学武芸帳』（第8回朝日新人文学賞）
金石範『火山島』で第39回毎日芸術賞

1998 梁石日『血と骨』（第11回山本周五郎賞）
金大中政権誕生

1999 玄月「蔭の棲みか」（第122回芥川賞）
徐京植『プリーモ・レーヴィへの旅』（マルコ・ポーロ賞）

2000 金城一紀「GO」（第123回直木賞）

2002 伊集院静『ごろごろ』で第36回吉川英治文学賞

2005 金重明『抗蒙の丘　三別抄耽羅戦記』（第30回歴史文学賞）

2011 金時鐘『失くした季節』で第41回高見順賞

２０１２　深沢潮「金江のおばさん」で第11回「女による女のためのＲ―18文学賞」大賞
２０１３　梁英姫「かぞくのくに」第64回読売文学賞（戯曲・シナリオ部門）
２０１４　伊集院静『ノボさん　小説正岡子規と夏目漱石』で第18回司馬遼太郎賞
２０１５　姜信子『声　千年先に届くほどに』（第３回鉄犬ヘテロトピア文学賞）
　　　　　金時鐘『朝鮮と日本に生きる―済州島から猪飼野へ』で第42回大佛次郎賞
２０１６　崔実「ジニのパズル」（第59回群像新人文学賞、第33回織田作之助賞、第67回芸術選奨文部科学大臣新人賞）
２０２０　柳美里「ＪＲ上野駅公園口」（２０１４）が全米図書賞（翻訳文学部門）を受賞

〈著者略歴〉

落合貞夫（おちあい　さだお）

1954年香川県高松市生まれ。
著書に『讃岐の文学案内』（文芸社、2019年）、『四国路・文学の旅』（文藝春秋企画出版部、2020年）、『「悪」とたたかう村上春樹　全長編を読みほどく14章』（文藝春秋企画出版部、2021年）、『現代沖縄文学史』（ボーダーインク、2022年）

在日コリアンの文学史
1923〜2023

二〇二三年七月三〇日　初版第一刷

著　者　落合貞夫
発行者　池宮紀子
発行所　(有) ボーダーインク
〒九〇二—〇〇七六
沖縄県那覇市与儀　二二六—三
電話　(〇九八)　八三五—二七七七
www.borderink.com

印　刷　株式会社　東洋企画印刷

ISBN978-4-89982-449-7
printed in OKINAWA, Japan